花颜策

卷五

西子情 著

目錄

第五十八章 北地世家來臨安

整個靈湖江畔，一排排的畫舫湖船，依次排列，船頭的桅杆上都鑲嵌著夜明珠，一字排開的湖船將整個靈湖照得如同白日。

放眼望去，整個靈湖看盡眼底。

有輕紗薄裙脂粉釵環鶯歌燕舞的美人紅袖招展，有對酒當歌迎風品茶的風流才子吟詩作賦，有雜技雜耍班子展示十八般令人驚歎的絕技……

入目所及處，一片繁華，互不干擾，卻又相得益彰。

花顏笑著抬步走向一處美人鶯歌燕舞的畫舫，雲遲見此，伸手拽住她：「這麼多的畫舫，你怎麼偏偏往那裡走？」

花顏回頭看著他，忽然想起了什麼，樂不可支：「哎呦！我的太子殿下，你不會沒進過這種畫舫，連踏上去也不敢吧？」

雲遲見她笑得花枝招展，笠帽輕紗被風吹起，容色比靈湖的湖光還要美三分，伸手握住她的手，氣笑說：「你這喜歡美人的性子，既讓人惱不得，又讓人無可奈何。」

花顏笑得歡暢，反手拉住他的手：「走啦！帶你見識見識。」

雲遲無奈，只能被她拉著上了那處畫舫。

船頭迎客的主事人見到二人，目光流連片刻，眉開眼笑地將二人請了進去。

花顏拉著雲遲，擇選了一處靠窗的位置坐了下來，帶著笑意地說：「但凡好菜都擺上來，好茶也端上來。我哥哥喜歡聽《靈湖醉月》，讓媚兒姑娘過來唱一曲。」

雲遲偏頭瞅花顏，沒言聲。

畫舫的主事人是個風韻美人，笑著點頭說：「《靈湖醉月》雖好，卻也是老的調子了，不如就聽聽媚兒姑娘新譜的曲子《紅粉香箋》，這個更有韻味。」

花顏笑吟吟地說：「那就兩個都唱，比較一番。」

主事人笑著點頭，轉身去安排了。

有姑娘端來上好的青碧茶，衣袂帶著脂粉香，素手分茶洗茶，動作柔美。

雲遲忽然伸手將花顏拽起來：「你來！」對那姑娘說，「這裡不用侍候，你下去吧！」

那姑娘一怔，似乎沒遇到這樣的客人。

花顏低笑，對那姑娘擺手。

那姑娘退了下去。

花顏接手了那姑娘的活，隨意地擺弄著茶具，看著她漫不經心，但不出片刻，嫋嫋茶香擋都擋不住地飄散在了整個船艙裡。

雲遲笑著端起茶，喝了一口，唇齒留香。

隔桌的一位年輕公子忽然站起身，來到他們面前拱手見禮：「在下聞得這位姑娘沏茶手藝了得，茶香四溢，在下也是愛茶之人，可否厚顏討得一杯喝？」

雲遲喝茶的動作一頓，抬眼看著這人。

花顏也抬頭，只見這十七八歲的年紀，穿著墨韻坊的錦繡衣錦，足履金香閣的緞面薄靴，樣貌極好，清俊秀氣，眉眼溫和，帶著善意。腰間繫著一只香囊，香囊裡飄出絲絲安神香。

她笑著開口：「我哥哥若是同意，我就沒意見。」

雲遲忽然伸手彈了她額前的笠帽一下，溫和地笑著說：「慣會調皮，明明是未婚夫君，你卻口口聲聲叫哥哥，沒白地叫人誤會，平添麻煩。」

花顏失笑：「未婚夫君此時也不能喊夫君，你比我大，自然喊哥哥，也沒錯的。」

雲遲似是接受了她的說法，輕撫雲紋水袖，放下了茶盞，對那年輕男子說：「閣下既是愛茶之人，便坐吧！」

那人笑著道謝，緩緩地坐在了二人對面。

花顏動手端了一杯茶，放在了他面前，向隔桌瞅了一眼，方才就他一人坐在那桌，似是隻身前來，他笑著問：「公子初來臨安？」

那人似乎真是愛茶之人，端起茶盞迫不及待地喝了一口，大為誇讚了兩聲：「姑娘真是好手藝，好茶。早就對臨安慕名已久，難得今年家中同意在下外出遊歷，便先來了臨安。」

花顏淺笑：「公子來臨安幾日了？」

那人說：「昨日剛來。」

花顏笑著說：「昨日剛來，便來了這靈湖最懂得享受的畫舫，公子好眼光。」

那人笑道：「在下對臨安慕名已久，據說臨安有七寶，一寶是臨安的花，冠絕天下；二寶是臨安的美人，以柔美著稱天下；三寶是臨安的茶，青碧清茶，有除卻青碧不是茶之說；四寶是臨安的曲藝，媚兒姑娘一曲，聽者神魂皆醉；五寶是臨安的山水，天斷為關山，九曲不河山；六寶是臨安的夜市，有不夜城之說。」

花顏見他一口氣說了六寶，笑著問：「頭一次聽人這般評價臨安，倒也十分貼切，那七寶呢？」

那人看了花顏一眼，說：「七寶是臨安花家的小女兒花顏，在下仰慕已久。」

花顏愕然，隨即哈哈大笑。

雲遲瞅了花顏一眼，如玉的手拿起茶壺，倒了一杯茶，遞給她，溫和含笑地頷首：「的確說得極其貼切，我也深以為然。」

花顏更是大笑，一時間笑得停不下來。

那人臉微紅：「讓姑娘見笑了，在下是不是哪裡說得不對？」

花顏一邊笑一邊搖頭，對他問：「前面六寶也就罷了，這七寶是花家小女兒之說，讓你仰慕？從何而來？」

那人誠然地正了神色說：「普天之下，有幾個女子視皇權如糞土？又有幾個女子不喜尊貴的太子妃身分而百般抗拒悔婚？除了臨安花顏，怕是無一人。是以，在下甚是仰慕，前來臨安，想一睹芳容。」

花顏咳嗽一聲，又「噢噢」了一聲，不由得笑看了雲遲一眼。

雲遲笑而不語。

那人納悶地看著花顏：「姑娘笑什麼？難道我又說錯了？讓你這般好笑？」

花顏搖頭，笑著問：「那你見到花顏了嗎？」

那人搖頭：「明日我打算登門拜訪。」

花顏頓時高看了他一眼：「難道你不知道太子殿下如今就在花家？而你口中的花顏，如今可是極心甘情願做太子殿下的太子妃，聘禮都收了呢。」

那人頓時神色黯然了一下，但很快就恢復如常：「那又如何，不瞞姑娘，在下只是想見見，拜會一番而已，難道太子殿下會不讓我見人？她不是還沒真正嫁入天家嗎？她已被看管起來不讓見了？」

花顏默了默，笑起來：「太子殿下沒那麼小氣，你明日只管去拜會好了。」

那年輕男子品度著花顏的話，總覺得哪裡不對，但又說不上來哪裡不對。

雲遲含笑瞟了花顏一眼，笑問：「閣下是北地人？」

那人點頭：「不瞞兄台，在下正是來自北地蘇家，在家中行四。」

花顏有意思地看著這人自報家門，想著北地蘇家人都是這麼有意思的人嗎？北地蘇家，有四位公子，最出名的，便是三公子和四公子。

據說北地蘇家三公子善兵謀之術，北地蘇家四公子善機巧之術。

她淺笑：「公子隻身一人來的臨安？」

那人搖頭：「與我三哥一起來的。」

花顏挑了挑眉。

那人笑著說：「我三哥不喜歡來這種地方，我只能自己來了。」

花顏笑著點頭，原來北地蘇家的三公子也是不喜踏足畫舫的正人君子。見他杯盞中的茶水喝沒了，便又替他滿上了一盞。

那人道謝：「多謝姑娘！」話落，試探地問，「聽這位公子的口音像是京城人士？姑娘的口音卻是聽不太出來，難道也是從京城而來？」

雲遲淡笑：「不錯。」

花顏沒承認也沒否認。

這時，主事人帶著一名抱著琵琶的妙齡女子進了畫舫的船艙，這女子容色極美，行走間婀娜風情，嬌媚入骨。

花顏的眼睛立即被吸引了過去，笑吟吟地說：「媚兒姑娘又更美了呢！」

媚兒腳步一頓，向花顏看來，眼底波光流轉，唇角微彎，露出月牙般的笑，然後看向她身邊坐著的雲遲，很快就正了神色，屈膝見禮。

主事人笑呵呵地說：「媚兒本是被彩春芳的船包了場，但姑娘點名要媚兒姑娘，我只能先將她帶了過來，好在就兩首曲子，唱完再趕去彩春芳的畫舫也來得及。」

花顏笑著伸手入懷摸出一對金鈴鐺，輕飄飄地遞進了主事人的手裡，笑著說：「多謝姐姐了！我帶哥哥來見識一番，兩首曲子就好，耽擱不了媚兒姑娘太多時間。」

主事人頓時笑容深了，不客氣地笑著收了：「多謝姑娘。」

媚兒尋了個地方落坐，便撥弄琵琶，彈唱起來。

先一首是花顏點的老曲《靈湖醉月》，後一首是主事人推薦的新曲《紅粉香箋》。

花顏聽著不覺得什麼，只覺得妙不可言，雲遲喝著茶，有笠帽黑紗遮掩，也看不出多餘神色，那北地蘇家的四公子卻是聽得面色潮紅，頻頻喝茶，其餘人則聽的神魂顛倒，神思不屬。

兩首曲子唱罷，花顏笑著從袖中拿出一串碧玉蓮花珠，套進了媚兒白皙的手腕上，笑吟吟地說：「這新曲子真是好曲子，紅粉不知事，春風度玉人，妙極了！」

媚兒笑臉彎彎：「多謝姑娘賞！」

「客氣了！」花顏擺手，「不耽擱你了，快去吧！」

媚兒抱著琵琶站起身，又對雲遲福了福禮，轉身向外走去。

她剛走兩步，外面進來了一波人，這一波人當前一名女子，芳華年紀，容貌嬌美可人，面上帶著絲嬌憨，後面跟著幾位年紀不等的男子，她進來後，一眼看到了媚兒，頓時說：「明明是我們包了媚兒姑娘在彩春芳的場子，誰這麼大的臉面將人半路劫了來晾了我們的場子？」

花顏看到這女子，微微挑了挑眉。

主事人愣了一下，似乎沒想到這麼片刻的功夫，包場子的人便找了來，她連忙上前，笑著賠禮：「是我見天還未黑，便作主將媚兒請來片刻，這就過去彩春芳。讓姑娘辛苦找來一趟，對不住，今日彩春芳的場子錢，我給姑娘打對折。」

那女子豎起眉，看了主事人一眼，似有不依不饒的架勢：「銀子本姑娘不看在眼裡，你只說是什麼人讓你這麼給面子，姑娘我可是三日前定的場子。」

那主事人笑著說：「如今天色還未黑，媚兒出場的時間剛剛到，正要趕過去，場子錢我已給姑娘打了對折，姑娘何必呢？」

那女子哼了一聲：「傳言媚兒姑娘輕易不出場子，非名帖請不到人，哪能隨隨便便就出來給人唱曲。你只管說，誰能破壞了你這裡的規矩，本姑娘想見識見識。」

那主事人見說不通女子，直起腰板，收了笑意說：「姑娘非要糾纏，到底是想聽媚兒姑娘的曲子。還是故意來砸場子？要知道從來在臨安還沒有誰能鬧得起事來的。」

那女子聞言豎起眉：「本姑娘今日就鬧事兒了又如何？」

那主事人沉下臉：「姑娘不是臨安人吧？但凡是臨安人，都會知道，我家的規矩是我家少東家定的，她想什麼時候改就什麼時候改，很不巧，她今日改了。」

那女子一怔，抓住主事人的話：「你家少東家？」

那主事兒揚起下巴：「姑娘的生意我們今日也可以不做，姑娘看著辦吧？是現在就返回去彩春芳等著，還是繼續留在這裡，非要糾纏個究竟。我勸姑娘，在臨安鬧事兒，對你沒好處。」

那女子似沒想到遇到了這麼硬氣的主事人，一時間啞了啞，不敢置信地看著主事人。

她身後的一名年輕男子緩步走上前，目光略過艙內坐著的眾人，落在雲遲和花顏這一桌，在二人身上流連片刻，落在了燕北蘇家四公子身上，好聽的聲音含笑說：「舍妹初來乍到，不懂臨安的規矩，失禮了。」

那主事人打量了年輕男子一眼，也露出笑意：「公子這樣說話，就是做得令妹的主了？只要不砸場子，來者皆是客，生意照樣做。公子請吧！」

那年輕男子笑著說：「遇到了一位熟人，不必去彩春芳了，在這裡也可。」話落，他抬步走向北地蘇家的三公子，來到近前，拱手，「輕眠兄，沒想到你也來了臨安，幸會！」

北地蘇家這一代以輕字為輩，北地蘇家四公子姓蘇字輕眠。

蘇輕眠站起身，對來人拱手：「顧之兄，沒想到你也來了臨安，幸會！」

北地程家二公子，程顧之，與蘇輕眠看起來年歲相差無幾，樣貌俊秀，行止翩翩，言談含笑，看起來似是個十分沉穩溫和的人，彬彬有禮。

他與蘇輕眠見過禮後，轉向蘇輕眠對面坐著的雲遲和花顏，拱手見禮：「不知兄台和姑娘如何稱呼？」

雲遲沒說話。

花顏看著程顧之，想著北地程家，最有名的便是這位二公子程顧之。有一顧傾之的傳言，他容貌算不上十分出彩，但貴在周身翩翩風采，文采風流，詩賦在北地廣為流傳，幾年前，她去北地時，他便已嶄露頭角，如今更是名聲極響。

北地蘇家的三公子四公子，北地程家的二公子，這般人物都來了臨安湊熱鬧，可見這臨安如今在天下看來，是真得熱鬧。

花顏也沒說話。

程顧之沒想到二人沒人與他接話，一時轉向蘇輕眠。

蘇輕眠咳嗽一聲，連忙說：「顧之兄，我與這二位也是萍水相逢，尚不太熟，這位姑娘沏的青碧茶馥郁飄香，我厚顏過來討一杯而已。」

程顧之倒也不尷尬，聞言笑了笑，再度拱手：「在下北地程顧之，今日有幸得遇二位，敢問兄台和姑娘可願結個相識？」

雲遲依舊未語。

花顏偏頭瞅了雲遲一眼，這副模樣，就是不願了。當然以他的太子身分，自是不願意與人在這樣的畫舫裡道破身分。

她淺淺一笑，緩緩開口：「早就聞程二公子其人翩翩風采，如今一見果然不凡。今日我們二人不想被人打擾，這結個相識之意就不必了。改日若是再遇到，定請二公子喝一杯清茶。」

程顧之一怔，隨即和氣地笑著說：「在下冒昧打擾了，兩位勿怪。」話落，他轉過頭，對蘇輕眠說，「怎麼不見輕楓兄？」

蘇輕眠終於體會到早先厚顏討一杯茶二人請他入座是多麼給面子的事兒了，他暗暗唏噓一聲，說：「不瞞顧之兄，我三哥他……」

他話音未落，早先那女子忽然衝上前，看著雲遲和花顏，大聲斷然地說：「我知道了，是你們二人點了媚兒姑娘的曲子，劫了我的場子！」

花顏真沒想劫誰的場子，她點媚兒姑娘唱曲，也是隨性而為，讓雲遲體會體會從天上走下凡俗的感覺，沒想到，倒是惹出了一場風波。

她看著這女子，既然讓程顧之帶出來，身分應該是北地程家的嫡出姑娘，可真不懂得出門在外與人和善，比程顧之差得遠了。

程家是太后的娘家，太后素來以脾性強勢的性情在前，程家的女子，大約或多或少都會仿效太后。可是這般嬌蠻不依不饒非要生事兒的，在程家估計十分受寵，是以脾性加了個更字。

自古外戚因勢壓人，因權橫行肆意，比比皆是，程家因太后一直屹立不倒，算得上是門楣鼎貴，族中子弟，久而久之，未免便張狂張揚了些。

不過程家一直居於北地，遠離京城，倒從未出過大事兒。

皇后的娘家梅家，一直居於京城，但風評要比遠離京城居於北地的程家好太多，素來低調不生事，也從未給皇上或者雲遲惹過麻煩。

昔日她在京城時，與梅老爺子和梅府的一眾人打過交道，人人待人和善，那是個極好的門庭，不辱沒皇后和太子雲遲。

而程家的人，如今見得程顧之尚好，倒不辱沒他的名聲，但他這個妹妹，就另說了。

她放下茶盞，對那女子淡淡道：「是我點的，沒錯。」

那女子見雲遲和花顏一直坐在那裡，連身都未起一下，雖然姿態不顯傲氣，但偏偏架子大得讓人不敢小視，她不服氣地說：「你們是何人？」

花顏挑眉看著她，隔著笠帽薄紗，笑了笑：「姑娘包場子點曲子，是為找樂子，何必找不痛快？就算知道了我們是何人，你又待如何？」

那女子一噎，頓覺自己在這個坐著連臉都不露的女子面前像是個不懂事兒的小姑娘或者糾纏不休的跳梁小丑，她臉一紅，盯著她說：「我就想知道。」

花顏淡笑，嗓音有些清涼：「天下沒有什麼事兒都非要與人強求不可，姑娘既出身在北地程家，在外走動，還是應與人為善，免得人人提起北地程家便會說，程家的姑娘刁蠻任性得緊，順帶汙了太后名聲。」

那女子面色一變，頓時勃然大怒：「你怎麼說話呢？我是我，與太后什麼干係？」

花顏看著她：「你與太后沒什麼干係嗎？外人可不這麼看的，你不是程家人？」

那女子一時沒了話。

「八妹不得胡鬧！」程顧之繃起臉，低訓了那女子一聲，「不得再多言。」

「二哥！」那女子跺腳，嬌嗔惱怒，「不是我胡鬧，是憑什麼嘛！憑什麼我們定的人，他們理所當然便劫來了這裡。」

程顧之皺眉看著她。

那女子見程顧之似生氣了，不服地後退了一步，不再言聲了。

花顏笑了一聲：「原來是程家的八姑娘，我遠在臨安，也聽聞過八姑娘畫得一手好畫。」話落，她不再看那女子，轉頭對雲遲說，「走吧！帶你去別處再轉轉。」

雲遲點頭，緩緩起身。

采青和小忠子頭前開路，二人向畫舫外走去。

那女子瞪著花顏的背影，她第一次體會到了被人將臉面踩在腳下的感覺，忍了又忍，終是沒忍住，對著二人大喊：「你們站住！」

雲遲和花顏自然仿若未聞，腳步不停。

那女子見二人不理會她，不甘心讓人就這麼走了，抬步就要追去。

程顧之也一直看著雲遲和花顏，目光落在二人的衣服上，一人青袍緩帶，一人淺碧色綾羅，他忽然想起了什麼，揮手攔住了那女子，厲聲說：「八妹！出門之前，你是怎麼答應我的，不得生事兒！怎麼剛到這裡，偏偏就生事兒了？」

這一聲較之前，嚴厲不知凡幾。

那女子一震，停住了腳步，見程顧之當真怒了，不敢再追去，轉而對那主事兒逼問：「你說，他們是什麼人？」

主事人見雲遲和花顏已離開了，臉色不太好看地說：「姑娘不依不饒地要追問是何人劫了你的場子，那麼我就實話告訴姑娘，是我家少東家，她想什麼時候來聽媚兒姑娘的曲子，便什麼時候來，這靈湖的規矩就是，任何一家，她只要踏足，任憑生意不做，也要先照顧她。」

那女子一怔：「少東家？你說那個女人？」

主事人沉著臉說：「姑娘今日的生意，彩春芳不做了，姑娘另尋他處玩樂吧！」話落，她對媚兒說，「你去歇著吧！」

媚兒點頭，看也不看那女子一眼，喜愛地把玩著碧玉蓮花珠，轉身走了。

「你……」那女子怒瞪著主事人，一時說不出話來。

程顧之頭疼地揉了揉眉，對蘇輕眠問：「輕眠兄下榻何處？」

蘇輕眠也覺得程蘭兒不依不饒，明明是一件小事兒，主事人賠禮道歉打對折也就過去了，偏偏非要糾纏到底是何人劫了她的場子，她以為這裡是在北地嗎？不過對於程顧之，他還是不會因程蘭兒而對其輕視的，於是拱手回道：「回顧之兄，在八方客棧。」

程顧之點頭：「我們住在了四海客棧，正巧在八方客棧對面，輕楓兄可在客棧？」

蘇輕眠點頭：「三哥在客棧休息，沒出來，應該在。」

程顧之道：「天色已晚，輕眠兄可要回去？正巧一起了。」

蘇輕眠覺得那二人走了，茶也喝不到了，也沒了趣味，點點頭。

一行人出了畫舫。

程蘭兒跟在程顧之身後走了幾步，小聲說：「二哥，據說這靈湖有很多玩的地方，我們不聽曲子，也可以去遊玩別的……」

程顧之腳步頓止，恨鐵不成鋼地看著程蘭兒：「你以為，今日你在這裡鬧了一場，還有誰家樂意做你的生意嗎？」

程蘭兒不解：「為何不做？是這一家規矩多，不講道義，怨不得我。」

程顧之無奈地看著她：「剛剛那主事人已經說了，整個靈湖，任何一家，只要她家少東家踏足，任憑生意不做，也要先照顧她。那麼，我問你，你得罪了她，誰家還對你笑臉相迎？」

程蘭兒怒道：「臨安什麼鬼地方！太子殿下怎麼就鬼迷了心竅了，非要選那臨安花顏？依我看，這臨安一點兒也不好，那臨安花顏也……」

程顧之伸手捂住她的嘴，越發頭疼地看著她：「你知道剛剛那二人是誰嗎？」

程蘭兒自然不知道，憤憤地眨著眼睛。

程顧之轉頭看向蘇輕眠：「輕眠兄可知道？」

蘇輕眠道：「那二人是京城人士，至於身分……既然戴著笠帽，想必不便暴露身分……」

程顧之放開程蘭兒的手，看著她說：「你非要跟來臨安，不就是因為太子殿下嗎？方才那男子，便是太子殿下，那女子，便是臨安花顏。」

程蘭兒猛地睜大了眼睛，不敢置信：「怎麼可能？太子殿下怎麼可能會踏足那種地方？」

蘇輕眠也驚了一下：「不會吧？」

程顧之道：「試問普天之下，還有誰即便遮了面，依舊有那般尊貴的氣度？除卻太子殿下，還能有誰？」

程蘭兒張大了嘴，似被驚住了，沒了聲。

蘇輕眠想了想，一拍腦門「哎呀」了一聲，「是了，我說臨安花顏是七寶時，那女子大笑，怪不得，原來他們是……」他臉忽然爆紅，「我怎麼這麼笨！明明人在眼前，卻沒認出來，反而厚顏討了一杯茶……」

程顧之笑著說：「輕眠兄愛茶成癡，自是忽略了其它。」

蘇輕眠拍了兩下腦門，紅著臉說：「原來傳言是假的，太子殿下與臨安花顏看起來相處得極好，哪裡有不願悔婚之說，明明看起來情意深厚……」

出了畫舫，花顏對花容吩咐了一聲，花容應是，連忙去安排了。

雲遲看著歌舞昇平的靈湖，笑著問：「還打算帶我去哪裡見識？」

花顏笑著說：「帶你遊湖，夜晚的靈湖，湖光山色極美，不領略一番，可惜了。」

雲遲含笑點頭。

不多時，花容安排了一艘空畫舫，花顏帶著雲遲上了畫舫。

除了船夫，裡面布置了酒菜，再無其它人。

花顏解了自己的笠帽，又拿掉了雲遲的笠帽，對他說：「方才沒吃多少，總不能餓著肚子遊湖，再吃一些吧！」

雲遲頷首。

二人落坐，畫舫行駛出岸邊，其它畫舫似得了指示一般，紛紛讓開了一條路，這艘畫舫便在各個畫舫中穿梭而過，駛向湖中心。

靈湖的山上座落著一排排的樓宇，樓宇都亮著一盞盞紅燈，湖面波光映著夜明珠的光，山清水秀，湖色迷人。

花顏給雲遲和自己的酒盞裡都滿了酒，酒香四溢中，二人悠閒而坐，欣賞著靈湖夜色。

一壺酒喝下後，花顏還要再滿上，雲遲按住了她的手：「你身子剛傷了五臟六腑，還未大好，不准喝了。」

花顏揚著臉看著他：「幾杯酒而已，無礙的。」

雲遲搖頭。

花顏只能放下，對他笑著說：「據說北地程家八小姐自小傾慕太子殿下，得知他年少時為趙宰輔清溪小姐畫過一幅美人圖，自此便一心專攻畫功。」

雲遲揚眉，看著她，淺淺含笑，問：「想說什麼？」

花顏「唔」了一聲，「我折了東宮一株鳳凰木，天下不知道多少女子恨我！」

雲遲失笑。

花顏身子懶洋洋地趴在案桌上，雙手支著下巴看向外面：「那程顧之估計是猜出你我的身分了，今日遇到，想必明日會登花家的門拜訪你。」

雲遲笑意微收：「程家多年來一直有太后照拂，以前還尚好，如今卻越發不成樣子了。」

花顏幽幽地說：「我只盼花家，幾代之後，依舊是如今的花家，子孫不會如此，懂得安穩度日，太后較之程家，也不過才兩代而已。」

雲遲看著她：「何必操心幾代之後的事兒？你又不能守護花家幾輩子。」

花顏身子微微僵了一下，失笑：「是啊！我又不能守護花家幾輩子，或者生生世世，真是操心的沒邊了。」話落，她看著雲遲，問，「你累不累？若是不累，我們去登雲霧山吧！雲霧山的日出是臨安一景。」

雲遲笑著說：「雲霧山距離臨安百里吧？」

花顏點頭：「不走陸路，從靈湖到雲霧山，不足百里，我們就這樣乘畫舫過去。」

雲遲笑著頷首：「好。」

於是，花顏對花容吩咐了一聲，花容令船夫駛向雲霧山方向。

夜晚湖風習習，湖水兩岸的喧鬧聲漸漸離遠，夜色裡，整個靈湖一片靜謐。

花顏趴著趴著，不知覺地睡著了。

雲遲前一刻還與她說著話，後一刻發現她已然睡著，不由啞然失笑，低聲說：「還問我累不累，自己先累了。」話落，他看向花容，低聲問，「這畫舫裡可備有薄毯？」

花容立即點頭，伸手一指：「有的，殿下可以帶著十七姐姐去裡面的內倉休息。」

雲遲頷首，彎身抱起花顏，進了裡面的內倉。

內倉裡面擺放著一張床榻，雖不寬敞，但也可容納兩個人並排而睡。

雲遲將花顏放在床榻上，坐在床邊看了她一會兒，又起身出了內倉，來到船頭。

雲遲負手而立，看了靈湖四面的湖光山色片刻，轉身對一旁的花容問：「她時常來靈湖遊湖嗎？」

花容搖搖頭，又點點頭：「十七姐姐自小便不常待在家裡，只要待在家裡，隔三差五便會來靈湖。不過她一年在家裡待的時日有限，所以，也算不得常來。」

雲遲望著兩旁山色問：「她自小便不戀家，但是提起花家，卻又重若性命。你可知這是為何？」

花容搖頭：「十七姐姐不是不戀家，是因為要給公子找藥，所以，自小不常待在家裡。」

雲遲笑了笑：「是這樣嗎？」

花容撓撓腦袋：「是啊！」

雲遲不再說話。

花容看著雲遲，猶豫了片刻，說：「太子殿下，你一定要對十七姐姐好。」

雲遲偏頭看向花容，便那樣靜靜地看著他。

花容年紀雖小，但是比花離細心體貼善於觀察，見雲遲看來，他咬了咬唇，說：「十七姐姐看著性情灑脫隨意，但是她一直以來，似乎並不快樂的。」

「怎麼說?」雲遲詢問。
花容搖頭:「我也說不上來,只是感覺。」話落,他又猶豫了一下說,「五年前,十七姐姐從川河谷回來,大病了一場。我去看她,恰巧聽到她端著一碗藥,自言自語地說,若是死在川河谷,也許是好事兒。」
雲遲眸色霎時冰寒冷凝。
花容又咬了一下唇,說:「我當時嚇了一跳,十七姐姐看到我後,便又笑開了,說她怎麼能死呢!若是死了,也許就再也找不到了。我問她找不到什麼?十七姐姐笑著說,活著的希望。我那時不懂,但這件事情卻記在了心裡。後來我漸漸地發現,十七姐姐雖然時常笑著,但是心裡卻並不開心,她似乎一直在尋找著什麼,卻又害怕找到。」
雲遲若有所思:「活著的希望嗎?」
花容小聲說:「畢竟是五年前的事兒了,按理說,我不該告訴殿下您,但是我想十七姐姐幸福,真正地快樂。」話落,他咬牙說,「十七姐姐千方百計與您退婚,與您鬥智鬥勇,那段時間,似整個人都明媚亮堂,臉上表情較以前生動了不知多少,我看著,似比以前快樂很多。後來她去了京城,如今再回來,我發現十七姐姐似乎又不快樂了。」
雲遲望著湖水,船槳劃開波紋,細細碎碎的微光蕩開水面,波光粼粼,他容色忽明忽暗,沉默片刻:「會的!」
花容微鬆了一口氣:「花家所有人,上到太祖母,下到剛出生的嬰兒,都喜歡十七姐姐,她待人極好,太祖母曾說,花家有花顏,是花家的福氣,所有人的福氣。」
雲遲不再說話。

花容看著他，想了想，又說：「十七姐姐答應的事兒，從來就一言九鼎，從不食言。她對誰好，都會極好極好。所以，太子殿下，哪怕十七姐姐以前千方百計與您悔婚，但她如今答應了您，您心中千萬不要有芥蒂，她會對您極好的，您也莫要對她不好。」

雲遲頷首，微微淺笑，這樣的話，秋月也說過，他目光溫和地看著花容，這個小少年雖然看起來靦腆害羞，少言少語，但難得心細如髮，待人誠摯，難得與他說這麼多。他笑著說：「你放心，我之於她，割捨不得，定會好好待她。」

花容點點頭，不好意思地撓撓頭笑了。

雲遲又在船頭立了半個時辰，轉身回了艙內。

花顏似有所感，在雲遲來到床榻邊時，忽然伸手拉住了他的手，迷迷糊糊地喊了一聲：「雲遲？」

「嗯。」雲遲聲音低柔，「再睡一會兒吧，還沒到雲霧山，到了我喊你。」

花顏點點頭，拉著他的手不鬆開。

雲遲順勢躺到了她身邊，伸手將她攬在懷裡抱住，低頭吻了吻她眉心，也閉上了眼睛。

小忠子並沒睏意，見雲遲進了艙內後，花容坐在床頭拿出九連環玩，沒有休息的打算，便蹭到他身邊，對他說：「小公子，問你個事兒？」

花容抬眼看了一眼小忠子，點點頭：「什麼事兒？你問吧？」

小忠子四下看了一眼，悄聲說：「花家有沒有不能未婚先孕的規矩？」

花容一愣，不解地看著小忠子，他聰明剔透，很快就明白了他的意思。

他頓時瞪著小忠子：「沒有是沒有，但是你小小年紀，怎麼能如此品行不良想這等事情？」

小忠子臉一紅，咳嗽不已，一時沒了話。

花容轉過頭，繼續玩九連環，不再理小忠子。

小忠子忽然覺得很沒面子，花容比他似乎還要小兩歲吧？如今這般說他，他無言反駁，身為殿下的奴才，這一回可真沒給殿下長臉。

兩個時辰後，來到了雲霧山腳下。

花容站起身，對小忠子說：「雲霧山到了，你去喊太子殿下和十七姐姐吧！」

小忠子麻溜地起身，立即去了。

雲遲小睡了片刻，掐著時辰已經醒來，聽到小忠子小聲在外面喊，他應道：「知道了。」話落，如玉的手輕輕地拍花顏的臉，「醒了，到雲霧山了。」

花顏睡的迷迷糊糊地睜開眼睛，伸手抱住了雲遲的腰，問，「幾時了？」

雲遲笑著說：「大半夜了，到雲霧山腳下了，你說要帶我去雲霧山頂看日出，還做不作數？」

「作數！」花顏麻溜地坐起身，睡意全無，「怎麼能不作數呢！」

雲遲微笑，也坐起身。

二人收拾妥當，出了內倉。

花容看著花顏笑著說：「十七姐姐，每次來雲霧山，過靈湖，你怎麼都犯睏？」

花顏腳步一頓，笑吟吟地說：「誰知道呢？這靈湖的河神非要拉我去會周公唄！」

雲遲偏頭瞅了花顏一眼，只見她臉上帶著淺淺的笑容，在夜色裡，帶著漫不經心的明媚。

船夫將畫舫靠在岸邊，一行人下了畫舫，上了岸。

山腳下有一條山路，直通山頂，有人拿出夜明珠，前後照著山路。

雲遲握著花顏的手，踩著山路地面的山石，一步一步地向山上走。

走到半山腰處，便隱隱有霧氣，越往上，霧氣越多。

雲遲笑著說：「這霧氣中似有花香。」

花顏點頭：「雲霧山上有一種雲霧花，只開在夜間，伴隨著霧氣，十分的清香。」話落，她伸手一勾，便勾到了路邊霧氣裡的一株花，笑著對雲遲說，「這個就是雲霧花。」

雲遲偏頭去看，只見在花顏的手心裡，有一朵碩大的白玉般的花朵，綻開得層層疊疊，如被雕刻的白玉蓮花，煞是漂亮。

雲遲微笑：「極漂亮的雲霧花。」

花顏鬆開手，那朵花似害羞一般立即縮回了頭去，躲進了霧裡，她笑著說：「這種花，只生長在雲霧山，且開在夜裡，除非夜裡登山，否則白日看不到它開花。」

雲遲頷首：「天下有許多事物，真是令人新奇。」

二人一路說著話，一路上了山頂。

山頂卻不見多少霧氣，十分稀薄，有一處觀景亭，有一座月老廟，月老廟旁，還有一株幾個人環抱的鳳凰樹，樹上掛著許多紅布條，或新或舊，布條上都寫著字，隱約是名字。

雲遲笑著說：「沒想到這裡還有一株鳳凰木，這倒是個求姻緣的好地方。」

花顏淺笑：「這株鳳凰木老了，沒有你東宮的那株鳳凰木漂亮，那株鳳凰木正值年華，才是冠絕天下。這雲霧山難上，若是不識得路，很容易在山裡走迷了路，所以，鮮少有人登上來。我帶你是來看日出，這求姻緣就算了，左右是天註定的。」

雲遲偏頭看著她，眸光溫潤輕柔：「即便是天註定，我還想要求上一求。」

花顏抿著嘴笑看著他：「既是天註定，你還求什麼呢？」

雲遲溫聲說：「求生生世世相許，舉案齊眉，白頭偕老。」

花顏眸光如碎了月光，望著月老廟，輕聲說：「太子殿下是真龍之身，這小小的月老廟，怕是承受不起您的一個求字，哪有什麼生生世世啊！」

雲遲看著她，忽然覺得，她某一刻，就如這雲霧山，霧氣昭昭，讓人看不清，他移開視線，負手也看著月老廟，嗓音低沉：「依照話本子所說，月老主宰天地萬物姻緣，我誠心求上一求，它當得起的，就求生生世世相許。」

花顏神色飄忽了一下，不過轉瞬即逝，她轉過頭，歪著頭看著他，笑著說：「那好，你去上香，我去繫姻緣繩。」

「姻緣繩？」雲遲似不懂。

花顏伸手一指那株鳳凰樹上面飄著的紅布條：「就是那些。」

雲遲點頭：「好！」

花顏看著小忠子陪著雲遲進了月老廟，便那樣靜靜地看著他的背影目光定了一會兒，收回視線，對花容低聲說：「帶紅綢了嗎？」

「帶了。」花容小聲說，「十七姐姐每次來都要上樹繫紅繩，我聽你吩咐備一艘畫舫遊湖，便知道你要來這裡。」話落，他從袖口抽出一條紅綢遞給花顏。

花顏伸手接過紅綢，足尖輕點，飛身上了那株鳳凰樹。

樹上有一盞長明燈，已經點了幾百年，每個月都會有花家的人來為其添加燈油，便那樣高高地掛在樹梢。

花顏上了樹後，倚坐在最頂端的一處樹幹上，手裡拿著紅綢，望著那盞長明燈。

花顏拿著紅綢，靜靜地坐在樹幹上。

雲遲進了月老廟，不太懂如何求姻緣，便讓小忠子喊了花容進去。

花容又一次刷新了對太子殿下的認識，覺得他能為了十七姐姐以尊貴的身分踏進這月老廟求姻緣，著實令人動容，他年紀雖小，但也知曉，身為太子，有可為，有可不為，但他為十七姐姐，把所有不可為的事情都做了。

花容指引著雲遲，依照臨安當地的習俗，結合他的身分稍作改動，在月老廟裡上了三炷香。

雲遲上完香後，負手立了一會兒，看著那三炷香燃盡，出了月老廟。

他走出來後，花顏依舊在樹上。

雲遲站在月老廟門前看著花顏，濃密的老樹枝葉擋住了她大半身子，只隱約能看到她淺碧色的綾羅衣裙，看不清她的臉，只看到她一動不動地倚在那裡。

他忽然想起了那支她初入東宮便讓福管家拿給他的姻緣籤。

「月老門前未結姻，鳳凰樹下無前緣。桃花隨水逐紅塵，牡丹亭前不惜春。」

月老廟、鳳凰樹……桃花……他轉眸去看，果然見不遠處，霧色中，有一株桃花，似也是一株老桃樹，乾枯了枝葉，已無花可開。

他又移開目光，看向不遠處的亭子，對花容低聲問：「那處亭子，叫什麼名字？」

花容同樣低聲說：「叫牡丹亭。」

雲遲眼底霎時湧起變化，倏地又轉頭看向樹上的花顏，忽然，他同樣足尖輕點，上了她所在的位置。

透過鳳凰木的枝葉，在長明燈的照耀下，他看清了花顏。

滿樹的淡淡霧色裡，花顏的臉上反而沒有往常一閃而逝的霧氣，而是靜靜地望著長明燈，感覺到他也上了樹，偏頭看來，靜了靜，對他輕輕微笑：「求完了？」

雲遲「嗯」了一聲，看著長明燈問，「這是何人所點？」

花顏淺笑：「花家的一位祖宗。」

雲遲仔細地盯著那長明燈看了片刻：「想必是一位女子，這燈做得玲瓏娟秀，很是漂亮。」

花顏笑著點頭，低聲說：「是吧！我也覺得很漂亮。」

雲遲看著她手裡的紅綢，沒寫字，又注意到長明燈周遭栓了很多紅綢，但都沒寫字，他瞳孔微微地縮了縮，笑著問：「該怎麼栓？」

花顏又靜了靜：「繫上去就好，簡單得很。」

雲遲伸手接過她手中的紅綢，伸手入懷，拿出隨身攜帶的羽毛筆，衣袖輕輕一揮，在上面寫上了「雲遲花顏」兩個名字，然後收起羽毛筆，拉起她的手，將紅綢直接繫在了長明燈上。

長明燈亮了幾百年，從沒有人在燈盞上繫紅綢。

花顏愣了愣，看著雲遲。

雲遲見她手僵硬，偏頭笑看著她：「我剛在月老廟裡求了你我生生世世的姻緣，要一起繫這姻緣繩，才靈驗是不是？我左手，你右手，一起繫。」

花顏手骨慢慢地變軟，點點頭，無聲地隨著他的話伸了出去。

雲遲的左手配合花顏的右手，將那寫著二人名字的紅綢繫在了長明燈上。

燈盞裡燈芯泛出明亮的紅光，照亮了紅綢上面兩個人相貼在一起的名字，靜靜的，如歲月流淌著的美好。

花顏眸光先是靜靜的，漸漸地，終於湧上了霧色，然後，她轉頭，將臉埋進了雲遲的懷裡，雙手緊緊地摟住了他的腰，低聲喊：「雲遲！」

「嗯！」雲遲應聲。

「雲遲！」花顏又喊。

「嗯！」雲遲再應聲。

「雲遲！雲遲！雲遲……」花顏一連喊了幾聲，漸漸地，聲音低啞。

雲遲低頭看著她，懷中的人兒，纖細柔軟，腰肢不盈一握，這一刻的她，似十分脆弱，他一手抱住她，一手輕輕地拍著她，嗓音低柔：「我在這裡。」

花顏的眼眶濕了濕，嗅著雲遲身上的氣息，在他懷裡蹭了蹭腦袋，然後仰起臉，對他說：「你既求了生生世世，就別放開我的手，否則一旦放開，哪裡還有什麼生生世世？」

雲遲點頭，認真地說：「好，不放開，生生世世都不放開。」

花顏抬起頭，扯動嘴角，對他揚起明媚的笑顏，笑意輕輕盈盈的，如日月光華，點點落下，落入雲遲的心間，蕩起微微的波紋，輕聲說：「你若不放開我，我也不放開你，死也不放開。」

雲遲看盡她眼底，似看到了細細碎碎的被從塵埃裡拾起的光，他低笑：「好，死也不放開，正合我意。」

這時，東方天空有紅霞破開霧靄沉沉的雲層，現出霞色光芒。

花顏立即說：「走，我們去高處，要日出了！」

雲遲點頭，攬著她下了鳳凰樹，花顏反牽著他，快步進了最高處的牡丹亭。

透過雲霧山濃濃的霧色，東方的天空起初像是一條彩帶，從一頭被人甩開，在蒼勁的，暗沉的，青白的天空上，漸漸地鋪展開，如拉開東方天空白日的序幕，霞色渲染了整片天際。

在霧色中看霞色，本就絢麗。

當紅日冉冉地從霞色中緩緩地升起，周身帶著紅彤彤的光芒，一點點的，含羞帶怯的，又堅定不拔地揭開面紗，整個劃出天際，那一瞬間，美不勝收。

雲遲忍不住讚歎：「雲霧山頂的日出，果然震撼人心！」

花顏淺淺而笑：「蒼茫勁骨破天際，霞光一壁江山色。」

雲遲含笑點頭：「日暮接天虛待客，青雲借力登九霄。」

花顏大樂：「這般觀感，當題在牡丹亭上。」

雲遲偏頭看著她，笑道：「來！一起？」

「好啊！」花顏笑著，手腕輕輕一甩，袖劍被她握在了手中，她轉身便在牡丹亭的廊柱上題上了兩句話。

雲遲幾乎在同時，抽出身上佩戴的軟劍，在她提筆時，也與她一起提筆。

蒼茫勁骨破天際，

霞光一壁江山色。

日暮接天虛待客，

青雲借力登九霄。

花顏與雲遲幾乎同時題完，對看一眼，雲遲揚眉：「題名？」

花顏一樂：「你的大名若是題在這上面，這雲霧山的牡丹亭怕是要被人踏破。」

雲遲莞爾：「題在別處不敢說，臨安人傑地靈，百姓風氣極正，一盞長明燈都點了幾百年，牡丹亭也不會這麼不禁踩。」

花顏收了笑，轉頭乾脆地題上了自己的名字。

雲遲緊挨著花顏名字旁，也題上了自己的名字。

雲遲花顏，如這首詩句一般，相得益彰。

那一輪紅日突破重重雲霧，罩在牡丹亭的廊柱上，那首被二人寶劍刻在上面的詩句，蒼松勁骨，輕狂風流，不分伯仲，日色灑了金光，為其鍍了金色，奪目至極。

花顏盯著看了片刻，收了袖劍，偏頭看著雲遲。

雲遲也看了片刻，似是滿意至極，愉悅至極，收了佩劍，目光溫柔地看著花顏。

花顏清楚地看到他眼裡似落了紅日，滿滿的光芒和光華，溫柔和愉悅似乎要從眼底流瀉出來，她上前一步，雙手抱住雲遲的腰，以最舒適的方式，將頭靠在他胸前，整個身子的重量都依偎在他懷裡。

雲遲眼底的溫柔隨著日色落盡心裡的光芒溢出，滿滿的，化不開，終於，他忍不住，用手抬起花顏的下顎，低頭將唇落在了她嬌軟的唇瓣上。

花顏目光動了動，在他唇瓣落下的一瞬間，咬住了他唇角，帶著絲絲俏皮的淘氣用力地咬了他一下。

雲遲失笑出聲，按住她身子，將她壓在了廊柱上，不容她躲避地狠狠地輾壓下來。

花顏氣息不穩，伸手推他，輕輕嘟噥：「有人在呢，花容還是個孩子呢。」

雲遲當沒聽見。

花顏伸手捂住他的眼睛，氣笑地想著這個人可真是不能惹。

雲遲到底是顧忌了花顏雖不算薄但也不算厚到家的面皮，懲罰了片刻便放開了她，看著她滿面潮紅，氣喘吁吁地依偎在他懷裡，心中從所未有的愉悅。

花顏靠著他喘息了片刻，才漸漸平復下來，紅著臉瞪他：「走了，下山了。」

雲遲笑著點頭。

二人出了廊柱後，這才發現小忠子、采青、花容等人都躲遠了。

俗話說上山容易下山難，下山的路不如上山的路好走，花顏的身體到底是有所損傷，半途中，便有些氣力不夠使，一層層的汗打濕了她的後背。

雲遲發現後，轉過身，二話不說將她打橫抱了下來。

花顏眨眨眼睛，然後什麼也沒說安心地窩在了他懷裡。

雲遲走了一段路後，沒聽到懷中人的動靜，低頭一看，發現她不知何時已經睡著了。他微微蹙眉，對花容問：「她以前癔症發作後，是不是都易睏倦？」

花容瞅了花顏一眼，小聲說：「何止呢，以前十七姐姐癔症發作後，都要在床上躺三五日不出屋呢。如今比以前看起來好多了。」

雲遲點頭：「原來這樣也算是好多了，那她以前，豈不是更辛苦？」

花容點頭，小聲說：「十七姐姐不輕易讓人看見她癔症發作的。」

雲遲不再多言。

下了山後，畫舫停靠在原地，船夫就位，雲遲抱著花顏進了內倉，畫舫離開了雲霧山，折返回臨安城。

第五十九章　塵封的書房

花灼在昨晚便知道二人去了雲霧山，彼時他正看著秋月忙著給他院中的花樹灌藥，聽人傳回話後，他歎了口氣：「我便知道妹妹要帶著他去雲霧山，每次去一趟，回來都要病一場，但望這次不會了。」

秋月動作一頓，轉頭看向花灼，猶豫了一下，小聲問：「公子，小姐當真是……那以後進了京城，進了皇宮，每日對著宮牆，總是想起，她該是何等的辛苦啊？」

花灼歎息：「又有什麼辦法？既是命定，躲不過，也是她必定要走的路，辛苦也要走，我只希望天不絕在知道由來後，能想到辦法。」

秋月犯愁地說：「醫者醫病難醫心，師父早已經說過，小姐的癔症，既是生而帶來，誰也沒法子，昨日我想了一日，還是沒想出辦法來，但願師父來了能有法子，否則小姐怎麼辦呢？」

花灼道：「妹妹是聰透之人，但正因為太聰透，什麼都太明白了，所以，才更是難解。」

秋月垮下臉：「是奴婢愚笨，枉費陪在小姐身邊這麼多年，真是笨死了。」

花灼誠然地點頭：「的確很笨，就是一個笨丫頭。」

秋月跺腳，端了藥罐子，扭頭走了。

花灼失笑，看著她氣嘟嘟的背影說：「不過笨丫頭也有笨丫頭的好。」

秋月腳步一頓，臉紅了紅，去了藥房。

花灼坐在樹下，接了一片花瓣，計算著天不絕在收到信後，能幾日趕來。

看守門房的一人前來稟告：「公子，北地蘇家的三公子和四公子、程家的二公子、八小姐求見！」

「嗯？」花灼氣定神閒問道，「他們來做什麼？」

那門童立即說：「蘇家的三公子和四公子說是前來見少主，北地程家的二公子和八小姐說是來拜見太子殿下。」

花灼擺手：「去回話，就說他們不在，昨日外出未歸。」

門童應是，立即去了。

程顧之在昨日點破了雲遲和花顏的身分後，與蘇輕眠一起去了八方客棧見了蘇輕楓，蘇輕楓有些訝異蘇輕眠竟然在笙歌燕舞之地見到了雲遲。

蘇輕眠也很意外，直到與程顧之回了八方客棧，一路上也還有些回不過神來，他也沒想到，會遇到雲遲和花顏，且還在那二人面前被給面子地討了兩盞清茶喝。

程蘭兒一直傾慕雲遲，先前在太后滿天下為太子殿下選太子妃時，雖最先考慮的人是趙宰輔府小姐趙清溪，但是也打算順帶將側妃、良娣人選一併選了，程蘭兒的畫像，也是排在花名冊前幾頁的。

十年前太后壽宴，程家人帶了她進京給太后賀壽，太后見她討喜，很是喜愛，多誇了幾句，言語間似有意將來讓她進宮，故而養成了程蘭兒如今驕縱的性子。

再加之程家人近年來本身就張揚了些，不懂得收斂，程蘭兒便成了典型的代表。

程蘭兒在聽程顧之道破雲遲和花顏的身分後，一時間大受打擊，她沒想到自己在雲遲面前落了個不與人和善糾纏的形象。她回到客棧後，大哭了一場，後悔莫及，但還是有些不甘心，聽聞程顧之、蘇輕楓、蘇輕眠三人商議好今日登花家門前來拜見，便也跟著來了。

四人誰都沒想到，昨夜雲遲與花顏竟然外出未歸，吃了個閉門羹。

花家也沒有接待四人的打算，便將四人晾在了大門外。

程蘭兒看著緊閉的大門，忍不住說：「果然是小門小戶的小家族，不懂得待客之道。」

程顧之低斥程蘭兒：「八妹，你若是再這樣口無遮攔的話，我就命人將你遣送回北地。」

程蘭兒眼眶一紅：「二哥，我又沒說錯，即便太子殿下和花顏不在府內，花家也不該將我們晾在這裡，不是該請進去嗎？」

程顧之冷聲說：「你是誰？與花家有何交情？憑什麼你來拜見太子殿下，太子殿下不在，花家就理所應該把你請進去？」

程蘭兒一噎。

程顧之沉聲說：「花家素來不與各大世家打交道，這是花家的規矩，天下皆知，也沒有失禮之說。」

程蘭兒小聲說：「可是如今不同了啊！花家出了個太子妃，都與皇室……」

蘇輕楓打斷她的話，淡淡地說：「八小姐還是謹言慎行。」

只這淺淡淡的一句話，卻讓程蘭兒猛地住了嘴。

程顧之看了蘇輕楓一眼，詢問：「輕楓兄，我們是否再請拜見花家族長？」

蘇輕楓看著花府的牌匾說：「據說花家是公子花灼當家作主。方才門童已經說了，他家公子說了，太子殿下和花顏小姐外出未歸。他人既在府內，想必不願見我們。」

「那……」程顧之看著他，「我們明日再來？」

蘇輕楓頷首：「走吧！」

程蘭兒有些不想走，但見三人都沒有異議明日再來，也不敢再吭聲了，一行人離開了花府。

雲遲與花顏回來得挺早，在四人離開花府後不到半個時辰，便回到了花府。

花顏在畫舫到了靈湖岸邊時，便醒來了，但還是有些睏，所以，當坐上了馬車後，便又窩在雲遲的懷裡睡了。

她醒時，雲遲也醒著，她睡時，雲遲也陪著她睡，步調十分的一致。

馬車到了花府，小忠子在外面悄聲說：「殿下，回府了。」

雲遲應了一聲，見花顏睏意濃濃，似要醒來又掙扎著睏倦，模樣十分嬌軟可愛，他微帶了一絲笑意，抱著她下了馬車。

一路回到花顏苑，遇到了花府不少人。

早飯後不久，正是花府的人飯後出來走動的時辰，每個人見了雲遲抱著花顏，都笑咪咪地與雲遲打招呼，除了第一日，花家正式地接待了雲遲，之後，花府一切照常，似乎根本就沒住著南楚最尊貴的太子殿下。

如今，見了雲遲，也不再規規矩矩見禮，長輩笑呵呵地問二人去了哪裡，同輩有調皮的喊雲遲十七姐夫後，又嘿嘿地笑著跑開。

雲遲一路含著笑意，抱著花顏回了花顏苑。

小忠子和采青跟在雲遲身後，十分罕見地覺得花家真是一個很奇特很溫暖的家族，在這裡，若不是他們時刻謹記著雲遲的身分，怕是也會忘了他是南楚最尊貴的太子殿下。

進了房間，雲遲將花顏放下，花顏習慣性地伸手抱住他，繼續睡。

雲遲無奈低笑，對她柔聲說：「回到家裡了，天色不早了，早膳還沒用，要不要用過早膳再繼續睡？」

花顏「唔噥」地哼哼了一聲。

雲遲好笑：「你若是這般睡上一日，便又過了一天，過兩日我就啟程回京了呢。」

花顏慢慢地睜開眼睛，眼底帶著細碎的笑意：「你怎麼知道我剛剛是在裝睡？」

雲遲點她鼻尖，輕笑著說：「馬車在到府門口時，你便醒來了，偏偏裝睡讓我抱著你，一路走來，故意讓我遭了不少人笑話。」

花顏揚著明媚的臉看著他：「你怕被人笑話？」

雲遲看著她的臉，似將雲霧山破開天際的日出帶了回來，明媚至極，他心情極好地說：「自然不怕。」

「那不就得了?我就是故意的。」花顏笑著貼在他心口蹭了蹭臉，問他，「你累不累?」

「不累。」雲遲搖頭，「你睡時我也睡夠了。」

花顏狡黠地看著他：「若是不累，我院子裡的廚房借給你用，你給我們兩個人煮麵吃吧，好不好？」

雲遲微笑：「好，太子妃有求，莫敢不應。」

花顏抿著嘴笑，立即坐起身：「我除了煮麵沒有你做得好，其實也會做飯的，你煮麵，我做菜。」

雲遲微微挑了挑眉：「好。」

於是，二人起身，一起去了小廚房。

花顏苑的小廚房除了秋月用來熬藥外，大多數時候都是閒置不用的，花顏往常在家的時候，不是去太祖母、祖母、父母那裡蹭飯外，就是出門左拐，去花灼那裡蹭飯。

廚房裡十分乾淨整潔。

秋月正在廚房裡熬藥，見二人一起來了，眨眨眼睛，又眨眨眼睛。

花顏笑著彈了秋月額頭一下：「笨阿月，熬藥熬呆了？」

秋月臉一紅，拂開花顏的手，咳嗽一聲：「小姐與太子殿下徹夜未歸，如今回來，倒還是十分精神。」話落，看著二人，「太子殿下又要下廚做麵？」

「嗯，你猜對了！」花顏笑著點頭。

秋月似想起了雲遲做的麵，臉垮了垮說：「太子殿下生來就是打擊人的嗎？」

雲遲失笑。

花顏也好笑。

秋月對花顏說：「小廚房沒有什麼菜，太子殿下和小姐想吃什麼菜，我去大廚房看看拿過來，小姐幫我看著藥。」

花顏想了想，報了幾樣菜，偏頭詢問雲遲。

雲遲點頭。

秋月去了大廚房。

雲遲淨了手，挽起袖子做麵，花顏幫著秋月看著藥爐，不多時，秋月走了回來，花顏開始動手摘菜做菜。

秋月坐在藥爐旁瞧著，真是難以想像，負擔著整個南楚江山社稷，殺伐果敢，尊貴威儀的太子殿下會下廚洗手作羹湯。

傳出去，這該是多麼聳人聽聞。

秋月看了一會兒，忽然說：「公子似乎從沒下過廚。」

花顏大樂，看了她一眼，笑著說：「笨阿月。」

秋月瞪眼。

花顏笑吟吟地說：「你跟花娘學做清湯麵，學了那麼久，卻都不知道哥哥早就跟花娘學會了嗎？」

秋月頓時愣住了。

秋月不敢置信地看著花顏，公子也會下廚？會做清湯麵？

花顏瞧著她一副傻傻的模樣，好笑地說：「哥哥見你總也學不會做不好，便想試試到底有何難？不承想，卻是第一次就學會了，他便笑著說，你的所有天分，估計都用來學醫毒之術了，沒分給別的。」

秋月聞言更是一副大受打擊的模樣，整張臉都垮了。

花顏提醒她：「藥要煎糊了。」

秋月連忙去看藥爐，果然見到了火候，連忙端下來，跺著腳說：「我去找公子算帳，明明他自己會做，卻每次都要讓我做，做不好還笑話我，著實可恨。」說完，捧著藥罐子走了。

花顏大樂。

雲遲瞅了花顏一眼，笑著說：「你這算給你哥哥找麻煩嗎？」

花顏眨眨眼睛，樂著說：「不算啊！秋月鬥不過我哥哥的，三兩句話，就會收拾了她。」

雲遲失笑：「難得花家沒有門第之見，素來秉持兩情相悅。」

花顏笑著說：「秋月出身不低的，說出來，你大約都會吃一大驚。」

「哦？」雲遲挑眉，「出身何處？」

花顏笑著說：「北地有三姓一王，蘇家、程家、林家，與北地懷王府。秋月是北地懷王府的小郡主，當年很小時候，天不絕遊歷北地，見她小小年紀，對藥物很是有天分，便問她要不要跟他學醫，她就問，學醫能讓她娘死而復生嗎？天不絕說不能，但是只要人沒死，有一口氣，他就能救活。於是，她就跟著天不絕走了。」

雲遲訝異：「竟然出身北地懷王府？我是隱約聽聞這些年北地懷王府一直在找丟失的小郡主，沒想到竟是你身邊的秋月。」

花顏笑著說：「那時她很小，也就三四歲，跟著天不絕後，一直學醫，悶悶不樂的。後來我為了醫治哥哥的病，找上了天不絕，在哥哥病情穩定有好轉後，便從天不絕那裡拐了她跟著我，她打賭輸給了我，成了我的婢女。」

雲遲淺笑：「但凡你與人打賭，沒有不贏的。」

花顏抿著嘴笑：「後來，她聽說懷王又娶了新王妃，便死了回懷王府的心思，不打算再回去了，正巧我也捨不得她，她的性情秉性，都是我一點點地培養的，可捨不得放了她，哥哥估計也與我一樣，自小他欺負不了我，便欺負她，欺負慣了，便也不想放手了。」

雲遲失笑：「北地懷王府，算得上是系出名門了，昔年懷王人雖風流，但是對懷王妃著實不錯的，懷王妃病故，之後懷王又丟失愛女，好生消沉了幾年。」

花顏淡笑：「若非懷王風流，懷王妃也不至於鬱結於心早早地香消玉損，秋月小小年紀，也不至於便決然地離開懷王府，跟著天不絕走了。據說懷王府的內宅，堪比皇上的後宮，佳麗不計其數。」

雲遲點頭，笑著道：「是有這個說法，懷王府的情形一直以來十分複雜，懷王能接世襲位，在一眾子嗣爭鬥中脫穎而出，著實不易。風流之說，不好評判。」

花顏眨眨眼睛，笑著說：「有時候是不能看表面人云亦云，但懷王子嗣眾多是事實，即便他將來有朝一日找到了秋月，哥哥也是不會把秋月還給他的。」

雲遲深有所感地笑著說：「從大舅兄手裡奪人，無論什麼時候，著實不易。」

花顏想到花灼給雲遲的那一疊寫滿要求和議程的宣紙，從他手中奪人，可不是不容易嗎？連雲遲都頭疼，不由得樂不可支。

二人一邊說著話，一邊做好了飯菜。

雲遲做了兩碗清湯麵，花顏炒了四碟小菜，二人一起端著出了廚房，頓時一陣麵香菜香。

小忠子和采青瞧著，覺得太子殿下和太子妃這般相處，真真像是一對尋常夫妻，但願以後太子妃嫁入東宮後，也能如此舉案齊眉，和睦融融。

用過飯後，花顏笑著對雲遲說：「是歇著，還是我帶你再出去轉轉？」

雲遲笑著說：「不出去了，就在府裡轉轉吧！你自小到大生活的地方，我想走走。」

「好啊！」花顏笑著起身。

外面的日頭炎熱，二人一起撐著一把傘出了房門。

花顏帶著雲遲去了她常去的幾處地方，或是風景清幽之地，或是孩童玩樂之地。二人悠閒地一邊說著話一邊走著。

花顏笑著說：「住在東宮時，我似乎沒逛過園子。」

雲遲偏頭笑看了她一眼：「那時你恨不得不踏足東宮，自然對東宮每一處都看不上眼，不想逛了。」

花顏抿著嘴笑：「那時還真沒想過要嫁你。」話落，笑看著他問，「東宮那麼大，你都走過嗎？」

雲遲點頭：「走過，東宮真正落成之時，我從皇宮裡移去東宮之前，走遍了每一處地方。東宮是母后和姨母共同的心血，我以後住的地方，自然要仔細地看一遍走一遍。」

花顏握緊他的手，想說什麼，終是作罷，笑著改口說：「將來你我有了孩子，倒是省了我費心了，東宮現成的。」

雲遲低笑，停住腳步，伸手環住花顏的纖腰，低柔地在她耳邊問：「十八歲？」

花顏一時沒想那麼多，順口便說出來了，如今見他如此，臉驀地一紅：「嗯，我與你說過了，我的身體因為所練內力的原因，十八歲之前，都會是不育的脈象。」

雲遲含笑點頭：「兩年時間極好，我也不想你剛嫁我，便有個小東西出來聒噪。」

花顏嘴角抽了抽，他們還沒如何，嫁娶之事尚在籌備，這般談論子嗣，是不是太早了？她繃不住好笑，伸手捶他：「真是扯遠了！」

雲遲一手撐著傘，一手攬著她，在青竹傘的暗影下，看著花顏淺笑盈盈微帶霞色的臉，忍不住低下頭。

花顏眼眸似含了日月星河的光，雲遲有些受不住：「花顏，我想……」

花顏咬唇，頓了片刻，同樣貼著他小聲說：「據說男子一旦開了頭，初時，便會日也思夜也想，你……確定？」

雲遲默了默，半晌，終是歎了口氣：「罷了！」

花顏將頭埋在他心口，低低地笑了起來，聲音似嬌似媚：「堂堂太子呢，無欲則剛呢！」

雲遲氣笑，深深地歎氣：「真是折磨人！」

花顏心想，到底是誰折磨人？

雲遲歇了片刻，平穩了氣息，笑看著她說：「走吧，帶我去你的書房吧！你哥哥的書房我去過了，牆壁上掛的都是你的畫像，你的書房，我想去看看。」

花顏笑著點頭，乾脆地說：「好啊，走吧！」

二人撐著傘，一起又折返回了花顏苑。

花顏帶著雲遲，去了花顏苑內院一處草木深深，蔓藤攀爬，將整個二層樓閣都包圍在了綠色之中的閣樓。

若非花顏領著，雲遲覺得即便他住在花顏苑幾日，怕是也難以發現這處隱祕之地，蔓藤將這閣樓封鎖得嚴嚴實實的，連窗子都爬了蔓藤。

他看著這處閣樓，彷彿看到了花顏被包裹的內心，細細密密的，偶爾大風刮來，掀起蔓藤的枝葉，透出那麼一點點兒光亮和縫隙，其餘的時候，便全是濃郁的昏暗。

房門落的鎖已經生了鏽，蔓藤將鎖都纏了起來。

雲遲看著花顏乾脆地扯開蔓藤，露出生鏽的鎖：「你這書房，多少年不用了？」

「七八年了吧？不記得了，我時常跟哥哥擠他的書房，這書房便棄置了。」

「怪不得鎖都生鏽了。」雲遲微笑。

花顏拔下頭頂的一支髮叉，輕輕地將一頭插進鎖孔裡，似生的繡有些重，她即便手法好，還是費力了好半晌，才打開了鎖。她伸手一推門，門吱呀一聲開了，落下一片塵土。

雲遲感慨：「這地方還能進嗎？你我進去，不會變成兩個土人吧？」

花顏回轉頭看著他，輕輕盈盈地笑：「估計被你猜對了，那太子殿下，你要不要進啊？」

雲遲看著這處被濃密的蔓藤全部遮擋住的書房，就如花顏心底的一個塵封之地。

她既然願意帶他來，那麼，便是對他打開了一扇心門。

他如何不進去呢？

他笑看著她：「進去變成土人後出來，我們正好洗個鴛鴦浴。」

花顏失笑，瞪了他一眼，嗔道：「真拉著你一起洗的時候，你該又落荒而逃了。」說完，她抬步走了進去。

雲遲低咳一聲，那一日他的確是落荒而逃，但也是為了顧及她的身體，今日本來想狠狠心將她如何，她卻又說男子一旦開了葷，初時便日思夜想，想著很快就要離開，他著實不敢了。

他有些沒面子地跟在花顏身後，進了開啟的書房。

裡面十分的黑。

花顏腳步不停地走到桌前，熟悉地摸到火石，掌了燈。

裡面頓時明亮起來。

雲遲隨後跟進來，見到這處書房裡果然如他猜測般落了厚厚的一層灰土，書架上，案桌上，罩燈上，琴上、蕭上、字畫上、地面上，甚至牆上，都灰撲撲地落了一層厚厚的灰土。

很多的字帖，還有很多的畫了一半的畫，還有散落的棋子，還有滿地扔著的紙張，皆被塵土覆蓋。

這裡，幾乎沒有一絲乾淨整潔，十分地雜亂無章。

花顏掌了燈後，站在桌前靜默了一會兒，笑著說：「是不是很失望？這般亂七八糟的，便是我的書房，沒有哥哥書房那般整潔。」

雲遲靜默片刻，搖搖頭，彎身從地上撿起一張宣紙，拂掉上面的塵土，便見到工整娟秀的字跡，他看了片刻，又彎下身，撿起一張畫卷，這畫卷只畫了一半，他剛去過雲霧山，一眼便看出是雲霧山的一角，一半的月老廟，一半的雲霧，一半的鳳凰樹，一半的牡丹亭，一半的日出……

這樣的畫功，一眼所見，御畫師也不及她十之三四，在這樣或粗或細或大開大合的渾然天成的筆法下，哪怕是一半，也活靈活現。

但是可惜，只有一半。

他又彎身拾起地上其它紙張，或娟秀的字跡，或工整的字跡，或龍飛鳳舞的字跡，每一張字帖都是完整的，若不是他曾親眼所見，很難相信一個人可以寫出許多種字帖，皆堪比當世名帖。

每一卷畫，都畫了一半，有的地方雲遲去過見過熟悉，並不陌生，所以即便冰山一角也能一眼看出，有的地方雲遲沒去過見過，所以，不知道畫的是哪裡。

很多張，預示著，曾經，她曾落筆到一半昏睡過許多次。

這裡，就如一個暗牢，她似乎在這裡掙扎過許久許久，奈何，似乎沒掙扎出來，便索性塵封了。

他放下宣紙和畫卷，走到琴案前，拂掉上面的塵土，便看到了一架上好的七弦琴，但是斷了一根琴弦，琴弦上還染著乾枯了許久的血跡。

案桌上，棋盤上擺了一局殘局，桌面和地面零星地散落著棋子。

他看了片刻，又轉過身，掃過不遠處一排排書架，書架上的塵土掩蓋了書封的字跡。他走過去，輕輕抬手，拂掉了上面的塵土，便露出了書封。

皆是史書。

一排排，一列列，各朝各代的史書，有正史也有野史。不見他以為她愛看的志怪小說與市井話本子。

他沿著書架走了一圈，轉回頭，看著花顏。

花顏依舊立在掌燈的案桌前，神色靜靜的，燈火罩在她身上，落下光暈斑駁，看不出她心裡的情緒，也看不到她面上別的多餘的表情。

雲遲隔著書架的縫隙看了花顏片刻，緩步踱到她身邊，笑著說：「原來我的太子妃自小讀的是史書。」

花顏目光動了動，視線聚焦到雲遲面上，輕如雲煙地淺笑，輕聲說：「是啊，史能明智！」

雲遲莞爾，看了看身上被沾的塵土，笑著說：「果然成了土人了。」

「走吧！這裡著實沒什麼好待的。」花顏拉起他的手轉過身。

雲遲跟上她，揮手熄滅了燈盞。

出了書房，陽光照了下來打了二人一個滿頭滿臉滿身，烈日烤得灼熱，照在身上火辣辣的，似從上到下給洗禮了一番。

花顏望著天輕吐了一口氣。

雲遲忽然從後面抱住她，緊緊地，將她抱在了懷裡。

花顏一怔，收回視線，微微偏頭，從前面往後面瞅他：「怎麼了？」

雲遲的腦袋擱在花顏的肩膀，聲音有些暗啞：「對不住，不該讓你帶我來這裡，揭你塵封起來不願開啟的傷疤。」

花顏笑了笑：「塵封是沒錯，以前是想封鎖了一輩子再也不踏進來，如今卻不再那樣想了。」話落，她將身子懶洋洋地順勢靠進他懷裡，輕聲說，「你我夫妻一體，有些事情，我不想瞞你，但是，雲遲，給我點兒時間好嗎？我如今在努力。」

雲遲點頭，低啞地說：「不願想起的東西，就一輩子不要想起好了，不願揭開的傷疤，就一輩子不揭開好了，只要你好好地陪著我，我知道不知道，早知道晚知道，都沒關係。」

花顏心裡的黑暗漸漸地被陽光破開，霎時暖如春水，她笑著說：「雲遲，你這般縱容我，慣著我，可怎生是好？我是一個寵慣不得的人，你把我寵慣得厲害了，我怕是要上房揭瓦的。」

雲遲低笑：「不怕你上房揭瓦，你上房，我拿梯子，你揭瓦，我補瓦好了。」

花顏被這番話深深地愉悅了，大樂：「這可是你說的啊，不准反悔。」

「不反悔。」雲遲笑著點頭。

「走吧，一身土味。」花顏笑著直起身。

雲遲放開了她，撐起了傘，二人遮著烈日，一起回了花顏苑。

進了花顏苑後，花顏伸手推雲遲：「你先去沐浴。」

雲遲看著花顏，乖覺地拿了一件嶄新的衣物，開了暗門，進了水晶簾後的暗室。

花顏見他進去，走到案桌前，自己給自己倒了一杯茶，慢慢地喝著。

雲遲出來時，花顏一盞茶還沒喝完，聽到動靜慢慢地轉過頭，放下茶盞，對著雲遲淺笑：「洗完了？」

雲遲「嗯」了一聲，沐浴後，再不見灰撲撲的塵土，神清氣爽，「你去吧！」

花顏放下茶盞，拿了一件乾淨的衣物，進了水晶簾後的暗室。

雲遲走過來，見花顏茶盞裡剩了半盞茶，他伸手端起來，發現茶盞是冷的，裡面的茶不見溫度，似也極冷了。

他抿了抿唇，慢慢地，將花顏那半盞冷茶喝了。

花顏沐浴出來，雲遲半躺在床榻上，對她招手：「過來歇著吧！今日哪裡也不去了。」

花顏點頭，也上了床榻。

花顏似是極累，很快就睡著了。

雲遲看著她，二八年華的年紀，正是年少妙齡芳華，若不是與她日漸相處得長了深了，恐怕無論如何也想不到她那樣的聰透活潑看著灑然隨意的人兒，心裡竟塵封著一座荒蕪的枯塚，別人進不去，她自己出不來。

轉日，花顏一夜好睡後早早地醒了，她偏頭看向身邊，雲遲似也同時醒來了，她心情很好地笑著說：「早啊！」

雲遲露出笑意，剛睡醒的嗓音暗啞好聽：「早！」

花顏坐起身，對他說：「那日看你和哥哥過招，十分過癮，今日我身體似乎爽利了很多，我們起來過招吧！」

雲遲低笑：「正好，我一直便想見識見識你的身手。」

花顏麻溜地下了地，快速地梳洗穿戴妥當，站在門口等著不緊不慢收拾的雲遲。

清晨霧氣有些重，天色微微昏暗，似有雨的徵兆。

花顏站在門口立了一會兒，雲遲走了出來，對她笑著說：「前兩日將大舅兄院落的花樹給糟蹋了一番，如今這花顏苑能免則免吧！」

花顏笑著點頭：「咱們去後園子裡。」

雲遲頷首。

二人一起出了花顏苑。

來到後園子，花顏腳步還未停，忽然袖劍飛出，毫無預兆地對著一旁的雲遲刺了過去，雲遲飛快地閃身避開，還未站穩，花顏又一劍刺來，雲遲再避，轉眼花顏又是一招，雲遲再避不過，拔出了腰間的袖劍。

輕飄飄的三劍便逼得太子殿下出劍，花顏笑著對他得意地揚了揚眉。

雲遲一直知道花顏武功極好，否則也不會只帶了幾十人便覆滅了整個蠱王宮，但這也是他第一次見她用劍，紛繁變幻的招式，詭異難測，讓他一時間也有些應接不暇。

秋月聞聲趕來後，心疼地看著後園子飛花碎葉如雨點一般地落下，她直跺腳，大喊：「小姐，太子殿下，別傷了那株萬年青。」

她喊時，二人正圍著那株萬年青你來我往地過招，衣袂紛飛，劍光花影。她喊聲落，二人即將交疊在萬年青上的劍齊齊撤回，避開了萬年青。

秋月大鬆了一口氣。

花灼緩步踱來，負手而立，看著二人過招。

秋月偏頭問花灼：「公子，您說是小姐贏還是太子殿下會贏？」

花灼淡淡而笑：「若是妹妹前兩日沒傷了五臟六腑，不至於氣虛體乏的話，他與太子殿下估計打了個平手，或者，她用點兒這些年在外所學見不得光的邪門歪道的手段，也許太子殿下不見得會是她的對手。但如今嘛，她撐不了兩個時辰，就會顯敗象。」

秋月點點頭，又看了片刻說：「公子說得極對，小姐體內傷勢還沒恢復呢，若是她全無傷勢的全盛時期，太子殿下這般清正的劍術，單純論輸贏，真不見得是小姐的對手。」

花灼頷首，嗤笑：「臭丫頭好的學了極多，壞的也學了不少，連我自小與他一起長大，都吃過她幾次虧，更遑論別人了？有時候劍術再好，也抵不過詭詐二字。」

秋月似想起了什麼，瞅著花灼悶笑。

花灼伸手敲了敲秋月腦門：「笨阿月，你笑什麼？我吃虧便讓你這般樂呵嗎？」

秋月後退了兩步：「我本來就笨，再被公子敲下去，真的更笨了。」

花灼看著她好笑：「我又沒嫌棄你笨。」

秋月臉一紅，頓時不敢看花灼了。

一個時辰後，花顏手中的袖劍一軟，沒拿住，脫手飛了出去。

雲遲一怔，連忙用劍挑了個劍花，接住了花顏甩來的劍。

花顏身子一軟，一屁股坐到了地上。她這一坐，十分的沒形象。

雲遲收了劍，快步走到她身邊，緊張地問：「怎麼了？可是我傷了你？」

花顏額頭溢出細密的汗，仰著臉笑看著他：「沒有，不怪你，是我氣力不支。」

雲遲鬆了一口氣。

花灼來到近前，看著花顏說：「真是高估了你，我還以為你怎麼也要撐兩個時辰。」

花顏笑著看了花灼一眼：「又不是與別人對打生死攸關，兩個時辰的確是能撐到，但也沒必要死撐啊！」

花灼點頭，看了雲遲一眼：「倒也是。」

雲遲伸手拽起花顏，扶著她站好，對她問：「身體可有哪裡不舒服？」

「沒有。」花顏搖頭。

雲遲不放心，看著秋月。

秋月連忙上前給花顏把脈，片刻後說：「小姐體內五臟六腑的傷勢恢復了一半，如今體虛力乏，沒大礙。」

雲遲徹底放心了。

花灼轉向雲遲：「你明日啟程？」

雲遲頷首：「不能再拖了！」

花灼淡笑：「走吧！太祖母知曉你明日啟程，今日讓我們過去松鶴堂用早膳。」

雲遲沒有異議。

三人去了松鶴堂，太祖母笑呵呵地對雲遲招手，讓他坐在她身邊，花顏挨著雲遲坐下。

一眾人等和樂融融地用了早膳。

早膳後，太祖母拿出一個黑木匣子，遞給雲遲：「小遲，這個你收著。」

雲遲看著黑木匣子笑問：「太祖母，這裡是什麼？」

太祖母神神祕祕地說：「治顏丫頭的法子，你收著以後慢慢研究。」

花顏聞言伸手去拿。

太祖母一把按住，對她虎著臉說：「顏丫頭，你不准看，這是給小遲的。」

花顏無語地瞅著太祖母：「我可是您的親親重孫女。」

太祖母笑呵呵地說：「多親都不管用，你調皮搗蛋得厲害，就得治。」

花顏徹底沒了話。

雲遲含笑收起了匣子，溫聲說：「多謝太祖母，我收了。」

太祖母眉開眼笑地點頭：「乖孩子！」

出了松鶴堂，花顏黏著雲遲問：「太祖母給你的是什麼，快打開看看。」

雲遲看著她一副好奇的樣子，一本正經地說：「太祖母說了，不准給你看。」

花顏對他瞪眼。

雲遲低笑，不理會她瞪眼，說什麼也不拿出來。

花顏無奈，只能作罷。

門童前來稟告：「北地蘇家的兩位公子，程家的二公子和八小姐請見太子殿下。」

雲遲擺手：「不見！」

花顏眨眨眼睛，偏頭瞧著雲遲：「真不見？」

雲遲握住她的手：「明日我便回京了，今日不想將時間消磨在他們身上一日。」

花顏笑著點頭，對門童說：「去回話，就說太子殿下身體不適，今日不見客。」

門童應是，立即去了。

等在花府門口的蘇輕楓、蘇輕眠、程顧之與程蘭兒沒想到今日來又吃了個閉門羹，無奈，只能又折返回了客棧。

程蘭兒小聲嘟囔：「太子殿下不知怎麼就被迷了心竅，這樣的小世家女子，怎麼能登得了大雅之堂？」

蘇輕楓淡聲說：「八小姐在北地待久了，便不知天高地厚了，臨安這個小世家曾讓太祖爺三請五請子嗣入朝，卻都被婉拒了。追蹤祖籍，累世千年扎根臨安，有哪個世家有其源遠？」

程蘭兒頓時住了嘴。

程顧之道：「不錯，臨安花家，不可小視，只看臨安之地，夜不閉戶，路不拾遺，不夜城燈火夜如白晝，便可窺探一般。」

二人回到花顏苑，還沒進屋，天空便飄起細雨。

花顏停住腳步，仰頭去看，天空一片白，細雨如紗，細細密密地落下，帶著絲絲清涼和清爽。她笑著說：「炎熱了好些時日，終於下雨了。」

雲遲也停住腳步，與她一樣，抬眼望天，看了片刻，笑著說：「我發現臨安即便半個月無雨，似乎也不影響農耕作物？這是為何？」

花顏笑著說：「臨安有水渠，農耕的田地裡都有水井，天太熱乾旱的時候，就人工打水澆田地，所以，無論多乾旱，地裡秧苗乾旱不著。」

「怪不得了。」雲遲感慨，「臨安有天下糧倉之稱，原來事在人為。」

花顏淺笑：「花家的手伸不了那麼長，心也沒有那麼寬大，管不了天下百姓，但是管臨安一地，還是足夠管好的。」

雲遲讚歎：「臨安一地，十幾萬百姓，富裕繁華堪比京都，能治理到如此地步，真是極好了。」頓了頓道：「未來有朝一日，我只願天下各地都如臨安。」

花顏莞爾：「太子殿下志向遠大，本事卓絕，兢兢業業，一定有那麼一日的。」

雲遲微笑，拉著她上了臺階，二人並肩站在臺階上房檐下，看著細雨霏霏。

晌午，用過午膳，花顏讓雲遲先午睡，撐著一把傘出了花顏苑。

雲遲站在窗前看著她纖細的背影在青竹傘下，窈窕娉婷，腳步輕緩地踩著地上的碎落花瓣出了花顏苑，猜測著她去做什麼了，要多久回來。

他在窗前立了半晌，伸手扶額，低喃：「真是有些捨不得啊！」

小忠子捧著一摞信函進來，遞給雲遲：「殿下，這些信函，都是剛剛送來的。」

雲遲回頭瞅了他一眼，說：「放在桌上吧！」

小忠子點點頭，放在了桌上，然後偷眼看雲遲，小聲問：「殿下是不是捨不得太子妃？」

雲遲「嗯」了一聲，「是有些捨不得，想想還有半年之久，便覺得太長了。」話落，他轉過身，坐在桌前，伸手隨意地翻了翻信函，只見這一摞信函裡，竟然有三封是皇上送來的，他頭疼地揉了揉眉心。

小忠子眼珠子轉了轉，小聲說：「我問花容了，他說花家沒有不能未婚先孕的規矩。」

雲遲動作一頓，氣笑地看了小忠子一眼，訓斥說：「丟人都丟到小孩子面前了，你也是出息了。」

小忠子脖子一縮，頓時沒了聲，想想那日他被花容訓，的確是挺給殿下丟人的。

雲遲對他擺擺手。

小忠子見太子殿下沒有生氣罰他的打算，連忙快步退了下去。

花顏很快就回來了，且帶回了一對翠鳥。

雲遲聽到腳步聲，探頭望向窗外，細雨迷濛中，她一手撐著青竹傘，一手拎著一對鳥籠子，裡面有兩隻翠鳥，通體翠綠色，十分好看。他微微地揚了揚眉，想著她說出去一下，原來是去弄了一對翠鳥回來。

花顏緩步上了臺階，折了傘，拎著鳥籠子進了屋，見雲遲坐在案桌前，面前擺著一摞信函奏摺，她笑著問：「今日皇上來了幾封信？」

「三封。」雲遲道。

花顏好笑：「看來皇上已經急不可耐了。」

雲遲頷首，感慨說：「這些年父皇懶散慣了，朝事兒都推給我，如今不過短短時間，他便受不住了。」

花顏笑著說：「能者多勞，誰有你這樣的兒子，都會慣懶散了。」

雲遲失笑。

花顏走到近前，將鳥籠子放在案桌上，對他說：「這是一對一點翠，我以前養的鳥，你帶走解悶吧！」

雲遲微笑地看著她：「帶走什麼，也不如帶走你。」

花顏嗔了他一眼。

雲遲伸手將她抱在懷裡，低歎：「半年還是太長了，有什麼法子能讓我不用忍相思之苦？」

花顏看著他的模樣，難得太子殿下一臉鬱結，滿眼的不捨，她笑著說：「京城到臨安，不過千餘里，最快的馬，兩日夜行程而已，算不得什麼。」

「也是！」雲遲聞言開解了些。

花顏對他說：「這一對鳥比較難侍候，我去交給小忠子，告訴他怎麼養。」

雲遲搖頭：「你將如何養它們寫在一張紙上，我來養。」

花顏懷疑地看著他：「你有空嗎？」

雲遲頷首：「總會有的。」

花顏點頭，坐在桌前，提筆寫養鳥的注意事宜。

雲遲過了一會兒對花顏説，「我將采青留下跟著你。」

花顏沒異議：「好。」

當日夜，雲遲抱著花顏，久久不願入睡，與她交代囑咐他回京後她要好好養身子，好好吃飯，每日與他一封信云云。

花顏開始不停地點頭，到最後，好笑地看著他：「再説下去，就變成老婆婆了。」

雲遲氣笑，也覺得自己的確是過於絮叨了。

第二日早，雲遲與花顏早早便起了，收拾妥當，出了花顏苑，去了松鶴堂。

雲遲陪著太祖母等人用過早膳後，以太祖母為首，花家的一眾人等，悉數送雲遲到府門口。

除了雲遲來的時候舉族出迎外，便是他離開的時候，舉族相送，這是對太子殿下最高的對待了。

雲遲與眾人道別，然後看向花顏，不捨地説：「你送我出城吧！」

花顏微笑：「好。」

花灼看了二人一眼：「我也送送太子殿下。」

雲遲淡笑：「多謝大舅兄。」

雲遲上了馬車，花顏也跟著坐了上去，花灼自行坐了一輛馬車。

花家為雲遲準備了十幾車臨安農產絲綢玉器字畫等物，雲遲不算輕裝簡行地離開了臨安城。

太子殿下回京，祕而不宣，趁著清早沒什麼人，未曾張揚地出了城。

馬車裡，雲遲抱著花顏，摟著她嬌軟的身子，一言不發。

花顏想著他估計昨晚話說多了，該交代她的都交代了，該囑咐的也都囑咐了。所以，臨到離別了，反而沒什麼可說了。但她依舊感受到了濃濃的不捨。

花顏被他感染，笑著說：「你放心，天不絕來給我看診，無論順利不順利，我若是在家待的無事兒，你忙得抽不開身再來臨安，我便偷偷進京去看你，半年很快的。」

雲遲眼睛頓時亮了亮，低聲問：「當真？」

花顏笑著點頭：「當真。」

雲遲低啞地說：「我真是中了你的毒，一日就相思入骨了。」

花顏低笑，輕聲說：「誰沒中毒呢？」

雲遲的眼睛又亮了亮，現出細細碎碎的月之光華，灼人得很：「你說什麼？再說一遍。」

花顏笑著說：「到十里亭了！」

雲遲不依不饒：「你再說一遍。」

花顏抿了抿嘴角，目光盈盈地看著他：「我大約會比你更甚相思的。」

雲遲聞言心下動容看著她。

花顏受不住，伸手推他：「一會兒你還要與哥哥道別呢，他會笑話的。」

雲遲想說不怕他笑話，奈何又覺得自己的定力越來越低了，真怕再下去控制不住，只能放開了她。

小忠子的聲音適時地在外面喊：「殿下，到十里亭了！」

雲遲「嗯」了一聲，理了理衣擺，又幫花顏整了整髮髻，下了馬車。

花灼的馬車隨後跟上來，也停在了十里亭，他下了馬車後，瞅了雲遲一眼，又瞅了花顏，對雲遲淡聲說：「望太子殿下一路順利，真能做到半年後來臨安迎娶妹妹，屆時恭候了！」

雲遲微笑頷首：「大舅兄放心，一定準時！」

花灼不再多言。

花顏轉頭，面向雲遲，抬手幫他理了理衣襟，溫柔地笑著說：「一路小心！」

雲遲握住她的手，笑著說：「我的人雖回京了，這心怕是跟你留在臨安了。」

花顏失笑，伸手推他。

雲遲順勢放開她，不再多言，轉身進了車廂內。

東宮的府衛齊齊對花顏拱手作禮，然後隊伍緩緩啟程，離開了十里亭。

第六十章 別來無恙

花顏站在原地，看著雲遲的馬車走遠再走遠，直到官道上看不到影子，她依舊沒收回視線。

花灼看著她挑眉：「怎麼？捨不得？」

花顏點點頭：「是啊！習慣真是一件可怕的事兒，我已經習慣了每日睜開眼睛就能看到雲遲，習慣了每日看他批閱奏摺處理信函，習慣了每日與他一日三餐對坐，習慣了與他喝茶閒談偶爾說笑……」

花灼將手放在花顏肩膀上，拍了拍她說：「你對誰好，總是一個猛子扎進水裡，不管前方水深水淺，從你們相處之日算起，不過兩個月，不是在西南境地，就是在咱們臨安，這兩處，都遠離京城，你有沒有想過，也許生活在京城，你們與如今相處相比，定會不一樣的。」

花顏轉過頭，看向花灼，輕聲說：「哥哥的意思我明白，你留我在家裡，一是為了等天不絕為我看診，二也是想冷冷他，同時也讓我冷靜一段時日。」

花灼瞪了她一眼：「你怎麼就不說我是捨不得你嫁去京城？」

花顏失笑：「這個自然是不必說的。」

花灼微哼了一聲，負手看著官道，面色端凝：「他待你之心，這幾日，我也看得明白，但他畢竟是南楚的太子，你心裡背負的東西太多，你們在南疆又以蠱王交換為代價締結連理，我實在不放心，若是照我說，半年的時間太短。總要一二年磨合。」

花顏也重新看向官道，笑著說：「哥哥多慮了，人與人相處，貴在心誠，坦誠以待，我有些事情雖還未告訴他，但他明白我的，早晚有一日，我做好準備後，會與他說。無論是半年，還是一年二年，或者三年五年，想必都是一樣的。京城雖人心繁雜，大約會艱難些，但我不怕的。」

花灼抿唇，半晌，點點頭：「你有這個信心就好。」

花顏頷首，抬眼望天，昨日一場雨後，今日天色晴朗，不太熱，他對花灼說：「哥哥，進亭子裡坐坐吧，我還不想回去。」

花灼沒意見地說：「依我看，他走了，把你的魂兒帶走了才是。」

花顏抿著嘴笑，一邊向亭子裡走去，一邊問：「哥哥，天不絕可回信了？」

花灼搖頭：「沒有，等著吧！」

花顏進了亭子，看了一眼光滑乾淨的石桌石凳，坐了下來。

花灼隨後跟進來，也坐在了石凳上。

花容見二人沒有回城的打算，拎著一壺熱茶拿了茶盞，給二人倒了兩盞茶放在了石桌上。

花顏端起茶，慢慢地喝著，過了一會兒，啞然失笑說：「哥哥真是說對了，我恨不得追去跟著他一起走。」

花灼瞥了她一眼：「出息！」

花顏也不臉紅，笑著說：「我是挺沒出息的，什麼時候有出息了，也就不是我了。」

「倒是有自知之明。」花灼嘲笑。

花顏「唔」了一聲，放下茶盞，沒精打采地說：「走吧！不在這裡待著了，怪沒意思的，不如回去睡覺。」

花灼放下茶盞，冷不丁地說：「天不絕今早回信了，蘇子斬也跟著一起來。」

花顏聽到花灼的話，愣了愣。

蘇子斬要來臨安？與天不絕一起來？她看著花灼。

花灼點點頭：「天不絕回信中是這樣說的，他在收到我的信時，被蘇子斬知曉了，琢磨之下，便說與他一起來臨安。他的病情剛穩定，天不絕還不能離開他太久，索性便答應了讓他一起來。」

花顏點點頭，淺淺地笑了笑：「他還沒來過臨安，也好。」

花灼頷首，見她並無異樣，道：「你們總不能一輩子不見，他來臨安也好，你與他也正好做個了結。」

花顏聞言笑起來：「哥哥在說什麼呢，什麼了結不了結的，本就沒開始，何談了結？解解心裡的結還差不多。」

花灼不說話，只看著她。

花顏收了笑意，對他輕聲說：「哥哥放心吧！他既然來臨安，就是通透的，我與他，不是生死仇敵，用不著一輩子不見的。夫妻緣分淺薄，但知交好友不見得也緣分淺薄，做不成夫妻，做知交好友總行的。」

花灼點點頭：「也是，蘇子斬是個聰明人，不會讓你難做的。」

花顏笑容深了深：「他是很聰明，人也極好，但願將來，能有一個知他懂他愛他敬他重他的人伴他身側。」

花灼不置可否：「走吧！日頭熱上來了。」

花顏點點頭。

上了車後，花顏跟沒骨頭一般地靠著車壁坐下，懶洋洋地閉上了眼睛。

花灼看了她一眼，說：「從小到大，多少年也改不了你這沒骨頭的懶散樣子。」
花顏哼唧了一聲：「再過個半年，你就看不到了。」
花灼沒了話。
馬車回到花府，未到門口，花容小聲說：「公子，那四個人又來了。」
花灼皺了皺眉。
花顏睜開眼睛，問：「北地蘇家和程家人？」
花容「嗯」了一聲。
花顏想了想：「你去對程二公子和程八小姐說，太子殿下已經回京了。請蘇三公子和四公子入府小坐。」
花容應了一聲，讓采青將馬車轉入另一處門口進入，自己則立即下了馬車去了。
花灼對花顏的安排並無異議。
花府門口，花容傳了花顏的話後，四個人齊齊一怔。
程八小姐大聲說：「你們騙人，昨日太子殿下還身體不適，我們今日來怎麼就已經回京了？」
花容綳著臉說：「今日一早啟程的，你愛信不信。」
程八小姐一噎。
花容邁進門檻，對蘇輕楓和蘇輕眠道：「兩位是我家十七姐姐有請，可進？」
「你家十七姐姐是？」蘇輕眠撓撓頭問。
「花顏。」
蘇輕眠立即說：「進。」話落，轉頭看向蘇輕楓。

蘇輕楓點頭：「多謝，請帶路。」

花容帶路，領著二人進了花府。

大門關上，將程顧之與程蘭兒關在了府門外。

程蘭兒憤怒：「二哥，你看看，這花家著實欺負人，看不起我們。」

程顧之面色平靜：「我們是來拜見太子殿下，太子殿下既然走了，花家也告知便行了。而蘇輕楓和蘇輕眠早先來時就是說請見花顏，如今她請二人入府，也是待客之道，於我們無關。言外之意，他們被拒之門外，也正常。

程蘭兒跺腳：「二哥，太子殿下回京了，我們怎麼辦？」

程顧之思忖片刻：「我們出來這一趟，也有數日了，明日咱們回北地吧！」

程蘭兒不甘心地說：「難道我們就這樣回去？」

程顧之歎了口氣：「我們也不算白來一趟，太子殿下與臨安花家，這個親看來是結定了，八妹，你死心吧！回去也讓祖父、祖母死心吧！」

程蘭兒眼眶發紅，咬牙說：「我就不信了，太子殿下愛重臨安花顏，為她空置六宮，早晚是要選秀的。古來還沒有哪個儲君帝王專情一人。」

程顧之看著她說：「有的！」

「誰？」程蘭兒看著程顧之。

「太祖皇帝，為了前朝淑靜皇后，一生未立后選妃，空置三千後宮，至駕崩，也無子嗣，傳帝位給了胞弟之子。」

程蘭兒一時變了臉：「哥哥的意思是太子殿下會仿效太祖皇帝？」

「難說。」程顧之道，「走吧！我們先回去，等蘇家兩位世兄從花府做客出來再做定奪。」

程蘭兒看著花府緊閉的府門，無奈地點頭。

花容領著蘇輕楓、蘇輕眠進了花府後，采青迎了過來，對花容說：「太子妃有請兩位公子去茶園的會客亭。」

蘇輕眠聽到茶園，眼睛亮了亮。

花容點點頭，帶著二人向府內的茶園走去。

蘇輕楓和蘇輕眠第一次踏入花府，乍進入時，聽得府內院人聲鼎沸，歡聲笑語，似十分熱鬧。跟著花容轉入一條曲徑通幽的石板路，過了拱橋後，四周十分安靜，再聽不到喧鬧。

花府的一樓一台都十分精緻考究，一草一木卻沒有刻意修剪，參差不齊地生長著，與樓臺屋宇相輝映，別有一番清幽寧靜自然。

一路上，除了領路的花容和接應的采青，再沒看到一個人。

來到茶園，遠遠的，便聞到陣陣茶香。

蘇輕眠嗅了嗅，激動地說：「我聞到紅羅錦和玉雪霧了。」

花容回頭瞅了蘇輕眠一眼，小臉上帶著讚賞。

蘇輕眠見被比他小幾歲的少年讚賞。摸了摸鼻子，笑了笑說：「小兄弟見笑了，我就是喜歡茶，愛茶成癡。」

花容轉回頭去：「我家公子也愛茶。」

蘇輕眠眨眨眼睛，想著他家公子是花灼？

他剛想問，茶園裡傳出淺笑盈盈的女子聲音，十分好聽，如珠玉落盤：「四公子的鼻子真好使，果然是真正的愛茶之人。」

蘇輕眠腳步一頓。這個熟悉的聲音，與那晚在畫舫裡，相似卻又隱約不同。

蘇輕楓腳步也一頓，這個聲音，這便是臨安花家最小的女兒花顏？

二人對看一眼，跟著花容進了茶園。

入目處，茶園滿園茶花，各種珍奇品種，目不暇接。

中間設有一處軒台，裡面坐了兩個人，一男一女，都十分年輕，男子一身黑色錦袍，女子一身淺碧色織錦綾羅衣裙，二人容貌皆是當世少見的玉容天姿，姿態皆閒適隨意。遠遠看來，滿園茶香中，如畫一般。

蘇輕楓和蘇輕眠同時覺得自己是個不和諧的闖入者，打破了這安寧悠然的畫面。

花容停住腳步，對二人說：「我家公子與小姐，兩位請。」

蘇輕楓和蘇輕眠點頭，抬步走進，來到軒台前外，齊齊拱手：「蘇輕眠、蘇輕楓，打擾兩位了。」

花灼沒說話。

花顏笑著抬手，一縷清風拂過，二人作禮的身子頓時被清風撫平，她淺笑道：「兩位公子多禮了，請進來坐。」

蘇輕楓和蘇輕眠也是自小練武之人，心下齊齊驚異，沒想到花顏只輕輕抬手，他們便被無形地立直了身子。二人壓下心中的驚異，進了軒台內。

花顏是見過蘇輕眠的。此時多打量了蘇輕楓幾眼，兄弟二人，各有秋色。她在二人落坐後，動手倒了兩盞清茶，放在二人面前，笑著說：「北地蘇家子孫出眾，果然傳言不虛，三公子和四公子好人才。」

蘇輕楓搖頭：「太子妃過獎了！出了北地，來了臨安，才真正見識了天下之大，臨安才是名不虛傳。」

蘇輕眠迫不及待地端起茶盞喝了一口，連聲說：「好茶，與那日晚上的茶一般無二。」話落，他不好意思地看著花顏，「那日讓太子殿下和姑娘見笑了。」

一個稱呼她為太子妃，一個稱呼她為姑娘。稱呼不同，其餘的自也不同。

花顏笑著揶揄地說：「太子殿下並沒有怪罪你，放心好了。」

蘇輕眠的臉頓時紅了，唏噓說：「真沒想到，幸好太子殿下肚量大。」

花顏好笑。

蘇輕楓看著淺笑的花顏，這一刻終於明白了太子殿下為何非她不可了，這樣的女子，著實讓人相處的舒服，雖然第一次見，但也不給人難以相處的感覺。

他又看向花灼，他似乎就像是個陪客，陪著花顏見客，一直未言語，但也不會讓人覺得冷待或者坐不住的難堪。

他暗暗想著，花家兄妹，果然皆不是尋常人。

這一日，蘇輕楓與蘇輕眠在花府的茶園裡做客了半個時辰，離開時，花顏送了蘇輕眠十盒上好的清茶。

蘇輕眠喜不自禁，不好意思地說：「多謝姑娘，有朝一日你到北地做客，我一定盡地主之誼。」

花顏笑著點頭：「好，有朝一日我去北地做客，就煩勞四公子了。」

蘇輕眠高高興興地收了茶葉。

花灼一直做陪客，直到二人離開時，他才緩緩開口：「北地蘇家若想安穩，還是與程家別走的太近為好，這是忠告。」

蘇輕楓和蘇輕眠乍然聽到他開口，齊齊一怔。

花灼淡聲說：「兩位慢走，花容送客！」

花容應了一聲是，對二人道：「兩位請。」

二人齊齊對花灼拱手一禮，又對含笑的花顏拱了拱手，出了茶園。

二人離開後，花顏笑看著花灼說：「哥哥，難得你陪我見客，北地蘇家人，的確不錯吧？」

花灼「嗯」了一聲：「就是與程家人走的太近了，據說這一代還要結親，若是程家人不收斂，早晚蘇家也會受程家牽連。」

花顏笑著說：「所以，你難得開口勸告，也是看在他們兄弟二人品行不錯的分上，他們很聰明，應該會謹記於心。」

「蘇家老一輩糊塗，子孫不糊塗，還算有可取之處。」花灼也笑了笑，「太子殿下收復了西南境地，若是依你所言，他將來要熔爐百煉洗牌這個天下的話，那麼，在你們大婚後，他先出手的就會是北地。」

花顏頷首：「首先就是北地程家。」

花灼不置可否：「程家張揚太過，以為太子殿下念著太后的養育之恩，不會怎樣程家，那是太天真了。若是程顧之夠聰明，這一次離開臨安回到北地，就該明白，程家在太子殿下面前，並沒多少情分可言，他們若是聰明地知道自此收斂，先洗牌自己家族，清除汙垢，別等太子殿下動手的話，估計，也還能留個幾代。」

花顏笑著點頭：「程顧之夠聰明，但也要在程家做得了主，說得上話才行。」

花灼站起身：「操心他人之事做什麼？走吧，你該回去歇著，這兩日明明身體極差，還強撐著陪太子殿下，這回他離開了，你好生歇幾日吧！」

花顏沒意見，笑著點頭，也站起身。

兄妹二人出了茶園，各自回了住處。

回到花顏苑後，花顏沐浴換衣躺在了床上，翻來覆去半晌，往日沾枕就睡的她，今日竟怎麼也睡不著，她又躺了一會兒，無奈地歎氣，對外喊：「采青！」

采青應了一聲，立即推開門走了進來，看著花顏：「太子妃，您喊奴婢可是有吩咐？」

花顏點頭，對她問：「你累不累？」

采青搖頭：「奴婢來了花家後，好吃好睡，都胖了，不累的，您只管吩咐。」

花顏笑著看了她紅潤的臉蛋一眼，笑著說：「我睡不著，你不累的話，給我讀書吧！」

采青答應一聲，找來一本書，對花顏問：「這本好不好？」

花顏點頭。

采青坐在床邊讀了起來。

花顏聽著，漸漸地思緒飄遠，想著雲遲走到哪裡了？如今在車上做什麼？

直到采青見她神色定在一處好半天不動，生怕她是又犯了癔症喊她，她才回過神，看著采青緊張發白的臉笑著問：「怎麼了？臉都白了。」

采青拍拍胸口：「太子妃，您嚇死奴婢了。您半天不動彈一下，奴婢以為您又……」

花顏恍然，笑著搖頭：「沒有，我想事情有些入神了。」

采青鬆了一口氣，試探地問：「您在想殿下嗎？」

花顏笑著點頭：「是啊！想他在做什麼。」

采青抿著嘴笑：「殿下沒准也正在想您呢，奴婢以前從來沒有從殿下的臉上看過太多情緒，自從與您在一起，殿下容色生動了極多，昨日，對奴婢囑咐了很多話，讓奴婢一定仔細照看您，不得馬虎。」

花顏好笑，想起與雲遲每日相處，心裡暖了暖，面上也暖了暖，對采青說：「罷了，不讀書了，你去磨墨，我給他寫信。」

采青眨眨眼睛，又眨眨眼睛，笑著點頭，立馬放下書卷去了桌前。

花顏推開被子坐起身，下了床榻，提筆給雲遲寫信。

她雖然的確是在想他，但提筆也寫不出一個想字，便將蘇家兄弟和程家兄妹上門求見，她與花灼一同見了蘇家兄弟之事說了，然後，想了想，又提了蘇子斬會隨天不絕來臨安之事。

這兩件事情寫完，她沒什麼可說的了，便停了筆，用蠟封了信函，遞給了采青。

采青笑著拿去找人傳信了，暗想著不出兩個時辰，這封信就能到太子殿下手中，殿下估計會很高興很高興。

花顏寫完信，終於犯了睏意，躺回床上，這一次很快就睡了。

雲遲一日行出臨安三百里，在傍晚時，收到了信使傳到他手中的花顏的書信。他愣了愣，連忙打開信函，看過之後，果然如采青猜測，十分高興愉悅。

這一日除了趕路外，他便不停地想她，想她在家做什麼，想她是否也在想她，收到她的書信，他的確有些訝異，但更多的是歡喜。

花顏就是花顏，她從來不是扭捏造作的女子，有一是一，有二是二，她待人真誠，對誰好確實是掏心掏肺，入了她心的人，必會感受到。他拿著信函反覆地看了幾遍，字裡行間沒見她說一個想字，但這麼快就給他寫了第一封信，可見是想他的。

他彎著嘴角，提筆給花顏回信。

信中提了北地蘇家與程家，如花灼和花顏閒談時說的一般，他提到蘇家一直以來還好，子孫不怎麼生事兒，族中有很多有出息的子弟，若是與程家走得不那麼近，也許大有可用之處。

又說武威侯發現了蘇子斬不在京城，正派出人四下找他，他對他不住，讓她見了他後告知於他，若是他不想再回京城，他可以代他處理了武威侯府之事，還他個不受侯府干涉的自由身。

信函的末尾又寫他極想她，剛離開臨安，便已經相思入骨了。

寫完信後，雲遲也用蠟封了，命雲影交給信使，送去了臨安。

花顏一覺睡到第二日清早，晚飯都沒吃，早上醒來，睜開眼睛，便習慣性地看向身邊，然後，恍然地想起雲遲已經離開了，不由歎了口氣。

人才離開，她已經開始極其想念了，不過一日而已，往後時日還多，可怎麼混？

她躺在床上百無聊賴沒精打采地待了片刻，才緩緩起身，披衣下了床。

采青聽到動靜，在外清脆地問：「太子妃，您醒了嗎？」

花顏「嗯」了一聲。

采青推門而入，神清氣爽，手裡拿了一封信，笑著說：「昨日深夜，殿下的信函便到了，奴婢見您睡得熟，便沒喊醒您。」

花顏立即伸手接過信函，打開，一目十行地讀完信函，又反覆地讀了兩遍，笑彎了眉眼。

采青見花顏眉眼綻開，也跟著笑，問：「您現在就給殿下回信嗎？」

花顏「唔」了一聲，想了想，笑著說，「不急，平白地折騰信使，晚些時候再回。」

采青笑著點頭。

花顏梳洗妥當，出門左拐，去了花灼軒。

花灼也剛起不久，正在院中練劍。秋月站在不遠處，撅著嘴，一臉的不高興。

花顏走到秋月身邊，笑著捏捏她的臉：「怎麼了？大早上便一副晚娘臉，哥哥惹你了？」

秋月癟嘴：「我好不容易養回幾分起色的花樹，讓它們精神了，偏偏公子又在園中練劍，明明有練武場，偏不去，著實氣人。」

花顏失笑：「你跟我回花顏苑好了，我不糟蹋你的心血，他再傷了花木，讓他自己管。」

秋月點頭，重重地「嗯」了一聲。

花灼收了劍，含笑看了秋月一眼，轉頭對花顏說：「臭丫頭，好不容易將人給我，這是又過河拆橋了？仔細我封了臨安，斷了你與太子殿下的信函往來。」

花顏嘖嘖兩聲，揶揄地笑看著他：「我的好哥哥，女孩子是要哄的，你再這般氣秋月，即便我不過河拆橋，她也會自己搭橋跑回去的。」

花灼認真地思索了一下，笑著對秋月說：「以後我不在院中練劍就是了。」

秋月趁機要求：「也不准用補品澆花。」

花灼點頭：「好吧！」

秋月這才陰轉晴。

花顏看著二人好笑，同時又有些羡慕，有多少人，自小一起長大，相互瞭解，相知相許，便這樣在尋尋常常中尋找樂趣，平平順順，無波無瀾。

這一日，花顏在花灼的花灼軒裡消磨了一日，晚間給雲遲寫信，便隨意閒談了這一日做的事兒。

轉日，程蘭兒不甘心，獨自背著程顧之來了花府門口，要見花顏。

花顏想了想，還是讓花容請她進了花府。

花顏在後園子的鞦韆架上等程蘭兒。

程蘭兒被花容領進來後，一眼便看到了坐在鞦韆架上的女子。二八年華，一身淺碧色織錦綾羅衣裙，容貌雖然不是普天下難找，但也當得上傾國傾城，周身珠翠首飾不多，淡雅素靜，衣袂隨著鞦韆盪起，揚起優美的弧度，周遭景色很美，但也沒有坐在鞦韆上的她美。

天下傳言她沒有禮數，不懂閨儀，混跡於市井，庸俗不堪。還傳言她小世家女，沒見識，不通文墨，琴棋書畫皆登不得大雅之堂。

即便她如此，偏偏狐媚了太子殿下，讓太子殿下非她不娶。

太子殿下平順了西南境地，竟然連京城也不回，第一時間來臨安，五百抬聘禮，親自求娶，不怕天下非議。

她聽說時，便一直在想，花顏何德何能？得太子殿下如此對待。

蘇家的兄弟那日做客回到客棧後，蘇輕眠捧著花顏贈送的十盒上等清茶眉開眼笑，蘇輕楓素來待人冷淡，言談生硬，但提起花顏也難得帶著笑意，哥哥準備啟程回北地，她左思右想，怎麼也不甘心，打定主意，一定要見見花顏。

沒想到，見到的是這樣的花顏。

這樣的花顏，單論容貌，她幾個也不及，還沒到她面前，便有些自慚形穢了，她頭上的滿頭珠釵也不能為她增幾分光華。

花顏見程蘭兒來了，止住晃盪的鞦韆，懶散隨意地坐在鞦韆上看著她。

程蘭兒深吸一口氣，走到花顏面前，咬著唇看著她：「你就是花顏？」

花顏笑著點了點頭：「程八小姐有禮了！」話落，對采青說，「搬把椅子來請八小姐坐。」

采青點點頭。

程蘭兒擺手：「不必了，我與你說幾句話就走。」

采青看向花顏。

花顏笑著點頭：「也好！八小姐有什麼話，請說。」

程蘭兒盯著她：「我想知道，你到底哪裡好，竟然讓太子殿下非你不娶？」

花顏大樂：「天下人大約都想問我這句話，但當面問出來的，問我的，也就只有你了。這話你該問太子殿下。」

「我見不到太子殿下。」程蘭兒看著她，「你告訴我。」

花顏好笑地看著她，想著每一個姑娘，無論是跋扈囂張的，還是嬌蠻難纏的，亦或者溫柔賢淑的，再或者安靜可人的，大約，都會有可愛之處。

程蘭兒的可愛之處，便在這裡了。

她笑著說：「你問我，叫我如何回答你呢？我自然覺得我自己千好萬好，哪裡都好，讓太子殿下傾心於我，非我不娶了。」

程蘭兒瞪眼：「怎麼可能？天下人可不是這麼說你的，簡直一無是處。」

花顏笑看著她，笑語嫣然地說：「不管天下人如何看我，都不重要，太子殿下覺得我好，那便是好了，我在他心裡，誰也不能及。」

「你是不是用什麼手段媚惑了太子殿下？」程蘭兒咬著牙問。

花顏揚眉：「你覺得太子殿下是我能媚惑的了的人嗎？」

程蘭兒想了想，搖頭。

花顏又晃動起鞦韆，收了面上的笑，對她說：「天下女子傾慕太子殿下豐儀者，比比皆是，大約都在想著，太子殿下選誰為妃，也不該選我，但是，事實就是他非我不娶。既定事實，這一輩子都無法更改了。所以，程八小姐，為了你的一生著想，還是不要再追逐虛無縹緲的夢，你眼中的太子殿下，與我眼中的太子殿下不同，無論是東宮，還是皇宮，宮牆巍巍，沒那麼好住，嫁個尋常男子，相夫教子，和樂太平，有什麼不好呢？」

程蘭兒愣愣地看著花顏，腦中是她輕言輕語的話，一字一句地敲擊著她的心臟，她在一瞬間有些眩暈。

片刻後，花顏停下晃盪的鞦韆，笑看著她：「程八小姐，你還有什麼要問我的嗎？」

程蘭兒受的衝擊很大，看著花顏淺笑隨意的臉，這個女子一直以來便是這個樣子，談笑隨意，悠然自得，洞透世情，在她的面前，無論你是何種姿態何種心態而來，她都會這樣，輕輕揮袖，便讓你心中的所有苦悶煩惱不甘煙消雲散。

這一刻，她似乎隱約地明白了，太子殿下為何非她不娶了。

這世間，有這樣的女子，讓她同為女子，沒見到之時，恨著她，見到之後，覺得所有的憤憤不平都是庸人自擾，她是這樣的雲淡風輕，讓人自慚形穢。

她慢慢地搖了搖頭：「沒有了！」

花顏淺笑：「那還留下來做客嗎？」

程蘭兒依舊搖頭：「我是背著二哥出來的，得趕緊回去，明日我們便啟程回北地。」

花顏微笑點頭：「那就再會了！」話落，對采青說，「送送程八小姐！」

采青抬手，乾脆地說：「程八小姐請！」

程蘭兒轉身，隨著采青，離開了花府。

出了花府後，程蘭兒一改路上的沉默，對采青問：「太子殿下真的離開臨安了嗎？」

采青點頭：「的確是離開了，奴婢出身東宮，就是殿下留下來特意照顧太子妃的。」

程蘭兒面色一黯：「你可否告訴我，太子殿下是真心喜歡花顏嗎？世人都傳太子殿下涼薄，不近女色，那對臨安花顏……」

「殿下十分喜歡太子妃，殿下待太子妃與別人不同的，奴婢言盡於此。」采青道。

「多謝你了。」程蘭兒點頭，轉身離開了花府門口。

采青折返了回去。

程顧之發現程蘭兒不見後，便猜到她定然是去了花府，他有些生氣，但更多的是擔心，連忙出了客棧要去花府，剛邁出門口，便見程蘭兒已經回來了。

程蘭兒的臉色黯然，但不見了一直以來的鬱悶不甘心，看到程顧之，喊了一聲「二哥」然後，對他說，「咱們今日就啟程離開臨安回家吧！」
程顧之看著她問：「你見到她了？」
程蘭兒點頭。
「她如何？」程顧之問。
程蘭兒咬唇，半晌吐出兩個字：「很好。」
程顧之一愣，從小到大，他沒聽過程蘭兒會說誰很好，她嬌蠻高傲，總覺得自己比別人好。
程蘭兒輕聲說：「和傳言所說的很不一樣，和那日晚上在畫舫裡見到的也不太一樣，和天下的女子都不一樣，我說不出來，總之，任誰見了她，就不再懷疑太子殿下的非她不娶之心了。」
程顧之也十分好奇，不戴笠帽的花顏，到底什麼樣，但能讓整個臨安，整個靈湖所有人提到她都帶著笑意恭敬的女子，定然非同一般。
天下人可以懷疑花顏不好，但是不能懷疑太子殿下的眼光。
他道：「你與我說說見到她的經過吧！」
程蘭兒點點頭，對程顧之說了一遍。
程顧之聽罷，沉默半晌，道：「她說的對。宮牆巍巍，豈能是那麼好住的。八妹，虛無縹緲的夢，不追逐也罷，一味追逐，只會賠進去你自己的一生，放下吧！」
程蘭兒點了點頭。
「這一次來臨安，收獲良多，咱們今日就啟程回北地。」程顧之又道。
程蘭兒沒意見。
當日晚，花顏在給雲遲的書信中提了程蘭兒登門之事，她言語調笑：「太子殿下，您的桃花又被我斬斷了一朵，您省了被花枝纏繞的麻煩，可要謝謝我。」

采青在一旁侍候筆墨，捂著嘴笑。

雲遲在轉日收到了花顏書信，看到這句話失笑出聲，提筆寫了回信：「太子妃的大恩，本宮記下來，來日定當厚禮相謝。」

三日後，天不絕與蘇子斬來了臨安。

這一日，天空下著小雨，細細密密，如線繩穿的細小珠子，將房舍屋脊地面花樹都層層地洗刷的無一塵。

落雨無聲，並不寒涼，也無風，沒那麼冷，但是采青念著花顏身體不好，還是給她披了一件輕薄的斗篷。

花顏撐著青竹傘，望著街道盡頭。

采青立在她身邊，不時地拿眼睛看花顏。

她看的次數多了，花顏轉過頭，笑問：「怎麼了？我的臉上有東西？」

采青搖頭，猶豫了下，小聲說：「太子妃，恕奴婢直言，您……還是很喜歡子斬公子嗎？」

花顏淡笑：「我從答應太子殿下之日起，自然就不會再喜歡蘇子斬了。」

「那您……」采青欲言又止。

花顏明白她的意思，笑說：「不能締結連理，也不該是老死不相往來，可以做知交好友。」

采青明白了，點了點頭，不好意思地說：「是奴婢對不住您，不該懷疑您待殿下的心。」

花顏笑起來，拍拍她的臉：「你是東宮的人嘛！不向著太子殿下，向著誰？」

采青紅著臉也笑了。

二人說笑間，長街的盡頭傳來一陣馬蹄聲，馬蹄釘了鐵掌，噠噠作響。

二人立即轉頭看去。

只見十幾匹馬行來，當前一人緋紅色衣衫，頭戴笠帽，看不到他的臉，但馬上的風姿出眾至極，令人一見難忘。

這個人，不用看到他的臉，花顏也知道，就是蘇子斬。

細雨濛濛，打濕了他身上的緋紅衣衫，打濕了笠帽，但他端坐在馬上身姿筆挺，握韁繩的手攥得穩穩的，似千斤都拽不動。

除了十三星魂，還有天不絕和安十六。

天不絕還穿著慣常穿的灰撲撲的袍子，也戴著笠帽，安十六穿著一身緊身衣，是一行人中唯一沒戴笠帽的人，黝黑的臉上，落了雨，洗得一雙眼睛明亮，看起來春風滿面，顯然是終身的好事已成。

一行人來到花府門口，齊齊地勒住了馬韁繩，蘇子斬伸手摘了笠帽，端坐在馬上看著撐著青竹傘立在門口的花顏。

她依舊穿著一身淺碧色織錦綾羅衣裙，雙手臂肘間挽著同色絲絛，披著一件翠青色的斗篷，除了手腕的翠色手鐲，髮間簡單的珠釵和玉步搖，再無多餘首飾，細雨打在青竹傘上，細細作響，她立在細雨中的傘下，淺淺然地對他笑著，眉眼溫和，笑意盈盈，似滿天的星辰落入了她眼裡，周遭的清雨似乎都被她暖化了。

蘇子斬看著她，周身的冷雨，一路的風塵，似都不冷不疲憊了。他扯動嘴角，也緩緩地笑了。

這一笑，雲破月開，天地失色。

花顏發現誠如她所料，蘇子斬臉色雖隱約有些蒼白，但是精神極好，眉目間沒了沉鬱和死氣，周身也不再是冷得凍死人，雖清瘦極多，卻滿身的生機與生氣。

她淺笑著開口：「子斬公子，別來無恙？」

蘇子斬抿了一下嘴角，揚了揚眉，帶著三分灑逸，七分的沉練，嗓音含笑，染著細雨的清涼：「我還以為來了臨安，會見到臥床不起的你，如今一看還好！」

花顏大樂：「你來臨安，我即便臥床不起也要爬起來對你掃榻以待。」

蘇子斬翻身下馬，抖了抖身上的雨：「我打算在臨安久住，你的好酒好菜可要備足了。」

花顏失笑：「住個十年八載也餓不到你，放心好了。」

蘇子斬莞爾：「那我就不客氣了。」

「不用客氣。」花顏說著，看向天不絕，「臭老頭，十年未出桃花谷，如今出來覺得如何？外面的天是不是與十年前不一樣了？」

天不絕哼了一聲：「臭丫頭，活蹦亂跳的嘛，我還以為你撐不住已經成半個殘廢了。」話落，掃了一眼花府門口，道，「別的地方沒什麼變化，唯這臨安花府，因為太子殿下抬了五百抬聘禮親自來求親，蓬蓽生輝了！」

花顏抿著嘴笑：「說的也沒錯。」話落，看向安十六。

安十六甩了馬韁繩，嘿嘿地笑：「少主，您還好吧？小金答應我，為他哥哥戴孝一年，一年後，就嫁給我。」

「恭喜了！不錯！」花顏笑著點頭。

青魂與十三星魂齊齊下馬，跪在地上，對花顏跪拜：「多謝姑娘！」

他們只說了這四個字，再沒說別的。

蘇子斬瞥了十三星魂一眼，並未說什麼。

花顏明白，淺笑盈盈地道：「我與你家公子知己知交，何必言謝？都起來吧！」

十三星魂齊齊起身。

一行人進了花府。

花顏笑著對蘇子斬說：「哥哥的院落大，昨日已經說了，你們來了，住他那裡。」

蘇子斬點頭：「好。」

天不絕道：「酒菜可備好了？這幾日趕路，未曾吃好。」

「自然。」花顏笑著道，「你最愛吃的菜，最喜歡喝的酒。」

天不絕頓時高興了：「不枉我辛苦來一趟臨安。」

一行人踩著青石板路，進了花灼軒。

花灼撐著傘等在花灼軒門口，見一行人來到，對蘇子斬和天不絕笑著說：「一切都準備妥當了，先梳洗風塵吧！」

蘇子斬點頭。

天不絕瞅著花灼，嘖嘖了一聲：「你愛護妹妹，也不該騙我老頭子，信中言語著實嚇人，我以為她小命要沒了，一路快馬，累死我了。」

花灼笑了笑：「抱歉，我也被她嚇壞了！如今確實比幾日前好多了。」

天不絕哼了一聲：「我這一輩子，算是賣給你們兄妹了，一個兩個，病都難治得很。」

「有我們，才更考驗你的醫術！」花顏笑著接過話。

天不絕又哼了一聲。

一行人進了花灼軒。

花容領著蘇子斬和天不絕等人去了安排好的房間，花顏撐著傘與花灼去了畫堂。

秋月沏了一壺茶，放在花顏面前：「小姐在院門口等了那麼久，趕緊喝盞熱茶吧！稍後我吩咐去廚房多熬些薑湯給師父和子斬公子，您也喝點兒。」

花顏點頭端起熱茶，慢慢地喝著。

花灼也端起熱茶，品了一口，說：「武威侯府的人滿天下在找蘇子斬，他不想被找到，從桃花谷出來後，一路避開了武威侯府的人，來了臨安。」

花顏點頭：「他多年來困居侯府和京城尺寸之地，如今猶如新生，不想被侯府找到，也在情理之中。太子殿下與我在書信中提了，說讓我問問他，若是他不想再回武威侯府了，他可以代他處理了侯府之事。」

花灼思忖片刻，說：「我想請他留在臨安，不知道他願不願意？」

花顏看著花灼：「哥哥的意思是？」

花灼道：「為花家未來打算，讓他與我一起，撐起臨安。有朝一日，太子殿下洗牌天下，有個幫手，我總會輕鬆些。」

花顏失笑：「哥哥可真會找人扛肩上的擔子。」

花灼瞥了她一眼：「你離開臨安，總該有人替你。」

花顏一時無語：「我想要的是他一生平安自由，你別打他的主意，他若是真脫離了武威侯府，再跳進臨安，與在武威侯府有何不同？」

花灼不鹹不淡地說：「自然不同，武威侯府如何和我們臨安相比？我們家裡人，哪個不自由了？從小到大，即便你身上扛著擔子，誰圈固你了？還不是在做自己想做的事兒？」

花顏無言反駁，半晌道：「武威侯府畢竟生他養他，武威侯不管怎樣，待他這個嫡長子都不錯，雖然柳芙香那個女人把武威侯府搞得烏煙瘴氣。當初我打算嫁給他時，也只是想著讓他自立門戶，未曾想他與我一起擔負臨安，我們臨安的擔子，我們花家子孫擔是應該的，就不要拖著他了。」

花灼氣笑：「你怎知他不願意？我還未開口便被你說了一通，若是他想永遠待在臨安呢！」

花顏想起蘇子斬在府門口與他說的久住之言，暗想難道他真有這個打算？看著花灼對她挑眉，花顏徹底的無言了。

天不絕與蘇子斬沐浴梳洗風塵之後，到了畫堂。

秋月端來薑湯，花灼早已經命人準備好宴席，在畫堂設宴。

天不絕坐下後，先喝了一杯酒，大讚：「百年陳釀，不錯，不錯！」

花顏微笑：「那是你沒喝過更好的酒。」

「嗯？你臨安花家的酒還不算更好的酒？」天不絕挑眉。

花顏笑著看了蘇子斬一眼說：「世上最好喝的酒是子斬釀的醉紅顏，臨安花家藏的百年佳釀也不及。」

「哦？」天不絕轉向蘇子斬，「小子，你還會釀酒？」

蘇子斬淡笑：「只會釀一種酒。」

「看不出來啊！」天不絕看著他，「我老頭子為你辛苦治病這麼久，什麼時候你給我釀一壇酒？」

蘇子斬頷首：「明日就能釀。」

天不絕大笑：「臭小子，你答應的這麼快，哪裡是為我釀酒？你是為臭丫頭吧？你看她提起你釀的酒來一副回味無窮的模樣。」

蘇子斬失笑，問：「即便如此，那你喝不喝？」

「喝！」天不絕痛快地點頭，「有酒喝就行。」

花顏大樂。

一頓宴席其樂融融。

宴席後，天不絕迫不及待地說：「小丫頭，把你的手給我，我給你把脈。」

花顏搖頭：「不急，你先去歇著。」

「歇什麼？我老頭子身體硬朗的很，再跑個千里路也不是事兒。」

花顏知道他的脾氣，不再多說，湊過去，將手遞給他。

天不絕給他把脈，片刻後，皺起眉頭：「怎麼如今發作的越發厲害了？竟然傷及五臟六腑？」

話落，他看向秋月，「發作時，你可在？」

秋月點頭：「在的，十分嚴重，也把我嚇壞了。」

天不絕眉頭擰成一根繩：「照這個脈象看，雖然如今身體好了一半，但確實有心血枯竭之兆，不是什麼好兆頭。」

花灼面色一變。

蘇子斬也面色大變。

秋月眼眶頓時紅了：「師父，小姐可還有救？」

天不絕面色凝重，撤回手，訓斥說：「只是個兆頭而已，急什麼？一時半會兒沒什麼事，即便癔症不解，三五年的命總是有的。」

秋月臉唰地一白：「不能不解，師父，您最厲害了，一定能想出辦法的。」

天不絕哼了一聲：「如今又認我是師父了，你若是認真地與我學醫術，何至於指望著我？我的一生醫術，就找了你這麼個蠢丫頭，真是悔不當初把你帶離北地。」

秋月癟起嘴，紅著眼眶小聲說：「從今以後，我一定好好學就是了。師父體格硬朗，還能教我好多好多年的。」

天不絕哼了一聲：「長命百歲也是替你們操心，不要也罷。」

花顏大笑。

秋月也破涕為笑。

天不絕打個哈欠，對花顏說：「容我琢磨琢磨，稍後再找你。」

花顏點頭。

幾人又說了片刻話，天不絕與蘇子斬去歇著了，花顏也出了花灼軒回了自己的花顏苑。

進了花顏苑後，采青小聲說：「子斬公子看起來不那麼冷得凍死人了呢。」

花顏好笑地看了她一眼：「他身體還未恢復，總要一年半載才能如正常人一般，如今已然極不錯了。」

采青點頭：「也真是極不容易！」

花顏又笑了笑。

采青小聲問：「您午睡嗎？還是讀書？自從殿下離開後，您似乎都不愛午睡了。」

花顏歎氣：「是啊！都被他給養成習慣了，慣壞了，身邊不見他的人竟然難以入睡。」

采青捂著嘴笑：「再忍半年就好了，殿下更辛苦的。」

花顏也笑著點頭：「是啊！他更不容易些，畢竟除了應付朝事兒，還要應付哥哥給他的大堆要求與議程。若是半年下來，定然會累瘦了。」

采青深以為然。

花顏想了想說：「先不午睡了，給他寫信吧！」

采青立即走到桌前習慣性地磨墨。

花顏提筆給雲遲寫信。

寫了今日蘇子斬與天不絕一起來臨安，她見到的蘇子斬的模樣，以及天不絕給她把了脈之事，她未提天不絕說的心血枯竭之象，只說天不絕說琢磨琢磨，以他的醫術，想必會有辦法的。

寫好信函後，又猜測地問，她這封信到的時候，他早已經回到京城了吧？京城一切可都還好？太后若是對她一味反對，就讓他告訴太后，她不是不育之身，將來，定會為皇室傳宗接代的。

這話說的直白，惹得采青直樂。

花顏素來臉皮厚，臉也未紅，用蠟封了信函後，遞給了采青。

采青立即拿了信函去傳信了。

花顏寫完信函，才犯了睏意，躺回床上睡了。
的確如花顏所料，雲遲已經回到了京城。
朝中文武百官早已經得到消息，到城門口迎接。
太子殿下此次前往西南境地，收復了西南諸小國，解決了南楚建朝以來歷代帝王最想解決卻一直沒辦法解決之事，千秋功勳偉業，著實令人震驚和敬佩。太子殿下僅弱冠之年，便做成了這樣一件載入南楚史冊的大事兒，千百年後，也會被人稱讚稱頌。
太子雲遲，開闢了南楚版圖的新篇章！
相比於收復西南的驚濤駭浪，天下百姓們最津津樂道的卻是太子殿下在收復了西南境地後回到南楚不回京卻直接攜帶了五百抬聘禮打破皇室祖制去臨安花家提親一事。而臨安花家在經歷了將太后毀婚懿旨遍貼天下後，在天下無數人驚破眼球中收下了太子殿下的聘禮，答應了婚事兒。
自此，太子雲遲與臨安花家締結連理之事徹底的板上釘釘了。
這件事，與收復西南境地一起被載入了南楚歷史。
無論天下人如何非議，如何看待這件事兒，都已經不再重要。

第六十一章 藏於記憶裡的人

雲遲馬車來到城門口，下了馬車，便聽到一片叩禮恭賀聲。

他目光一如既往的溫涼：「諸位大人起吧！本宮離京這一段時間，辛苦各位大人了。」

眾人起身，齊齊搖頭，連聲說不及殿下辛苦云云。

雲遲笑問：「父皇和皇祖母可都還安好？」

眾人對看一眼，趙宰輔斟酌地開口：「太后一直病著，皇上前一陣子還好，近來身體被朝事兒所累，越發吃不消了，一直盼著殿下儘快回來。」

雲遲點頭：「本宮先去見父皇和皇祖母，一個時辰後，議事殿議事。」

眾人齊齊應是，紛紛覺得太子殿下此番回來，威儀更甚從前了。

雲遲的車輦進了皇城，直奔皇宮。

皇帝對雲遲早已經望眼欲穿，他為雲遲收復西南境地驕傲的同時，又為他頭疼，折騰來折騰去，還是非要花顏。

他也不是覺得花顏不好，只是覺得，雲遲若是娶了花顏，一定壓制不住她，他的兒子，他總是不想他太辛苦。

娶花顏，他可以想像得到，一定不會容易。臨安花家沒那麼輕易會把女兒嫁給皇家。花家根本就不能惹，偏偏他的兒子，死心眼的非要惹。

雲遲進了皇宮，直奔皇帝的內殿。

皇帝正伸長脖子等著，見他來到，不等他見禮，立即擺手：「免禮吧！朕總算是把你盼回來了，還以為你落在臨安了。臨安有那麼好？讓你不想回來。」

雲遲笑著落坐：「臨安的確是很好，路不拾遺，夜不閉戶，兒臣樂不思蜀也是情有可原。」

皇帝哼了一聲：「花家世代守護臨安，太祖爺據說時常誇讚臨安，自然應該不錯。不過讓你捨不得回來的不是臨安有多好，而是臨安有花顏吧？」

雲遲含笑：「父皇明智。」

皇帝繃起臉：「她隨你回京沒有？」

雲遲搖頭，歎了口氣：「兒臣倒是極想帶她回京，奈何花灼不准，也沒有法子，只能將她暫且留在臨安了。」

皇帝看著他一副惆悵歎息的樣子，好笑：「堂堂太子，為一個女子，你至於嗎？」

雲遲認真地點頭：「很至於。」

皇帝看著雲遲，一時無言。

他對花顏的執著，不止他有目共睹，滿朝文武有目共睹，整個天下也有目共睹。

他始終不太明白，他的兒子，在太后制定花名冊之前，從沒見過花顏，怎麼就非她不可了？

他看著雲遲，問：「你與我說實話，你是不是以前見過花顏？」

雲遲搖頭：「兒臣沒見過。」

皇帝瞇起眼睛：「那是因為臨安花家？你想對臨安花家如何？」

雲遲搖頭：「不是。」

皇帝瞪眼：「到底如何，你與我說實話。」

雲遲笑了笑：「父皇越來越沉不住氣了。您年輕時，可不是這樣的急脾氣，怪不得越發鎮不住朝臣了。」

皇帝氣怒：「朕盼著你回來，就是氣我的嗎？」

雲遲淡笑，「兒臣實話實說，若非父皇不頂用，兒臣也不至於急著趕回來。」

皇帝惱道：「說來說去，你還是怪朕把你催回來了？你是堂堂太子，一直逗留在外，像什麼樣子。」

雲遲扶額：「兒臣這不是回來了嗎？」

皇帝哼了一聲，面色稍緩：「朕問你的話，你還沒回答朕。」

雲遲端起茶盞喝了一口，道：「父皇可記得五年前川河谷大水？」

皇帝點頭：「與五年前有關？」

雲遲頷首，將五年前他力排眾議帶著物資到了川河谷後發現已經有人先朝廷一步賑災，救了十數萬百姓，他追查之下，追查到了花顏身上之事說了。自此，雖未見其人，但這個名字卻印在了他心裡。他想，將來他的太子妃，便是她了。

太后催促他選妃，於是他暗中推動普天下擇選，太后制定花名冊，他才有了隨手一翻選中了她之事。

前因後果，說簡單也簡單，說複雜也複雜的很。期間跨越了五年時間。

五年的時間，足夠他好好地仔仔細細地清清楚楚地想明白他要她做他的太子妃了。

這個決定，既然是他早就做下的，一手推動擇選的，自然不准許誰來更改破壞。

哪怕是太后在他離開京城後下了悔婚懿旨，哪怕花家將悔婚懿旨貼滿天下，他也不改其志，要再親自求娶回來。

花顏這一輩子就是他雲遲的太子妃！

皇帝聽罷匪夷所思：「你只因為這件事，還未見其人，便要讓一個當年還是小丫頭的花顏做你的太子妃？她是美是醜，品行如何，脾性如何，你都不管？」

雲遲淡笑：「在難民營中求生數日，激勵百姓們與她一起等待救援，在她哥哥找去後與她哥哥商議，斷然地用花家上百糧倉無數物資千畝產業的收益來救川河谷十數萬百姓，事後，掃尾乾淨，不留其名，哪怕還是個小姑娘，美醜不過是一副皮囊而已，又有什麼打緊？兒臣心儀於她，便覺得，她當年小小年紀，便堅韌果敢，大義行善，那麼將來長大，又豈能差了？不見其人，也為之心折。」

皇帝緩緩點頭：「這麼一件大事兒，你竟然瞞朕到今日，若是朕不逼問你，你還不說，真是豈有此理。」

雲遲淡聲道：「我怕說了，皇祖母與父皇插手，驚了花家的防範之心，那麼御畫師怕是無論如何也踏不進臨安了。」

「也是。」皇帝點頭，「臨安花家，誓不與皇族牽扯，若是知道，一定會封了臨安，再三謝絕。如今你雖波折些，但好在還是達成心願了。」話落，他看著雲遲，「朕很好奇，你是怎麼說服了那丫頭的？她不是死活不應嗎？怎麼同意了？難道折騰夠了？」

雲遲笑著：「父皇知道了想知道的，其餘的就不必好奇，留著點兒心力，仔細養身子吧！接下來，兒臣要會同禮部籌備大婚，大約會忙得不可開交，朝事兒還是要父皇多操勞。」

皇帝皺眉：「你大婚的確要隆重大辦，但是全權交給禮部負責就好，難道你還要親自處理安排？」

「沒有我，禮部怕是辦不了。」雲遲道。

皇帝看著他：「怎麼說？」

雲遲伸手入懷，將花灼交給他的東西拿出遞給皇帝：「父皇過目吧！」

皇帝疑惑地伸手接過，沉甸甸的，全部翻看過一遍後，他面皮狠狠地抽了抽：「這是花家給你的？」

雲遲道：「確切說是花灼給我的。」

皇帝遞還給他，也無話可說地道：「你既拿回來，想必是應下了，既然如此，便儘快會同禮部準備吧！」話落，鬱悶地說，「這花灼，著實會難為人，這是誠心不想你求娶他妹妹嗎？」

雲遲微笑：「他與花顏自小一起長大，捨不得是應該的。自從花顏應了我，花家上下待我十分不錯。花灼為難我，也是應當。」

皇帝擺手：「算了，花家不同於別家，朕也算是見識到了，就不多說了，你看著辦吧！」話落道，「太后一直鬱結於心，病了很長時間了，朕知道她是三分體邁之病，七分心病，你去看看她吧！」

雲遲點頭：「我這便去。」

皇帝想起一事，問：「花顏到底是不是不育之症？」

雲遲搖頭。

皇帝鬆了一口氣：「那就好。」

雲遲笑了笑，起身，出了皇帝寢殿。

甯和宮內，太后聽聞雲遲回來了，有些激動，畢竟雲遲從來沒有離開京城這麼長時間，尤其是短短時間收復了西南境地，這可是一件載入南楚史冊的千秋功業，但想起他竟然破祖制抬五百抬聘禮親自降低身分去花家提親求娶，她就心裡嘔得慌。

她對花顏不喜，已經成了心結，好不容易解開了，如今又被雲遲給結死了。

她就不明白了，他好好的孫子，怎麼就喜歡花顏了？且非她不可了？不怕遭天下非議，也要求娶她！

雲遲來到甯和宮，周嬤嬤迎出來對雲遲見禮：「太子殿下！」

雲遲點頭，溫聲問：「皇祖母呢？」

周嬤嬤連忙道：「在殿內等著您呢。」話落，連忙打開了簾子。

雲遲緩步進入殿內，殿內彌漫著濃郁的藥味，他一眼便看到了倚靠著靠枕半躺在榻上的太后。

太后瘦了極多，一臉的病態，不時地傳出咳嗽聲。雲遲腳步頓了頓，本來心中積累的不滿，隨著如今看到這樣子的她，年老體邁，卻為他操心至此，他也生不起氣了。

他緩步走進，給太后見禮：「皇祖母！」

太后看著雲遲，出去三個月餘，瘦了極多，但人卻看起來神清氣爽，眉眼間再不見籠罩著因花顏不停惹出的事端而隱約隱著的頭疼無奈之色，反而帶著幾分春風之意，棱角分明，威儀更甚以往，可見這一趟西南之行，他收獲良多。

太后點點頭，招手：「快過來，讓皇祖母看看，你怎麼瘦了這麼多？」

雲遲走到太后身邊落坐，微笑著說：「天氣炎熱，苦夏而已。」

太后伸手握住他的手，眼眶發紅地說：「你少糊弄皇祖母，明明就是操勞太甚累瘦了。在西南，是不是受傷了？竟然瞞著。」

雲遲看著太后鬢角的白髮，短短時間，她似老了十年，他眉目溫和地說：「小傷而已，怕父皇和皇祖母掛心，不報也罷。」

太后瞧著他含笑溫和的臉，似沒怪她下那悔婚懿旨，心下一鬆濕了眼眶：「你這孩子！」

雲遲能體會太后的心情，強勢了一輩子，遇到她不喜歡的花顏，說什麼也不准許她做皇家的媳婦兒，當年母后她是同意的，因為在她眼裡，賢良淑德才能母儀天下，花顏不合格。但，她大概也沒想到，臨安花家不屑皇權，毀婚正合心意。

她狠心做了想做的事兒，卻沒有得到想要的結果，自然心裡嘔得慌。

他笑了笑：「皇祖母好好養病，半年後我大婚，還是要皇祖母觀禮的。」

太后聞言，看著雲遲，雖然早已經知道結果，但還是難免露出情緒：「花顏她……哎，不說別的，你怎麼能真不在乎她不育之症？自古皇后嫡子何等重要啊？」

雲遲淡笑：「皇祖母放心，她只是十八歲之前是不育的脈象而已。」

太后一愣：「你的意思是？」

雲遲微笑：「皇祖母仔細養好身子吧！只有您身子骨好了，才有力氣抱重孫子。」

在太后看來，花顏不是不能懷孕，對她來說，實在是意外的驚喜了。

她本來最嘔心的便是這一點，如今聽雲遲這般說，總算是心裡鬆了一口氣。

她看著雲遲：「你沒糊弄哀家？當真如此？」

雲遲搖頭，淡笑：「皇祖母不信我？我豈能會糊弄你，是就是，不是就不是。」

太后想想也是，雲遲任性至此，都到這個地步了，她與花顏的事兒已成定局了，也沒必要糊弄她了。

她心下頓時又寬慰許多：「不是不育就好。」

雲遲笑著說：「太祖皇帝一生未立后，孫兒認定了花顏，便是她了，即便她不育，孫兒也選他為妃。且終此一生，唯她一人。」

「哎呦！」太后剛好轉的臉色又僵住，看著雲遲說不出話來。

雲遲笑著說：「稍後我問問太醫院，是怎麼看的診，這麼長時間了，怎麼讓皇祖母病了這麼久也不見好？」

太后看著雲遲，好半晌沒說話。

雲遲站起身：「皇祖母好生歇著吧！我離開臨安時，花家給備了許多固本養元美容養顏的稀有藥材，稍後我讓小忠子給您送來甯和宮。」

太后只能點頭，終於開口說：「你回來還沒歇著吧？趕緊回去歇著吧！」

雲遲道：「孫兒不累，要去議事殿，明日再來看皇祖母。」

太后終究心疼地說：「你已經回來了。朝務之事不急一時半刻，別累壞了身子。」

雲遲笑著點頭，出了甯和宮。

太后在雲遲走後，唉聲歎氣：「好好的孩子，皇后薨了之後，他在哀家身邊長到十歲，即便他搬到東宮去後，哀家也仔細地照看著，不敢在他身上出半絲差錯，本來還以為他不近女色，太清心寡慾了些，不過將來身為帝王，不沉迷女色，也是好事兒，誰成想他如今一心撲在了花顏身上，無論如何也不改決定了。」

周嬤嬤勸說道：「太子殿下收復西南境地，這是多大的功業啊！無論選誰為太子妃，他都不會因為太子妃而影響社稷的，您就寬心吧！」

太后看了周嬤嬤一眼，又深深地歎了口氣：「你剛剛沒聽他說嗎？終此一生，唯她一人。連太祖爺都搬出來了，哀家哪裡能管得了？不寬心又能怎麼辦？他離京三個月，皇上理著朝政都力不從心，這南楚沒了他，誰又能撐得起來？哀家的好孫子啊！他隻手遮天，做的決定如今誰又能左右他？」

周嬤嬤笑呵呵地說：「太祖爺建立南楚，一生未立后無子嗣，臨終傳位給了子侄太宗皇帝，傳承至今，南楚已經四百年，如今太子殿下較之太祖皇帝不同，太子殿下方才說了，太子妃是能生育的，太后便不必太擔心了。」

「罷了，擔心也沒法子，哀家也算是看透了，臨安花家和花顏都不是個簡單的，哀家久居皇宮，一葉障目，所以為的好也未必就是好，只要她不是不育，哀家就寬了一半心。既然改不了太子的決定，哀家只能認了這個孫媳婦兒，但願大婚後，她別再鬧騰了。」

周嬤嬤笑著說：「據說如今太子殿下與太子妃相處極好。」

太后坐直了身子，對周嬤嬤說：「你去找小忠子打聽打聽，問問他們如今是怎麼相處的？小忠子一定清楚得很。」

周嬤嬤笑著說：「小忠子自小跟著太子殿下，嘴巴嚴實著呢，老奴去試試，不見得能問出什麼來。」

太后說：「能問出多少算多少，總能說出一二來。」

周嬤嬤點頭：「您歇著，老奴這就去。」

太后頷首。

周嬤嬤很快就出了甯和宮。

小忠子得了雲遲的吩咐，正與福管家在東宮忙活卸車分配禮物。花家給太子殿下備的回京禮實在是太多了，都是上好的東西，京城都難找，有些好藥材，御藥房都沒有。除了東宮擇選留些入庫，分別送往皇宮的帝寢殿和甯和宮，以及梅府和敬國公府。

周嬤嬤找來時，小忠子正忙的滿頭大汗，見了周嬤嬤笑呵呵地問：「嬤嬤，您怎麼來了？」

周嬤嬤將他拉到一旁，對他詢問太后交待的事兒。

小忠子聽著眨了眨眼睛，琢磨著能說的眉開眼笑地道：「太子殿下和太子妃好著呢，太子妃自從答應嫁給殿下後，待殿下與以前不同了，嬤嬤回去告訴太后她老人家，讓她放心吧！以後不會再出差錯了。」

周嬤嬤果然沒問出什麼來，但又覺得小忠子這副都甜到心裡的樣子，可見太子殿下和太子妃真得是極好了。

周嬤嬤回宮後，對太后說了，太后點點頭：「太子和太子妃和美總歸是好事兒，自古多少帝后不合，危害江山，哀家只能往好的方面想了。」

周嬤嬤笑著說：「您放心吧！太子妃生在臨安花家，累世千年的家族，無論如何，還是錯不了，您要相信太子殿下的眼光。」

「也是。」太后敲敲頭，「人老了，就要服老。」

周嬤嬤笑著說：「太后不老，您還年輕著呢。」話落，又說，「小忠子命人送了許多東西過來，太子殿下沒說錯，裡面有許多駐容養顏的好藥，老奴聽說其中有兩瓶還是天不絕配的駐容丹，是太子妃專門讓殿下給您帶回來的。」

「嗯？那個失蹤了十年的妙手鬼醫天不絕？」太后立即問。

「正是他。」周嬤嬤笑著說，「據說吃了，可以駐容，還可以減少白髮，生出黑髮。」

「當真？」太后摸著兩鬢的白髮和臉上的皺紋問。

「當真，神醫的藥，一定是有效的。」周嬤嬤笑呵呵地說。

太后連忙說：「快去拿來，我看看。」

周嬤嬤點頭，立即去了。

小忠子一邊忙著分配禮物，一邊暗想著，太子妃早先在京城時，不願做太子妃，所以，連皇宮都不踏入。如今應允了殿下，真正允了這個身分，切身為殿下著想起來，可真會做收買人心的事兒。有了兩瓶駐容丹，太后估計就不會對太子妃那麼排斥了。

依照雲遲的吩咐，他親自帶著一份禮送去了敬國公府。

敬國公和夫人見到了小忠子送來的一大車禮，嚇了一跳。

小忠子對敬國公和夫人見了禮，笑呵呵地道：「太子殿下吩咐奴才一定要親自送這些禮過來，這些禮都是太子妃在臨安準備的。」

敬國公試探地問：「小忠子公公，這禮……恕我老頭子有點兒糊塗。」

小忠子笑著說：「國公爺還不知道吧？世子和太子妃在西南境地已經八拜結交，做了異性兄妹，太子殿下、安陽王府書離公子，還有許多灰雁城的官員一起做的見證。」

敬國公頓時愣住了。

敬國公夫人不敢置信地問：「這……凌兒與太子妃八拜結交？是真的？」

「是真的，不假。」小忠子笑著直點頭，從袖中拿出一封信，遞給敬國公，「這是陸世子的親筆信函，您二老看過之後就明白了。」

敬國公接過信函，壓住心裡的驚訝，罵道：「陸之凌這個混帳東西，從去了西南，一封信也沒來，他還有臉給我寫信讓太子殿下轉帶回來！」

小忠子嘿嘿地笑：「陸世子在西南可是立了大功勞，助太子殿下運兵收復西南境地，每場仗打得都漂亮，太子殿下將整個西南境地百萬兵馬都交給他統領了，恭喜國公爺！陸世子如今是西南境地的兵馬大將軍！」

敬國公聞言又驚了夠嗆，睜大眼睛：「什麼？百萬兵馬？都……交給了……他統領？」

「正是！太子殿下信任陸世子，同時留了梅府的毓二公子協助陸世子。」小忠子笑著說。

「那……他要一直留在西南了？」敬國公實在沒想到是這麼個大消息，西南境地軍事安排之事還沒傳回南楚京城，估計用不了多久，就會傳回來了，他可以想像，會震驚多少人。百萬兵馬，一人掌管，南楚建朝以來，還未有過。

小忠子搖頭：「奴才不知道陸世子會在西南待多久，要聽太子殿下的安排，如今西南境地剛平穩，陸世子短時間內自然是要留在西南境地的。」

敬國公壓下震驚，點了點頭。

小忠子離開後，敬國公捧著陸之凌的信看了又看，生怕看錯一個字。敬國公夫人湊在敬國公身邊，也跟著敬國公一起將信讀了一遍又一遍。

直到將一封信讀的倒背如流了，二人才徹底的相信了兩件事，一件事是陸之凌真的與花顏結拜了異性兄妹，一件事是太子殿下真的將百萬兵馬的軍權交給了陸之凌。

這兩件大事兒，若是傳出去，估計會震驚天下人的眼球。

誰能想到一直混不像樣的敬國公府世子陸之凌竟然會有這麼大的造化，不但成了太子妃的義兄，還成了西南境地統領百萬兵馬的大將軍。

敬國公想都想不到，他成日裡掛在嘴邊不爭氣的兒子，不是東西的混帳，竟然能扛下這麼大的擔子。他也沒想到雲遲會這般器重他。更沒想到的是，早先花顏因為傾慕陸之凌的說法讓他頭疼的睡不著覺，如今三個月過去，他竟然多了個女兒。

敬國公與夫人大半生只得了陸之凌這麼個三代單傳的兒子，一直引以為憾沒有女兒和旁的子嗣，如今不曾想，老了老了，有這麼大的福氣。

太子雲遲非臨安花顏不娶，天下人有目共睹，做太子妃的義兄，意味著什麼？如今百萬兵馬便是說不得的潑天權力和富貴。

可是，即便有雲遲送來的厚禮和陸之凌的書信，敬國公心裡還是不踏實。

他握著書信對夫人說：「夫人啊！你說，這到底是好事兒還是壞事兒？」

敬國公夫人立即說：「自然是好事兒了，天大的好事兒，誰家能有這麼大的好事兒和喜事兒，求都求不來的，凌兒這死孩子，怎麼不早來信說說，也不會讓我們被這般嚇一跳。」

敬國公道：「的確是好事兒沒錯，但這事兒未免太好了，我心下不踏實，心裡沒底啊！想想，太子妃的義兄，百萬兵馬的大將軍，這……他還這麼年輕……」

敬國公夫人點點頭：「倒也是，那怎麼辦？」

敬國公歎了口氣：「事已至此，又能怎麼辦？凌兒多了個妹妹，我們也算是多了個女兒，這將來，也算是半個外戚，去信警告凌兒，一定不要張揚，以後身分不同了，萬不能再和以前一樣狂妄混帳了，行事一定要三思後行。」

敬國公夫人催促：「那你還不快些去給他寫信？」

敬國公站起身走了兩步：「你覺得太子妃怎麼樣？」

敬國公夫人立即說：「挺厲害的一個孩子，我像她這般年紀的時候，可不如她多了，就拿上次趙宰輔府壽宴來說，趙宰輔夫人和趙清溪那般厲害精明的人，被她幾句言談笑語間就給說服了，我一把年紀了，自詡見過無數場面，竟被她舉動弄得心裡七上八下。安陽王妃在宴席後對我說，若是喜歡的人是她兒子，她說什麼也要跟太子殿下爭一爭。」

敬國公點頭：「敢將太后毀婚懿旨貼滿天下，有誰家能做出這樣的事兒，臨安花家可見不一般。花家的女兒，自然也是個不同尋常的，太子妃不可小覷啊！」

敬國公夫人頓時樂著說：「不管如何，有個女兒總是好事兒，我以後也不必羨慕趙宰輔夫人和安陽王妃了。」

敬國公看看她一眼說：「是啊！你這個女兒可是太子妃。」

敬國公夫人樂呵呵地點點頭，似一下子就容光煥發年輕了幾歲。

京城但有風吹草動，各個府邸都會得到消息，尤其是太子殿下回京後的動作，更會被人多加關注。太子殿下除了皇宮、梅府外，還往敬國公府送了一車禮物也很快引得各府邸猜測。

小忠子出了敬國公府後，閉緊了嘴巴，任誰打聽，笑呵呵不吐半個字。

安陽王妃聽聞後也納悶，對安書離問：「按理說，太子殿下該對敬國公府有意見才對，畢竟早先太子妃揚言喜歡陸之凌，如今怎麼會回京後就派人去給敬國公府送了一車禮？你回來了，陸之凌卻留在了西南，發生了什麼事兒？」

安陽王妃是個聰明爽快的人，在知道兒子沒出事兒後，她也就放開了心，盼著他回京，本以為去西南一趟，幾個月回來，他會改改性子，誰知道安書離回來後，又如以前一般，凡事兒都淡淡的，依舊是淡泊名利，以前還放任安陽王妃安排的賞花宴、賞詩宴，明知道變相相看，也會應付地出席，從回來後，乾脆懶得應付了，都直接斷然推了。安陽王妃又開始愁得不行。

安書離正在臨摹字帖，聽著安陽王妃的話，笑了笑說：「在西南境地時，陸世子和太子妃八拜結交了異性兄妹，太子殿下此次從臨安回來，送了一車禮去敬國公府，想必是太子妃在臨安為敬國公府準備的。」

「啊？」安陽王妃吃了一驚，「八拜結交？他們不是……太子妃不是喜歡陸之凌嗎？」

安書離笑著道：「彼時她為了毀婚，說說而已，娘也信？」

安陽王妃思忖片刻：「我就說嘛，她怎麼看上陸之凌了？要看上也該是我兒子。」

安書離無語。

安陽王妃好奇地問：「這事兒是真的？」

安書離點頭：「親眼所見，順便做個見證。」

安陽王妃「哎呦」一聲，「這回敬國公和夫人可如願了。他們怎麼會結拜了？」

安書離笑了笑：「大約是太子妃得陸之凌相助頗多，以此還個人情。」

安陽王妃：「哎呦！這事兒早晚要傳開，自此後敬國公府的門檻估計會被踏破。」

安書離不置可否。

當日，雲遲在議事殿與眾人議事到深夜，方才回了東宮。

武威侯在議事後，追去了東宮。

雲遲看著他，詢問：「侯爺找本宮是為了蘇子斬不見之事？」

武威侯點頭：「多少年了，他沒踏出京城方圓之地，如今，臣命人翻遍了京城方圓千里，也幾乎派人找遍了天下，一直不見他蹤影，太子殿下若是知曉，還請告知。」

雲遲搖頭：「本宮也不知道他在哪裡。」

武威侯臉色一灰：「難道他是出了什麼事情？他的身體，越發不好了，臣真怕他……」

難得武威侯眼眶發紅，似有淚意。

雲遲看著武威侯，也跟著沉默了片刻，說：「侯爺放心吧！吉人自有天相，德遠大師曾給他批命，說他命定有貴人相助逢凶化吉。」

武威侯一愣：「德遠大師何時給他批過命？」

雲遲道：「五年前。」

武威侯臉色一暗，半晌，點點頭。

雲遲又說：「德遠大師是得道高僧，侯爺不妨再去半壁山清水寺一趟，找找大師，占卜一番，測測吉凶。」

武威侯歎了口氣：「數日前，我去過半壁山清水寺，據說德遠大師雲遊去了。」

雲遲有些意外：「大師多年不外出雲遊，今年怎麼出去了？」

武威侯搖頭。

雲遲也輕歎：「真是不巧，不過侯爺放心，本宮有預感，他不會有事的。」

武威侯點點頭，見雲遲眉眼間顯而易見的疲憊，想著他回京後似乎還沒來得及休息片刻，不好再打擾，告辭回了府。

柳芙香見武威侯回府，連忙迎上前：「侯爺，太子殿下怎麼說？」

武威侯看了她一眼，有些冷，沒說話，去了書房。

柳芙香被武威侯淩厲的一眼凍結住，身子僵硬半晌，到底沒敢跟去書房。

深夜，趙宰輔府，趙夫人對趙宰輔歎氣說：「太子殿下到底還是又定回了臨安花顏，咱們溪兒的婚事兒，可該怎麼辦？」

趙宰輔道：「咱們家的溪兒，用不著愁嫁。」

趙夫人道：「話雖這麼說，但婚事兒真是不能再耽擱下去了。」

趙宰輔道：「據說武威侯府的蘇子斬失蹤了，去了哪裡不知道，什麼時候失蹤的也不知道，是死是活還是不知道。武威侯急得不行。」

趙宰輔夫人道：「我本就不同意蘇子斬，他身體有寒症，指不定哪天就出大事兒，我女兒可不能做寡婦。」

趙宰輔道：「這門婚事兒不成了，明日再重新選選吧！你放心，當世才俊無數，總能為溪兒選個如意的。」

趙夫人只能點點頭。

雲遲收到了花顏的書信，信中字裡行間是淺淺淡淡的愉悅，他隔著信紙，都能感受到她的好心情。

蘇子斬很好，她看起來真得很高興。

他捏著信頗有些吃味，半晌後，又啞然失笑，她待他已經極好了，不能不知足，她以知己知交待蘇子斬，這是最好的結果，他雖狠心地將她死死地拽住非娶她不可，但是也顧念著九泉下的姨母，希望蘇子斬好好的活著。

唯花顏，他做不到相讓。但也不能真讓他們老死不相往來，否則，他堂堂太子，未免太沒肚量了些。

既然人已經是他的了，其餘的，也就不能再計較了。

一人不容，何以容天下？

雲遲提筆給花顏回信，但是想歸想，字裡行間，還是刻意顯現出些許吃味。

花顏在兩日後清晨收到了雲遲的書信，看罷後，捏著信紙好笑不已。

采青看著花顏笑，小聲說：「殿下信中說了什麼開心的事兒？讓您這麼高興。」

花顏搖頭：「沒說什麼開心的事兒。」

采青不解，沒說什麼開心的事兒，太子妃怎麼捧著信一直笑。

花顏笑著合上了信說：「他故意讓我念著他每日想著他。」

采青聞言捂著嘴笑：「殿下回京了，一定忙的不可開交。」

「是啊！」花顏點頭，「京城事情多，諸事繁雜，除了朝政之事，還有哥哥給他找的事兒，他真是忙的分身乏術了。」

采青憂心地說：「殿下可別累壞了身子。」

花顏也歎了口氣：「如今我也幫不了他什麼。」

采青立即說：「您當今治好病，養好身子最重要。但都兩日了，神醫怎麼還在睡覺。」

花顏笑著說：「讓他睡吧，睡不夠，他容易發脾氣。」

采青小聲說：「神醫脾氣是很怪。」

花顏誠以為然：「那老頭脾氣是不好。」話落她笑著提筆給雲遲寫信。

信中讓他放心，他的太子妃，自然每日念著他。

寫完信後，花顏用蠟封好，遞給采青，采青笑嘻嘻地拿走去交給信使了。

花顏看了一眼天色，日色剛升起，她出了房門，左拐去了花灼軒。

她到的時候，便看到蘇子斬立在一處花樹下，一個人，靜靜地看著花樹站著。

花顏看了他一眼，忽然想起昔日在桃花谷時的情景，那天他也是立在桃花樹下，清風拂來，桃花瓣紛飛而落，打在他頭上，肩上，他緋紅衣衫筆挺而立的丰姿，醉了四周的桃花。

她腳步頓了一下，打住思緒，笑著進了院子，來到樹下，看著他肩上落了不少花瓣，笑著對他說：「我記得昨日這花樹還沒開這麼多花，今日難道是被你看久了的緣故？」

蘇子斬失笑，轉頭看著她，日色剛剛升起，打在院中現出一片金色的朝霞之光，她臉上掛著明媚的笑，讓人見了，會不自覺地心情好起來。他微微彎了眉眼，笑著說：「若是我的眼睛能夠這麼管用的話，秋月姑娘就不必辛苦熬藥灌喂了。」

花顏大笑。

蘇子斬也含笑看著他，過了片刻收了笑意，對她輕聲問：「花顏，你……會幸福的吧？」

花顏笑容慢慢地收了收，又綻開，對他肯定地點頭：「會的，雲遲待我很是厚重。」

蘇子斬頷首，又淡淡地笑了一下：「他身為儲君，身繫南楚江山帝業，卻為了你獨自闖入蠱王宮，彼時，置自身安危於不顧，將南楚江山社稷拋於腦後，能做到如此地步，自然是待你極其厚重了。」話落，看著她的眼睛，輕聲說，「花顏，我不及他，你答應他是對的。」

花顏搖搖頭，也看著他的眼睛，笑著說：「子斬，你不必說這樣的話，當日換作是你，你也會闖進去救我的，沒有不及之說。只是，你我大約沒修夠夫妻緣分，但知己緣分，總是綽綽有餘的。」

蘇子斬聞言沉默片刻，又淡淡地笑了笑：「的確是沒修夠，但我已然知足，我的命是你給的，能這般活著已然是極好，人不能太貪心。」

花顏淺笑：「我的心願，便是你好好活著，如正常人一樣，想去哪裡就去哪裡。」

蘇子斬笑著點頭：「如今已經可以了。」

花顏搖頭：「如今你還離不開天不絕呢！要做到離開天不絕，身體再沒半絲不適，才是真正的好。」

蘇子斬淡笑：「會的，一年而已。」

花顏頷首：「早先我以為最少也要三五年，還真是要感謝葉香茗了。」話落，問，「我一直沒問哥哥，他是如何安置她的？」

蘇子斬道：「廢了武功與蠱媚之術，留在桃花谷了。」

花顏點點頭：「作為南疆公主，她做了她該做的。」

蘇子斬不置可否。

秋月端了湯藥來，看到二人，笑著說：「小姐、子斬公子，早啊！」

花顏笑著看她：「早！果然哥哥會養人，我家阿月到了哥哥這裡，嬌俏伶俐機靈很多。」

秋月臉一紅，跺腳：「明明還是和以前一樣，小姐慣會取笑奴婢。」

花顏看著她的模樣直樂：「我沒說錯。」

秋月轉過身，故意說：「我不理你了！」話落，給花樹喂了藥，扭身走了，丟下一句話，「本來早上準備給你做你愛吃的玫瑰糕，如今不做了。」

花顏一聽，連忙去追：「是我看錯了，阿月明明還是和以前一樣嘛！」

秋月頭也不回地說：「如今改口晚了，不管用了。」

花顏笑著討好：「你給我做玫瑰糕，我給你做紅豆冰茶怎樣？」

秋月腳步頓了頓，轉頭看著花顏：「當真？小姐不是做著嫌麻煩最不愛做紅豆冰茶嗎？」

花顏搖頭：「如今不怕了。」

秋月看著她笑，戳穿她：「小姐是想吃玫瑰糕吧？」

花顏歎了口氣：「現在做的話，中午就可以喝上紅豆冰茶了，你到底要不要喝？」

秋月果斷地點頭：「要喝。」

花顏笑：「那就走吧！」

二人說笑著，去了廚房。

蘇子斬看著二人走遠，也不由得失笑出聲，花顏這樣的女子，素來能屈能伸，聰明果敢，堅韌堅強。他有福氣得她厚重以待，卻又沒福氣陪她相守一生。

不過，她會幸福的。

雲遲不惜一切代價求娶她，定會一心待她，雲遲從來就懂得自己真正要的是什麼。

花灼從房中出來，看到微笑看著花顏與秋月說笑著去了廚房的蘇子斬一眼，揚眉笑著說：「你以後有什麼打算？」

蘇子斬轉過身，看著花灼，淡笑著問：「你對我有什麼打算？」

花灼暢快大笑：「被你看出來了？」

蘇子斬微笑：「自然，你的眼神很明顯，半絲沒隱藏。」

花灼點頭：「是有打算，不過，你確定要聽？」

蘇子斬點頭：「聽聽也無妨，我的命，除了花顏，還有你和臨安花家一眾人的傾囊相助。你只管說。」

花灼看著他，淡笑，開門見山地說：「我想你脫離武威侯府，加入花家，怎樣？」

蘇子斬似沒料到是這個，有些許訝異：「花家……可以隨意加入外人？」

花灼搖頭：「自然不是隨意，你覺得自己對於花家來說，是外人？」

蘇子斬微笑：「我沒敢將自己當花家人。」

「如今不妨想想。」花灼看著他。

蘇子斬似乎真的認真地想了想，片刻後，搖頭：「花家待我大恩，我不該拒絕你的好意與看重，可我……確實也有些自己的想法。」

「哦？你自己的想法，是否可以說來聽聽。」花灼挑眉。

蘇子斬抿了抿嘴角：「我想脫離武威侯府，自立門戶，然後入朝。」

短短幾句話，花灼便明白了他的打算，看著他問：「你是要在朝中成為妹妹的依靠？」

蘇子斬淡笑：「她給我一生陽光，我雖不能與她做夫妻，但也想陪著她看著她幸福。雲遲所謀乃大，將來朝局和天下定然波濤洶湧，我就不想她太辛苦，花家不喜站在人前，那麼，便由我站在人前，幫她分擔些。」

花灼瞇起眼睛：「你確定？」

蘇子斬肯定地點頭：「我一直在想，這一生，我要怎麼過，以前，得過且過，活一日算一日，如今，我想這樣過。」

花灼道：「妹妹定然不希望你為她而活。」

蘇子斬微笑：「我是為自己。」

花灼看著蘇子斬，昔日花顏毀婚後，所求的不過就是蘇子斬脫離武威侯府自立門戶，並不求他與她一起擔負起臨安花家。

如今，花顏兜兜轉轉又與雲遲締結連理了，而蘇子斬，確實如她所想，自立門戶，可卻不是離開京城，自由自在，而是打算回到京城入朝。在朝中為她遮風擋雨，成為她的助力。

花灼的確是有些意外的，但又覺得這該是蘇子斬會做出的決定。

他這一生，妹妹待他厚重，他換一種方式，報以厚重，是守護，也是信念。

人只有有了信念，才有希望。

花灼看著他：「你可知道她與陸之凌在西南境地八拜結交，結為了異性兄妹之事？太子殿下離開西南境地時，將百萬兵馬軍權交給了陸之凌。京城有敬國公府，她與敬國公府守望互助，將來也許並不輕鬆，但憑著她的聰明，定然應付得來，並不需要你對他做到這等地步，賠進自己的一生，傾軋在朝堂，你太過辛苦，她也不願。」

蘇子斬點頭：「我知道，安十六與我提過了。陸之凌是陸之凌，敬國公府是敬國公府，我是我。」

花灼蹙眉：「左右你是要脫離武威侯府，何不入臨安花家？你還是姓你的蘇，花家不會剝奪你的姓氏，你想幫妹妹，可以與我一起，站在暗處，何必入波雲詭異的朝堂？比之朝堂豈不自由隨意輕鬆？」

蘇子斬搖頭：「我想站在人前，就在京城，雲遲若是待她有半絲不好，我饒不了他。」

花灼大笑。

蘇子斬道：「天下之大，心被圈固，無論走到哪裡，都放心不下，既然如此，不如就待在離她最近的地方。」

花灼收了笑：「也罷！雖有殊途，總之同歸。陸之凌到底會在西南境地待段日子，有你常年待在京城，我也放心。」

蘇子斬淡笑：「數日前是誰惱恨陸之凌搶了他的妹妹，如今這是認了他的身分了？」

花灼收了笑：「八拜結交，豈能玩笑？不認又能如何？百萬兵馬的大將軍，總歸算是有些能耐。」

蘇子斬笑道：「陸之凌不止有些能耐，本事了得。不過他一直厭煩支撐門庭入朝做官，如今竟然心甘情願，也是難得。」

花灼仍有些氣的說：「任誰白得一個妹妹，都會心甘情願。」

蘇子斬失笑：「白得妹妹的人也不容易，如今不是規規矩矩待在西南境地鎮守百萬兵馬嗎？」

花灼頓時氣順了，笑著說：「也對！」

秋月最終做了玫瑰糕，花顏做了紅豆冰茶。

用過早飯後，蘇子斬對花顏說要去拜見花家長輩，花顏笑著點頭，剛要帶著他去，天不絕睡夠了，精神地說：「拜見長輩自己去，我今天要給小丫頭看診。」

蘇子斬當即說：「那就明日再去拜見，看診要緊。」

天不絕大手一揮：「你該去去，這裡沒你啥事兒。我給她看診，誰也別在我身邊礙眼。」

蘇子斬看著天不絕蹙眉。

「你小子別皺眉，我的規矩這麼久了你難道還不知道？」天不絕瞅了蘇子斬一眼。

蘇子斬沒了話。

花灼道：「走吧！左右我們幫不上什麼忙，我陪你去見太祖母和祖母等人。就讓他自己給妹妹看診吧！」

蘇子斬抿唇：「也好。」

花灼看了秋月一眼。

秋月點了點頭。

花灼與蘇子斬出了花灼軒。

天不絕在花灼和蘇子斬離開後，見秋月眨巴著眼睛看著她，哼了一聲：「既然打算好好學，就有出息點兒，給我睜大眼睛豎起耳朵。」

秋月連忙乖巧地點點頭。

天不絕又對花顏說：「你這個病幾年前，我就跟你提過，不將你心裡的祕密告訴我，你一輩子也解不開，如今，你這是做好準備了？」

花顏點點頭，輕聲說：「我本來覺得，一生不解也沒什麼，左右有一天，我在泥裡打滾，混著混著就會漸漸地忘了。沒成想，天命難違。」

天不絕道：「天命之說，擱在別處，我老頭子會嗤之以鼻，但擱在臨安花家，擱在雲家，的確難說，畢竟天賦異稟的人，既然得了上天厚愛，得了傳承，有些東西，就該受著制衡。」

花顏點頭：「正是。」

天不絕問：「你是在這裡說。還是找一處地方？」

花顏想了想，輕聲說：「去我的書房吧！」

天不絕點頭。

花顏領著天不絕，秋月被准許地跟著，采青則被留了下來。

一路上無話，很快就到了花顏的書房。

花顏抬步走了進去，掌了燈，便站在桌前，有些沉靜。

天不絕掃了一眼書房的環境。踱步走了一圈，四處看過後對花顏問：「小丫頭。這就是你的祕密？滿室塵土的一間屋子？」

花顏默了默，輕聲說：「算是吧！」

「什麼叫做算是？」天不絕問。

花顏挪動腳步，走到一處靠近角落的書架旁，蹲下身，從底下扒開厚厚的一摞史書，露出一個暗格，她打開暗格，盯著看了半晌。才伸出手去，拿出了裡面存放著的一卷畫。

畫卷已經泛黃，顯然是被塵封多年了。

她費力地抬手拂了拂上面的塵土，將之緩慢地遞給了天不絕。

「這是什麼？」天不絕不接，對她問。

花顏臉色發白，唇上幾乎都不見血色：「一個藏在我記憶裡的人。」

天不絕看著她，伸手接過畫卷。

秋月湊到天不絕身邊，這畫卷，應該是她還沒有到花顏身邊時她畫的。

天不絕打開了畫卷，便看到了畫了一半的人像。

但即便是一半，他也一眼就認出了。

畢竟這個人的畫像，在幾百年前，有流傳下來，雖然極少，但是他在神醫谷見過。

四百年前的後樑最後一顆星辰，懷玉帝。

無論作為太子的他，還是後來作為皇帝的他，天下百姓無一人罵他是亡國之君，都感慨他的飲毒自盡，在回天無力之下，拱手山河，以他一人之死，換京城無數人平安。

但是，他前腳駕崩了，她的皇后淑靜也隨之殉情了。

末代帝后，相伴七載，從太子太子妃，到皇帝皇后，哪怕跨越了時間長河，也時常被人提起，任誰提起來，都覺得可歌可泣。據說，四百年前，淑靜皇后愛畫畫，時常給懷玉帝作畫，有的畫卷流傳出皇宮，世人見了，驚為天人，紛紛感慨懷玉帝風采，令人心折，可惜，自小傷了身子，太過孱弱，難以擔負起已經民不聊生的天下。

天不絕捧著畫卷看了片刻，轉向花顏。

花顏蹲在地上，靜靜的，臉色蒼白，眉目間籠罩著濃濃的雲霧，周身也漫出濃濃的霧氣。

秋月也轉過頭，見此，喊了一聲：「小姐！」

花顏似極冷靜，慢慢地點了點頭。

天不絕似迷惑幾百年前的人怎麼會藏在花顏的記憶裡，但似乎腦中又隱隱約約有一個驚得他都覺得不可思議的答案。他看著花顏，半晌問：「他是何人？為何一直藏在你的記憶中？」

花顏抬起頭，靜靜地盯著天不絕手裡的畫卷看了片刻，低聲說：「你看過他的畫像吧？應該也認出來了。他是後樑懷玉帝，至於為何一直藏在我的記憶裡？因為……我是他的皇后淑靜。」

天不絕大驚：「你的意思是，你生而帶來的癔症，是前世的記憶？跨越了幾百年？」

花顏點頭：「大約是吧！」話落，搖搖頭，「我也不知道，我出生後，因此混亂了好幾年，癔症與記憶有關，或者還有什麼我不知道的緣由，我都不清楚，總之便是這樣在我記憶裡扎著根，拔不除的那種。」

天不絕看著她困難地說出這番話，壓下驚異和不可思議，對她問：「傳言懷玉帝和淑靜皇后帝后情深，懷玉帝做太子時，只淑靜一位太子妃，東宮無其他女子，做皇帝時，為她空置六宮，可是如此？」

花顏點點頭，壓了壓，還是沒壓住，猛地一口鮮血吐了出來。

第六十二章 掩藏的真相

鮮血噴灑在地面上，落在厚厚的塵土中，如塵土中蔓開的血蓮花。
秋月大驚失色：「小姐！」
天不絕連忙蹲下身，連拍了花顏身上幾處穴道。
花顏怔怔地看著地上的鮮血，整個人似又陷入了不可自拔的境地。
天不絕大喝一聲：「小丫頭！醒醒！」
花顏一動不動，眼睛雖看著地面的鮮血，眼球卻沒焦距，雲霧濛濛，不知道看向哪裡。
天不絕又大喝了兩聲，花顏依舊如此。
秋月緊扣住花顏肩膀，對天不絕說：「師父，你我喊小姐都沒用的，只有一個人在她癔症發作時喊她有用。」
「誰？」天不絕問。
秋月說：「是太子殿下！在南疆時，小姐發作癔症，就是太子殿下將她喊醒的，還有數日前，太子殿下住在家裡時，小姐也發作了癔症，昏迷不醒，太子殿下喊了他半個時辰，竟然真的將她喊醒了。您知道的，從小到大，哪怕是公子在小姐癔症發作時，都不能喊醒她來。」
天不絕聞言立即說：「那怎麼不將他留在臨安等著我來？」
秋月抿唇：「太子殿下不能在臨安待太久啊！他一趟西南之行，近三個月，朝事兒本就堆了一大堆，皇上一日三封信函催促他回京處理朝事兒，在家裡待那幾日，已經是一再拖延地強留了。」

怎麼能一直留在這兒？」

天不絕繃起臉：「我老頭子還沒探出個究竟，她竟然這麼快就犯了癔症發作了。她不醒著，我怎麼能探究得清楚對症尋求診治之法？」

秋月看著花顏，心疼不已：「那師父……怎麼辦啊？」

天不絕沒好氣地說：「我哪裡知道怎麼辦？給她喂藥吧！」

秋月連忙拿出藥瓶，倒出藥丸，塞進了花顏的嘴裡，花顏緊扣著牙關，她用了好半晌，才讓藥丸在她嘴裡化開。

藥剛喂進去，花顏猛地身子一動，又嘔出了大口的鮮血。

秋月臉唰地一下子白了，聲音發顫：「小姐！」話落，看向天不絕，帶著哭音，「師父，快……怎麼辦？」

天不絕當即抬手，朝著花顏脖頸拍了一掌，花顏身子一軟，眼前一黑，軟軟地倒在了地上。

秋月連忙接抱住花顏。

天不絕臉色也十分難看：「如今只能打昏她了，若再讓她吐一口心頭血，也不用救了，現在就會去見閻王爺了。」

秋月的眼淚不受控制地流了出來：「怎麼能是這樣子呢？小姐的記憶裡到底藏了什麼？這兩日，看起來似乎好多了，為何拿出這畫像，又犯了呢？」

天不絕道：「定然不是什麼好事兒。」說著，看了一眼扔在一旁的畫卷道，「這個人，是她的魔障。」

秋月哀求：「師父，快想想辦法，如今您知道了，可有什麼法子沒有？」

天不絕一屁股坐在地上，也不怕地上的塵土和血跡，擰著眉頭說：「這事兒可真是匪夷所思，我老頭子活了大半輩子，見過的稀奇古怪事兒不計其數，卻從來沒見過這樣的，生而帶來的癔症，竟然事關四百年前的記憶，這……太過聳人聽聞了。」

秋月咬唇：「世上怎麼會有這樣的事兒呢？是不是小姐在娘胎裡就被什麼人給鎮魔了？」

天不絕眉頭擰成一根繩：「普天之下，什麼人能將一個娘胎裡未成形的嬰孩鎮魔成如此模樣？她從小就會的那些東西，豈能是被誰鎮魔的？只能說明一點兒，她真的是曾經活在四百年前，轉世了，依舊帶了生前的記憶。」

秋月哭著說：「什麼破記憶，為什麼生而帶來挖不出去？為什麼太子殿下能夠喊醒小姐？公子說，與太子殿下也有關聯，難道太子殿下是……也活在四百年前？」

天不絕揉著眉心說：「不見得，否則他怎麼沒病？」

秋月一噎，想想也對。

天不絕看著被敲昏迷的花顏，一動不動，靜靜地陷入在昏迷中，今日他本是想瞭解她因何因由癔症，再斟酌地想辦法尋求開解之法，可如今，她剛拿出塵封的東西，便成了這副模樣，這病還怎麼治？

他神色凝重地說：「這樣的事兒，我老頭子生平罕見，因心而病，記憶帶病，只有一種治法，解鈴還須繫鈴人。心病還須心藥醫。」

秋月臉白的堪比花顏：「難道讓小姐再回去四百年前找懷玉帝？怎麼可能？」

天不絕也覺得不可能，分明就是天方夜譚，時間跨越了幾百年，懷玉帝的骸骨雖好好地在前朝陵寢埋著，但估計也僅剩一具骨頭了。找一具骨頭去解心病？她看到半個畫像就如此嘔心血了，若是看到一具骸骨，怕是直接就吐血而亡了。

她是碰不得懷玉帝一絲半點的。

但若是不碰，她永遠解不開癔症，更別提根治了。

天不絕坐在地上，思索半晌，問：「你剛剛說在她癔症發作時，太子殿下能夠喊醒她？」

秋月肯定地點頭，「是，太子殿下不停地喊小姐，她昏迷得深時，也能喊醒。往日小姐發作，嘔血昏迷，都需要三五日才醒，可是太子殿下只要在跟前，不出片刻就能喊醒，不在他身前時，昏迷後，最多也就半個時辰，便能喊醒了。」

天不絕又思忖片刻：「難道同為太子，有什麼關聯不成？」

秋月也是覺得驚奇和疑惑不解。

天不絕又伸手給花顏把了把脈，沉著臉說：「果然是一發作便會傷及五臟六腑，且如此嚴重，怪不得花灼著急了，剛剛身旁若是無人，著實凶險。」

秋月點頭：「這些年，小姐身邊離不得人的，但她以前發作的不勤，服下藥後，睡個兩三日，便就好了。自從在南疆發作後，就越發地勤了，且十分凶險。」

天不絕琢磨著，摸著下巴說：「既然找不到懷玉帝，怕是就要找太子雲遲了。」

秋月立即問：「師父的意思是？」

天不絕道：「這癥結，在懷玉帝，應該也在當今太子殿下與他同樣的身分上。」

秋月點點頭：「師父，難道再給太子殿下去信，讓太子殿下再來臨安？」

天不絕又琢磨了一下，說：「你去將花灼叫來，他應該知道此事，我問問他。」

秋月頷首，抱著花顏起身，將她安置到了一處同樣落了塵土的榻上，連忙走出了書房。

天不絕捧著半卷懷玉帝的畫像看了又看，然後閉上眼睛，靠著書架，腦中過著平生所學的藥書醫理。

花灼陪著蘇子斬去拜見太祖母和祖母等人，當初花顏和蘇子斬之間的事，家裡自然都知道。雖是唏噓一場，但也都覺得，有緣無分這等事情天下多了，沒甚稀奇。

如今蘇子斬來了臨安花家，休息了兩日後，前去拜見太祖母和一眾花家長輩們，太祖母笑呵呵地看著蘇子斬，拍著他的手，對他說：「好孩子，你是心思通透之人，不鑽牛角尖就對了。人活著，比什麼都重要，死了就一了百了，什麼都沒有了。」

蘇子斬笑著點頭，溫聲說：「太祖母說得對，我會好好地活著的。」

太祖母連連點頭：「以後花家就是你的家，就把這裡當作自己家，想住多久就住多久，想什麼時候來就什麼時候來。聽見了沒？」

「聽見了！」蘇子斬心下動容，彎著眉眼說，「臨安極好，花家極好，我很喜歡。」

「喜歡就好，喜歡就好。」太祖母笑的眉開眼笑。

一行人正說著話，秋月來到了松鶴堂，她知道自己的模樣，沒敢進去，抓了花容對他說：「你進去尋公子，就說師父喊公子也過去。」

花容聰明，一看秋月的樣子，就明白出了事兒，連忙快步進了松鶴堂。

花容走到花灼身邊，低聲對他耳語了幾句，花灼不動聲色地點頭，緩緩地站起了身。

蘇子斬見了，當即也站起了身，對他說：「我也去。」雖然他沒聽到花容對花灼說了什麼，但是也猜測得出一定是天不絕醫治花顏時怕是出了事兒。

花灼看了蘇子斬一眼，見他眼神堅定，他點了點頭。

太祖母一見二人要走，立即問：「怎麼剛坐這麼一會兒就要走？」話落，問花容，「出了什麼事兒？」

花容怕太祖母以及長輩們擔心，故意笑著說：「沒什麼事兒，十七姐姐不是愛喝子斬公子釀的酒嗎？神醫也想嘗嘗，讓我過來找公子拿他一直收藏在庫房裡的東西用用。」

太祖母一聽，笑呵呵地說：「這顏丫頭自小就喜歡酒，既然如此，你們快去吧！」話落，對蘇子斬說，「明日再過來，太祖母也嘗嘗你釀的酒。」

蘇子斬微笑：「好！」

花灼與蘇子斬出了松鶴堂，秋月白著臉看了二人一眼，目光落在蘇子斬的身上，一時沒開口說話。

花灼沉聲說：「對於妹妹來說，子斬不是外人，他就是為了他癔症而來，無礙的，說吧！」

蘇子斬微抿著嘴角，也看著秋月。

秋月點頭，壓低聲音說：「小姐癔症發作了，吐了兩回血，師父怕她出事兒，敲暈了她，如今昏迷不醒，師父讓我來喊公子過去商議。」

花灼沒想到經歷了上次思過堂他捅破了她心裡的祕密後，花顏本該有一定的承受能力了，沒想到天不絕在身邊，她竟然還嘔了兩回血。

他點頭：「走吧！我們這就過去。」

秋月頷首。

花容也擔心花顏，跟著三人一起去了花顏的書房。

花灼推開了書房的門，他掃了一眼，看到了被放置在榻上的花顏，她臉色蒼白，胸前大片的血跡，一動不動地躺在那裡。他腳步頓了一下，快步走了過去。
蘇子斬隨後跟進來，自然也看到了整個書房內的情形，他分外地驚訝，沒想到臨安花家處處乾淨整潔，竟然還有這樣一處滿是塵土無人清掃被封閉之地。
他目光落在花顏身上，腳步也頓了一下，快步隨著花灼走了過去。
天不絕聽到動靜，緩緩地睜開了眼睛，看了幾人一眼，沒說話。
「妹妹！」花灼喊了一聲，伸手去把她的脈，所謂久病成醫，他也會些醫術醫理，剛碰觸到花顏脈搏，面色頓時大變，轉頭看向天不絕，「你這個神醫在她身邊，怎麼能讓她傷成這樣？」
天不絕滿臉鬱結地說：「我也沒料到這個小丫頭子脆弱成這樣，只拿出了半卷畫卷，還什麼都沒對我說，便受不住地發作了癔症，既已發作，我一時間哪裡還能阻止得了？」話落，不客氣地說，「幸好我及時敲暈了她，否則她發作得這般凶猛，如今早去閻王殿了，你來質問我，有本事自己治啊！」
花灼一噎，臉色端凝地看著他：「你的意思是，你也沒有辦法了？」
「醫者醫病不醫心，她是心病。」天不絕沒好氣地說，「生而帶來的心結，如此之大，我一個侍弄藥材的人，如何會解？解了表，也解不了裡。」
花灼抿唇：「就沒有辦法了？」
天不絕冷哼一聲：「我是能治得了她因嘔心頭血而傷的五臟六腑，但是治不了她的心。她如今的狀況，基本就是藥石無醫。」
蘇子斬聞言也白了臉，立即說：「我的寒症，你都能治了，她的癔症，你也是能行的。」
天不絕聞言看向蘇子斬：「小子，你知道她的癔症是什麼嗎？你若是知道了，你就不會這麼說了。」話落，他將手中的半卷畫卷扔給他，「你自己看吧，你可識得這個人？」

蘇子斬伸手接過畫卷，打開，只見畫了半個人像，作畫的人功力十分高絕，雖然只半卷，但運筆惟妙，他拿著畫卷看了一會兒，搖頭：「我似乎沒見過這個人。」

天不絕哼道：「想必你武威侯府沒收錄他的畫卷，不過想想也是，你武威侯府也算是皇親國戚，怎麼會收錄前朝末代皇帝的畫卷？」

蘇子斬一怔，原來是前朝末代皇帝？可是為何是半截未完成的畫卷？他疑惑地看著天不絕。

天不絕一指花灼：「讓他說，他的妹妹，自小一起長大，一定清楚得很。」

花灼看了蘇子斬一眼，慢慢地坐在了花顏躺著的軟榻旁，將他所知道的花顏的事兒，緩緩說了。

蘇子斬越聽越驚異，他素來自詡定力不錯，但也沒料到在花顏的身上，藏了這麼大的一樁不可思議的祕密，讓他聽了，都覺得匪夷所思，震驚不已。

她不惜弄得自己名聲不堪也要退了與太子雲遲的婚事兒，原來，背後的內情，便在這裡。

四百年前，懷玉帝以一杯毒酒，託付江山給太祖皇帝，拱手山河，然後赴了黃泉。他的皇后淑靜，也飲了毒酒，隨他而去。

時間即便過了四百年，天下改朝換代，南楚已四百年歷史，但是前朝的史書和典籍以及前朝陵寢，依舊被完好保存，太祖爺感念懷玉帝風采，未銷毀一絲一毫前朝留下的東西，更是懷念淑靜皇后成傷，終身未立后，未留子嗣。

世人都讚四百年前的末代帝后可歌可泣，可是有誰知道，原來還有這樣一段不為人知的事兒。

原來淑靜皇后出身花家，是花家的花靜，為了懷玉帝，自逐家門，進了東宮做了太子妃，後來隨他承接帝位，做了皇后。

原來天下各地烽煙戰亂起，太祖爺兵馬到了臨安，淑靜皇后眼看後樑回天無力，書信了臨安花家族長，為保臨安一族免於覆滅傷亡，開啟了臨安大門，放太祖爺兵馬通關，使得太祖爺先天下其它諸侯一步，兵臨帝京城下，接手了懷玉帝手中的後樑江山。

原來，懷玉帝自備了自己的毒酒，丟下了淑靜皇后，赴了黃泉。

淑靜皇后哪怕飲毒酒追隨而去，上窮碧落下黃泉，也沒找到懷玉帝，睜開眼睛時發現，原來已經是四百年後的南楚天下。

這成了她生而帶來的癥結，解不開的死結。

蘇子斬看著花顏，她無聲無息地躺在那裡，似乎就要這樣長睡不醒。他想起了與她過往的點滴。

他母體帶來的寒症，一直伴隨了他十九年，他自暴自棄，生不如死，不敢奢求，得過且過，曾恨天不公，曾怨天尤人，後來漸漸地活得麻木了。

他不知道，她在含笑問他應允她可好時，原來她的身體裡也藏著解不開的可怕的癔症，他本以為自己好不了，不敢想未來時，有一個人，卻勇敢地在與命運抗爭，在想著他不敢想的未來，且鼓足了勇氣去拼那個九死一生的將來。

在他不知道的地方，原來藏著這樣的黑暗和塵封著滿心的厚厚塵埃。

她率真、隨性、堅韌、聰穎、果敢，在無人看到的地方，她將脆弱藏了起來。若不是見到這樣的她，他實在不敢相信，這個躺在這裡無聲無息的人是她。

他堂堂男兒，不及她多矣，委實配不上她。

花灼話落，書房裡一室靜寂。

秋月走到花顏身邊，心疼地抱著昏迷不醒的她，紅著眼睛說，「小姐待誰好，從來都是掏心掏肺的好，四百年前，她自逐家門嫁入東宮嫁給太子懷玉，一定是極喜歡他的，否則她怎麼會離開花家，甘願入東宮皇宮？」

花灼看了秋月一眼，沒說話。

蘇子斬臉色發白，看著花顏，袖中的手緊緊握拳，才能克制著自己不上前去抱抱花顏。

天不絕感慨：「後樑末年，朝政積累弊端加重，天下已無多少地方是好土好地，民不聊生，懷玉帝力不從心，以一人之力，挽救不了後樑江山，她死心眼，喜歡誰不行？偏偏喜歡一國太子皇帝，那等情形，可預見是死路一條。」

花灼沉聲道：「即便是死路一條，以她的脾性，喜歡了，看重了，入心了，便不管不顧了，死活也要闖一闖。」

秋月哽咽地說：「是啊！別說四百年前，只說如今，小姐為子斬公子，也是一樣的。死過一次，才甘心。」

蘇子斬抿唇，身子微微顫抖，終是忍不住，上前了一步。

花灼冷靜地伸手擋住他，嗓音也分外冷靜：「子斬！」

蘇子斬猛地停住腳步，驚醒，後退了一步。

秋月自知失言，抱著花顏，紅著眼睛，默默流淚，不言語了。

花灼看向天不絕：「當真沒有法子？」

天不絕道：「如今我是沒有法子，不過聽秋月說，她犯癔症時，太子殿下能喊醒他，我在想，既然他能喊醒她，想必若是要解開癔症，少不了他。」
花灼抿唇：「他已經回京了。」
天不絕點頭：「我知道他已經回京了，我的意思是，我老頭子暫時也想不出什麼好法子，這種匪夷所思之事，我老頭子活這麼久了，沒見過，平生所學，似也沒有過哪本醫書記載過此類病症。」
花灼蹙眉，琢磨著問：「我覺得，妹妹生而帶來的癔症，與懷玉帝有關，也許，是他做了什麼，才讓妹妹如此。」
「怎麼說？」天不絕一愣。
蘇子斬也看著花灼。
花灼道：「太子懷玉，為妹妹空置東宮，帝王懷玉，為妹妹空置六宮。可見，他待妹妹，也是極重赤誠，但是臨終，卻只備了自己的毒酒，是極不符合常理的。」
「怎麼就不符合了？你方才不是也說了，小丫頭覺得他是在怪她。」天不絕道。
花灼搖頭：「妹妹是當事者迷，後樑末年，已回天無力，懷玉帝比誰都清楚，妹妹雖為了保臨安，放了太祖爺通關，但也只是做了保全家族該做的事兒。他以一杯毒酒，換帝京城百姓平安，風采為天下人心折，可見是明智之人。怎麼會怪她？」
天不絕皺眉，「若是不怪她，不是該拉著她一起死嗎？」
花灼道：「是啊！是該拉著她一起死，可是，他沒有，有兩種原因，一種，也許是他想讓妹妹活著，但是他們帝后七載，應該十分瞭解彼此，他死了，她怎麼會獨活？所以，不是第一種。既然不是第一種，那麼第二種，就是他在臨終給自己先備了毒酒前，做了什麼，才讓妹妹在四百年後如此。」

天不絕睜大眼睛：「你的意思是……懷玉帝有通天之能？」話落，搖頭，「不能吧？正史野史都沒有記載？他若是有通天之能，怎麼會自己自小中毒傷了身子？怎麼會回天無力挽救不了後樑江山？」

花灼道：「這是我的猜測，也許，他有某種奇學之術也說不定，據說是十分有才華的一個人。或者，四百年前，當世有異能之人相助於他。總之，他可能做了什麼，否則，妹妹豈能生而帶有癔症？刻在靈魂裡的記憶，如魔咒一般。」

天不絕頓時凝重了臉：「你說到魔咒兩個字，倒讓我想起了雲族的咒術。」

「嗯？」花灼看著天不絕。

天不絕道：「一本醫書古籍上記載，雲族咒術，分為千種，其中有一種，是雲族的十大禁術之一，最是厲害，稱作魂咒，就是咒刻入進了靈魂。靈魂不朽，魂咒不滅。」

花灼霎時變了臉，盯著他問：「哪本醫書古籍？你如今可還有？」

天不絕搖頭，轉看向花顏，對花灼道：「以前是有，可你還記得，小丫頭曾經撕了我一卷醫書疊紙玩，就是那卷醫書，正是那一頁，被她疊成紙船，扔進了水裡，我當時氣瘋了，後來她不巧犯了癔症，我也沒能奈何她。」

花灼仔細地想了想，是有這麼回事兒，他猛地看向花顏。

花顏依舊昏迷不醒，臉色越發地霜白，氣息極弱。

天不絕道：「那時候，我以為她混帳，可是後來，她再沒做過這等混帳事兒。如今想想，是不是她當日就明白了什麼，故意撕了那頁醫書，然後犯了癔症？」

花灼臉色也白了，半晌，吐出兩個字：「也許。」

天不絕扶額，感慨：「這個小丫頭，該是有多深的城府啊！藏在心裡這麼久，半個字也不透露。若是她早在看到那卷醫術那一頁時就隱約地知道了也許她的癔症與魂咒有關，那麼，誰能給她解開？我即便自詡醫術卓絕，也做不到啊！怪不得她這麼多年不指望我。」

「靈魂不朽，魂咒不滅。」蘇子斬低聲說，「既是雲族的魂咒，那得了雲族傳承的人，是否可解？」

花灼臉色白得也沒了血色，搖頭：「雲族術法，演變數千年，傳到這一代，也只我們臨安花家和皇室還有些許傳承，但也有限。皇室還不及花家多。魂咒早已經絕了傳承。」

蘇子斬也白了臉：「那她……怎麼辦？」

「若真是魂咒，無解。」天不絕道，「雲族術法，太過玄奧，據說得天地傳承，自成一脈，有通天通靈之術。上萬年來，從來沒有人破解開過，都是靠血脈傳承。」

花灼點頭：「沒錯！有些東西生來就有傳承的，我和妹妹都有，但是她比我懂悟得多。」

天不絕撇撇嘴：「她自然該比你懂得多，她本就是四百年前的花家嫡女花靜，如今又是花家嫡女花顏。四百年前，自然也是得了傳承的。」

花灼薄唇抿成一線。

天不絕對他道：「你們花家傳承至今，有什麼家傳的古書古籍，你儘快去翻翻找找查查吧！看看是否留著有關的魂咒，十有八九，應該就是這個了。否則，生而帶來的癔症，豈能這般要人命？分明就是魂咒之術。」

花灼點頭：「好。」話落，對秋月說，「你送妹妹回去。」

秋月點頭，要抱花顏起來，她腿腳發軟，試了兩次，都沒將人抱起來。

花容本來也跟著進來了，小小年紀，難得聽了這般匪夷所思的事兒依舊沉穩，他上前一步，對秋月說：「秋月姐姐，我來抱十七姐姐吧！」

秋月見是花容，點點頭，鬆開了花顏。

花容雖然是小少年，很有力氣，將花顏抱了起來，快步出了書房。

秋月也連忙跟了出去。

花灼站起身，對天不絕和蘇子斬說：「你們先回去歇著吧，我去找找。」

天不絕對他擺擺手。

花灼出了書房。

幾人離開後，天不絕和蘇子斬並沒有走，天不絕對蘇子斬問：「小子，你累不累？」

蘇子斬白著臉搖頭。

「那你便跟我老頭子在這裡翻弄翻弄這些書吧！我想看看這小丫頭子那些年都看了些什麼書，然後竟一起都封在這裡。」天不絕道，「也許有什麼發現，也不一定。」

蘇子斬點頭，拿起那半卷畫卷又看了片刻，然後放下，走到了書架旁，依照天不絕所說，翻弄起那些書籍。

這些書籍，全是史書，一排排，一列列，除了前朝史書沒有，其餘的各朝代的史書都有。

天不絕翻弄了一會兒，便沒趣地說：「大約是我想多了，這裡她塵封的無非是懷玉帝的半卷畫卷罷了。」

蘇子斬不說話。

天不絕放下書卷，擺手：「行了，走吧！」

蘇子斬搖頭：「你走吧！我在這裡待一會兒。」

天不絕瞧著他，見他不想走，也不強求，轉身走了。

采青見花顏被花容抱著回來，臉色蒼白，胸前大片血跡，昏迷不醒，嚇了夠嗆，說話的嗓音都變了，問秋月：「秋月姑娘，太子妃這是……」

秋月臉色也發白，眼眶發紅，哽著聲音說：「犯了癔症，我師父也沒法子。」

采青一聽，險些站不住。

花容抱著花顏進屋，將她放在了床上，也是一臉的憂急，對秋月說：「我抱著十七姐姐一路走來，感覺她氣息十分虛弱，若是這樣下去，是不是會不好？秋月姐姐，你問過你師父了嗎？如今該怎麼辦？」

秋月立即說：「師父沒跟過來，我這就去問。」說著，就衝出了房間。

她還沒到那處書房，半路便遇到了從書房出來的天不絕，立即抓住他問：「師父，小姐不能這樣下去，氣息十分微弱，該怎麼辦呢？您快想想辦法？」

天不絕點頭，難得不訓秋月地說：「我方才琢磨了一個新方子，稍後寫出來，你去抓藥給她煎服。」

秋月連忙點頭。

來到花顏苑，天不絕開了新方子，遞給秋月。

秋月伸手接過，囑咐花容和采青照顧花顏，連忙親自去了。

天不絕也沒走，待在了花顏苑，看著花顏氣息確實一刻比一刻虛弱，他對采青說：「你是東宮的人吧？跟她說話，說太子殿下的事兒，或者有他的書信什麼的，給她讀讀。」

采青早已經紅了眼眶，聞言連忙點頭，趕緊拿了雲遲給花顏的書信，站在床前，給花顏讀了起來。她一封信接一封信地給花顏讀，才發現短短時日，太子殿下著實寫了不少信，有時一日一封，有時一日兩封，雖都是尋常言語，但處處透著溫情。

天不絕聽了幾封信後，摸著下巴說：「傳言太子殿下天性涼薄，待人疏離，這般看來，也不是嘛！」

采青接過話說：「太子殿下獨獨待太子妃不同。」

天不絕點頭：「小丫頭福氣著實不小，天生來，就是鳳凰的命。」

采青不說話了，繼續給花顏讀信。

花容在一旁盯著花顏，過了一會兒，他驚喜地說：「十七姐姐氣息好像比早先強了些。」

天不絕也鬆了口氣：「管用就好！看來我猜的沒錯，太子殿下也許真是解她癥結的關鍵。」

話落，對采青擺手，「別讀了。」

采青住了口，收了信函。

秋月端著藥進來，走到床前，采青連忙將花顏扶起來。

秋月舀了藥喂花顏，嘗試半晌，喂不進去，她不張口，她急得不行：「小姐，喝藥了。」

花顏一動不動。

秋月想著小時候花顏就喂不進湯藥，硬灌也只是些許地喝點兒，後來自從去了南疆後，都是太子殿下給她喂藥，他喂藥的方法，自是不必說了，如今她總不能照做。

她急得不行，想著若是雲遲在就好了。

采青在一旁說：「太子妃，喝藥了，殿下很快就會又來信了，還等著您給他回信呢。」

她話落，昏迷著的花顏似能聽得到，鬆開了緊咬的貝齒。

秋月大喜，連忙趁機給花顏喂了藥。

天不絕在一旁嘖嘖地說：「所謂一物降一物，看來便是如此。」

秋月不說話，專心地喂著藥。

采青在一旁猶豫地想著要不要告訴太子殿下太子妃出的事兒，若是說了，殿下一定著急，他剛回京，想必會再急著趕來臨安，若是不說，太子妃這副樣子，她真是生怕出什麼事兒。

秋月喂完了藥，心下踏實了，轉身便看到了采青臉上掙扎的神色，她一下子就明白了采青所想，想了想，對采青說：「先不要告訴太子殿下了，小姐一定不想讓他擔心。他剛回京，不說朝事一大堆，還有公子的要求與議程一大堆，定然是忙得不可開交的，從京城到臨安千里，也不能一時說趕來就趕來，憑白地讓他擔心，小姐若是醒來，該心疼了。」

采青點點頭：「奴婢聽秋月姑娘的。」

秋月放下藥碗，對天不絕又紅著眼眶問：「師父，小姐幾日能醒來?」

天不絕道：「若是我的藥管些效用的話，一兩日就會醒來。」話落，又說，「關鍵是看她自己想不想醒了。」

采青立即說：「奴婢再多與太子妃說些話，太子殿下的書信今晚上就會到。」

天不絕點頭：「嗯，屆時你讓她自己起來看信，就不必給她讀了。」

采青頷首。

喝了藥後的花顏，呼吸漸漸趨於平穩。

天不絕放下心來，出了房，又去琢磨他畢生所學的醫書古籍，尋找法子了。

秋月和采青守在花顏身邊，花容不好在花顏的房間久待，也出了花顏苑。

傍晚時分，雲遲的書信果然如采青所說一般準時地由信使送到了花顏苑，采青接過書信，連忙拿著到了花顏身邊，對著昏迷不醒的她說：「太子妃，太子殿下派人剛剛送來的信函。」

秋月在一旁接話：「小姐，您若是不起來回信，太子殿下等不到您回信，該擔心您了。」

二人你一言我一語，拿著書信在花顏床邊說起了雲遲。

花顏一動不動地躺著，沒有醒來的跡象。

說了半晌，采青有些急，對秋月小聲問：「秋月姑娘，早先奴婢提太子殿下，還是管用的，如今看來不管用了。」

秋月也有些洩氣，對采青說：「罷了，先將書信放在小姐枕邊吧！這信函裡想必放了東宮的鳳凰花，我隱約聞著有鳳凰花的香味。」

采青點點頭，將信函放在花顏枕邊。

夜晚，花灼有些疲憊地來到了花顏苑，看到依舊昏迷不醒的花顏，他歎了口氣。

秋月立即問：「公子，您可查到了？」

花灼搖頭：「我翻遍了所有留傳下來的古籍，沒有記載。」

秋月有些急，紅著眼睛問：「那怎麼辦？」

花灼道：「等妹妹醒來再說吧！」

秋月咬唇：「小姐已經昏睡了一日了，還沒有醒來的跡象，師父重新給她開了一個新藥方，服了藥，如今氣息平穩，暫時沒大礙了。」

花灼點頭，坐下身，看著躺在床上的花顏。

采青掌了燈，在昏黃的燈光映照下，花顏的臉一如早先一般蒼白，身上血汙的衣衫在喝完藥後就給她換了，她便那樣安靜地躺著，一動不動，沉睡不醒。

花灼坐了片刻，伸手去拿花顏枕邊的信函，同時對采青冷不丁地說：「依我看，這門婚事兒，還是退了好了。太子殿下愛娶誰娶誰，就是不能娶我妹妹了。」

采青大驚。

秋月也驚了，脫口喊：「公子您……」

「我這便去給雲遲寫信。」花灼不理會二人，站起身。

他剛起身，衣袖忽然被人抓住，他低頭，便看到了花顏的手，手骨纖細，指骨泛著青白色，抓得極緊，他順著她的手去看她，只見她睫毛顫了顫，似掙扎著要醒來。

采青和秋月也發現了，齊齊一喜。

秋月立即說：「小姐快醒來，奴婢攔不住公子！他要去信與太子殿下悔婚。」

采青用力地點頭：「太子殿下費了多大的心力才讓太子妃應允他，若是再收到退婚書，一定會受不住的。」

花顏緩緩地慢慢地睜開了眼睛，眼底雲霧漸漸散去，她第一時間看著站在床前的花灼，扯動嘴角，啞著聲音說：「哥哥故意嚇唬我。」

花灼看著她，繃著臉：「我不嚇唬你，你會醒嗎？」

花顏無言地看著他，似十分沒力氣。

花灼順勢坐下身，對她虎著臉說：「早晚有一日，我會被你嚇死。明明那一日在思過堂，我那般說話，你都受得住了，怎麼今日半幅畫卷而已，就受不住了？」

花顏閉上眼睛。

花灼立即說：「既然醒了，就不准再睡了。」

秋月立即說：「小姐別睡，奴婢真怕您長睡不醒。」

采青立即說：「信，太子妃，太子殿下的信剛剛到，您現在看嗎？」

花顏又睜開眼睛，透過幾個人隔開的縫隙，看到了室內已經掌燈，外面的天色已經黑了。她慢慢地撐著手坐起身，說：「給我！」

采青看向花灼。

花灼隨手將信函塞進了袖子裡，對采青和秋月說：「你們先出去，我有話對她說。」

秋月看著花灼，見他臉色不好看，她小聲說：「公子，小姐剛醒來，身子正虛弱著呢！」

花灼不理會：「你們先出去。」

秋月點頭，只能與采青走了出去。

二人出去後，花灼盯著花顏，一時沒說話。

花顏乏力地靠著靠枕坐在床上，看著花灼：「哥哥有什麼話要與我說，先等等再說，給我倒一杯水吧！」

花灼起身，給花顏倒了一杯水。

花顏接過，慢慢地將一杯水喝了，將空杯子遞給花灼。

花灼隨手放回了桌上，又坐在床邊，繼續盯著她。

花顏被他盯得難受，無奈地說：「哥哥有什麼話直說吧！我聽著就是了。」

花灼終於開口：「你不止要聽著，還要如實回答我的話，否則，我便書信一封，勢必將你與雲遲的婚事兒再退了。」

花顏看了一眼他袖口，那裡放著雲遲新到的書信，她點點頭。

花灼對他沉聲問：「你實話告訴我，你是不是知道自己的癔症是怎麼回事兒？多年前，天不絕的那一卷醫書，你撕的那一頁，是不是關於你身上的祕密的？」

花顏抿了一下嘴角，半晌，搖頭又點頭：「我不知道我的癔症是怎麼回事兒，我撕的那一頁，是關於雲族魂咒的。」

花灼看著她，頓時怒道：「那是因為，你猜測到你身體天生帶來的癔症也許就是雲族的魂咒了，所以，知曉無解，才撕了那一頁醫書是不是？」

花顏搖頭：「是也不是，我……那時候……沒想過解癔症。」

花灼看著她：「為什麼不早告訴我？那一日在思過堂，我捅破你的祕密時，你為何不說？」

花顏搖頭：「哥哥，那一日，我難受得緊，什麼也想不起來。」

花灼想起那一日，的確如此，她幾乎情緒崩潰，也凶險地吐血兩次，險些控制不住癔症，他面色稍霽：「那如今，你都知道什麼？想起了什麼？該跟我說了吧？」

花顏抿唇：「那一頁古籍，雖被我從那本醫書上撕掉，折了紙船，扔進了湖裡，但是又被我很快就拿了出來。」話落，她伸手一指牆角的一處暗格，「就收在那裡，哥哥去拿來看吧！」

花灼一聽，連忙站起身，去了那處牆角，開啟了暗格。

暗格打開，裡面果然放著一只紙船，雖然泛黃，但是字跡是用特殊的好墨書寫，所以，哪怕曾經沾過水，也沒破壞暈染。

他立即拆開了紙船，看到了上面的字跡。

「雲族魂咒，禁術十之首，通天地之厲，曉陰陽之害，施術者，鎖其魂，滅其靈，絕其根，禁其魄，為永死不生，地獄無收。中術者，靈轉生，魂入世，陰還陽，生不息，靈魂不朽，魂咒不滅，生生世世，代代相承，永生不死。」

他面色微變，看著花顏。

花顏的臉白得幾近透明，目光放遠，輕聲說：「哥哥，那一日你說，也許是懷玉對我做了什麼，若我的癔症真和他有關，真中了魂咒，那麼，他該是何等的恨我？誅自己，永死不生，也要我生生世世，記著虧欠於他，永生不死。」

花灼搖頭：「不對，不是的，懷玉帝不是雲族之人，若是魂咒，不該是他。」

花顏臉色更白了，眼神空濛：「他的母親其實出自雲家，有雲族的血脈傳承。算是太祖爺的姑姑。」

「那這麼說，真的是他？」花灼看著她，「你與她夫妻七載，後樑瀕危的江山，本就已挽救不了，給誰天下不是給？他何至於恨你至此？自己永死不生，也讓你生生不安？」

花顏搖頭，伸手捂住眼睛。

花灼道：「難道是以為你喜歡太祖爺？才放他兵馬通關？因愛生恨？」

花顏放下手，一時有些怔怔，過了片刻，她輕聲道：「怎麼可能呢？太祖爺是當世了不得的人不錯，但我既選擇了他，又怎麼會再紅杏出牆？我只是為保臨安，不忍我們臨安花家累世的安穩和臨安的百姓被鐵騎踐踏。他若真是這般……」

她說著，聲音哽住，臉色灰敗，沒了話。

花灼看著她，抖了抖衣袖，將雲遲的信函遞給她。

花顏慢了半拍地伸手接過信函，定了定神，才緩緩地打開。

雲遲熟悉的字跡映入他眼簾，字裡行間說了他一日的生活，早上早朝上，商議了什麼朝事兒，下了朝後，去了禮部，籌備她與他的大婚事宜，好笑的語氣說禮部的那幫人看到大舅兄的要求和議程臉都綠了。

又說了太后服用了駐容丹，每日照鏡子，查看少了幾根白髮，他去看望她時，她提到既然還有半年大婚，時間也不短，問他是否再讓她進京小住些時日，總要熟悉些皇室的規矩，上次連皇宮都沒進，又說他雖不想她去學規矩，但著實想念她，覺得這個提議也還不錯，待天不絕給她看完診，她是否考慮一下進京？

又說每日夜深人靜，他著實想念他，覺得孤枕難眠的滋味實在不好受云云。

花顏讀完了一遍信，心情奇跡地平和了，臉上不自覺地露出笑意。

花灼在一旁看著他，忽然說：「過幾日，我與天不絕陪你進京一趟吧！」

花顏一怔：「哥哥？」

花灼道：「皇宮是你的噩夢，但總要打破這噩夢，若真是魂咒，咱們花家沒有傳承，我想問問雲遲，皇室是否有其傳承？畢竟，你說懷玉帝的母親出自雲家，也許，雲家真有這個傳承，也說不定。」

花顏抿起嘴角，沉默片刻說：「哥哥，我短時間內還不想去京城。」

「嗯？」花灼看著她。

花顏苦笑：「我這副樣子，怎麼去京城？雲遲頂著無數壓力，親自帶著聘禮來臨安登門求親，如今天下都在矚目這一樁婚事兒。我此時進京必定是無數眼睛盯著我，京城最是藏不住祕密，若是被人知道我有可怕的癔症，雲遲一定會再受非議，天下也會再度沸沸揚揚。」

花灼看著他：「你的意思是？」

花顏輕聲說：「我記得太祖母那裡收著一卷古籍，沒有給你我，明日我們去找太祖母，將那卷古籍拿出來看看，想必，是關於禁術的。」

花灼看著她：「你怎麼知道太祖母手裡還收著一卷沒給你我的古籍？」

花顏笑著說：「哥哥也知道我生來就帶著記憶，自然記事極早，太祖母以為剛出生的我什麼都不懂，曾抱著我對那本書參拜，那本書，我四百年前在族長手中也見過，卻從未翻閱過。」

花灼聞言不知該哭還是該笑，伸手敲了她額頭一下，輕歎說：「罷了，你為太子殿下著想，不想進京，那就罷了。明日我與你一起去找太祖母。」

花顏點頭。

花灼不再多說，對外面喊：「你們進來吧！」

秋月和采青連忙走了進來，秋月問花顏：「小姐餓不餓？我讓廚房準備了清粥小菜，這就去給您端來？」

花顏點頭：「好。」

秋月連忙走了下去。

花灼站起身：「聽聞子斬還在你的書房，我去看看他，他今日也嚇了夠嗆。」

花顏揉揉眉心：「他身體還未大好，哥哥告訴他我不會有事兒的，讓天不絕也別忽視了他，仔細照看著些，千萬別落下病根。」

花灼點頭：「我曉得了，你還是多操心你自己吧！」話落，走了出去。

采青紅著眼睛說：「太子妃，您感覺如何？可還好？可將奴婢也嚇死了！您若是出了什麼事兒，太子殿下可怎麼辦？」

花顏看著她，笑著伸手捏了捏她的臉：「你怎麼跟秋月學著動不動就愛紅眼睛了？」話落，搖頭，「你放心，我的命硬得很，沒那麼容易出事兒的，閻王爺不收。」

采青覺得花顏捏在她臉上的手沒什麼力道，立即說：「奴婢侍候您梳洗，一會兒秋月姑娘就將飯菜端來了，您吃了飯菜，再喝了藥，就有力氣了。有了力氣，才能給太子殿下回信。」

花顏點點頭。

秋月不多時端了飯菜來，二人侍候著花顏用了些飯菜，又喝了藥，她有了力氣，提筆給雲遲寫信。

信中，半絲沒提她今日犯了癔症之事，只說她也想他了，不過，哥哥看得緊，她得晚些時候找到機會再進京。

寫完信後，用蠟封好，遞給了采青。

采青將信交由信使，送了出去。

花灼去了那處書房，書房裡還亮著燈，蘇子斬倚在花顏早先躺過的榻上，翻閱著，似十分入神。

花灼推開門，動作不重但也不輕，直到走到蘇子斬身邊，他才發現進來了人，抬眼，見是花灼：「她可醒了？」

「醒了！」花灼點頭，「剛剛醒！問起你，讓你仔細身子，別落下病根。」

蘇子斬問：「她如何？」

花灼歎了口氣：「只要不犯癔症時，醒來後，還是和以前每次一樣，疲憊沒力氣，不過暫時沒有大礙了，放心吧！」

蘇子斬點頭。

花灼看向他手裡：「你拿的是什麼書？」

蘇子斬將書遞給他：「懷玉帝十三歲寫的社稷論策。」

「嗯？」花灼一怔，「你在這裡找到的？我記得，她的書房裡，從不收錄前朝史書？」

蘇子斬道：「就是在這裡找到的，我翻閱那些史書，不小心觸動了一處暗格，裡面便好好地放著這卷書。」

花灼伸手接過來，打開翻了翻，說：「這卷書，看起來像是懷玉帝親筆，從未問世過。」

蘇子斬點頭：「嗯，我自小讀遍史籍，也未曾讀過，沒想到十三歲的懷玉帝，竟有如此大才，寫出了社稷論策。只是可惜，他即便天縱英才，奈何後樑弊端積累百年，不是他一個孱弱的帶病之人能一力挽救的。」

花灼頷首，也坐下身，翻閱起來。他看書極快，一目十行，不停地翻著頁。

蘇子斬見了，感慨世間當真有如此過目不忘看書極快的人。

兩盞茶，花灼看完了一卷書，敬佩地說：「怪不得世人都道懷玉帝可惜了，看完這一卷，我方才知道，的確真是可惜了。怪不得妹妹走不出魔障，他能在十三歲寫出社稷論策，這樣的人，該是何等聰明？四百年前妹妹為了他自逐家門入東宮皇宮，為他心折，也不奇怪。」

蘇子斬點頭：「只看這卷社稷論策，便可想像其風采，真是可惜，生在後樑皇室那等人人只知道笙歌燕舞安於享樂的汙穢之地。」

花灼蹙眉：「這卷書，既未曾問過世，四百年已過，是怎麼被完好地保留了下來的？她又是在哪裡拿到的？竟然連我也沒發現什麼時候被她藏在了這裡。看來，我得拿去問問她了。」

蘇子斬說：「今日見了畫卷，她便受不住嘔了心頭血，若是再將這個拿過去，恐怕又會再犯……」

花灼咬牙：「即便再犯，也要拿出去，不正視，她永遠擺脱不了心魔。」

蘇子斬站起身，對他說：「明日再拿給她吧！今日她剛剛醒來，想必虛弱得很。」

花灼點頭：「也好。」

二人說著話，一起出了書房。

天不絕聽聞花顏醒了，前來花顏苑給她把脈，在把完脈後，對她橫眉怒眼地說：「我老頭子活了一輩子，最倒楣的就是遇到你。」

花顏對他笑：「都説愛醫成癡的人，都喜歡遇到疑難雜症，越救治不了，越是喜歡鑽營。你該謝我，一救了哥哥，二救了子斬，神醫之名坐實了，千載之後，你定會名垂青史，當世無人能及。」

天不絕鬍子翹了翹：「我老頭子不愛名聲，就喜歡樂得自在。」

花顏笑：「神醫之名總歸是比庸醫或者籍籍無名要好的，哪怕你不愛。」

天不絕哼了一聲，不再反駁她，罵道：「你還有心情與我耍嘴皮子，想想自己的小命吧！若是無解，你活不過三年。」

花顏收了笑意，輕聲說：「這般嚴重了嗎？我原以為，五六年總會有的。」

天不絕瞪了她一眼：「若是癔症一直不犯，你活一輩子都沒問題，可是如今你看看你，隔三差五便犯，人的心頭血總共就那麼點兒，嘔一回少一回，多少東西也補不回來。除了傷五臟六腑後，心血已有枯竭之兆，我說三年，還是多的，若是都照你今日發作得這般凶險，一年都不見得能有。」

花顏抿唇，沉默片刻，低聲說：「不行，我答應雲遲，要陪他看四海河清，海晏盛世的，總也要……五年吧！」

天不絕氣罵：「出息！五年算什麼？你如此年輕，就不想長長久久嗎？你如今才二八年華，別成為曇花一現。」

花顏淺笑，輕聲道：「若真是魂咒，哪裡還能有什麼長長久久？魂咒是死去之日，永世便定在了那日，四百年前，我是薨在二十一，我十四嫁入東宮，陪懷玉七年，如今我十六，嫁給雲遲，也就五年而已。」

天不絕的臉霎時變了：「竟是這樣？」

他看了一眼，覺得幸好屋中沒人，否則怕是秋月那丫頭，采青那丫頭，此時會嚇得魂不守舍，哭聲一片了，幸好花灼也不在，否則怕是也會受不住，幸好蘇子斬也不在，否則估計剛從鬼門關拖回來，還會再想走進去。

花顏點頭：「是這樣的，我不敢告訴哥哥，你替我瞞著些吧！」

天不絕怒道：「既然如此，你怎麼還能答應嫁給太子殿下？若不答應他，不因他，你也許嫁給蘇子斬，遠離與皇室的牽扯，永遠不牽動記憶，就不會犯癔症。」

花顏搖頭：「天命，躲不過的，我嘗試過了。」

天不絕道：「那就全部都告訴雲遲，讓他放手。」

花顏抿唇，搖頭：「他放手，我怕是也放不了手了。」

天不絕盯著她：「什麼意思？」

花顏看著桌子上放著的早先雲遲給她來的信函說：「我越來越心儀他了，見他心喜，不見他思之入骨，怎麼還能放得開？」

天不絕跺腳：「冤孽！」

花顏點頭，低聲說：「偏偏他是太子，又有什麼法子呢？魂咒無解。」

天不絕心中莫名地憤憤不平：「你這個小丫頭，說你命好，著實命好，不管什麼時候，都是鳳凰的命，說你命不好，也是太不好，怎麼就惹了這永生的孽？」

天不絕在屋中踱步走了兩步，忽然說：「以前，你不犯癔症了，是因為你漸漸地不再碰觸那些你不能碰觸的事，但在東宮時，你也沒犯不是？那是不是說明，你的魂咒是有什麼魂引？」

花顏怔了怔。

天不絕又急走了兩步，肯定地說：「是了，一定是有魂引，否則，沒有引線，不會成咒，既成了咒，沒有引子，也不會發作。」話落，他眼睛晶亮地盯著花顏，「你好好地想想，每次你發作，都是因為腦中想了什麼？」

花顏聞言仔細地思索起來，漸漸地，臉開始又變得發白。

天不絕立即拍了她一掌：「打住！」

花顏伸手捂住心口，喉嚨雖一片腥甜，但到底沒嘔血。

天不絕盯著她問：「告訴我，你剛剛想到了什麼？」

花顏低聲說：「懷玉和社稷論策。」

「嗯？社稷論策？那是什麼東西？」天不絕一愣，不解地問她。

花顏白著臉道：「是太子懷玉在十三歲那年，寫的社稷論策。」

「你為何會想到社稷論策？」天不絕皺眉，「想必是治國之論？」

花顏點頭：「嗯，就是治國之論，可惜，從沒有機會問世。我們相識，就是因為社稷論策，我每逢想起他，想起社稷論策，就會控制不住自己，又會想到金戈鐵馬，想到鐵騎廝殺，想到瀕危的江山和社稷，想到我奔到他面前，看到他嘴角的笑和那一杯毒酒，我就會癔症發作。」

天不絕皺眉：「你住在東宮時，就沒想起嗎？」

花顏搖頭：「那時大約是一心撲在毀婚上，還真是未曾想起過，我幾乎都忘了。在南疆時，一日夜晚，看著雲遲，我忽然就想起了，從那之後，似乎一發不可收拾了。」

天不絕道：「說到底，還是因為太子殿下，使得你癔症發作厲害了。」話落，他猜測，「或者，是不是因為你對於要嫁給她，心裡有障礙？才越發地發作得激烈了？」

花顏捏了捏手指，沉默半晌，輕聲說：「我也不知道。」

天不絕看著她的模樣，打住了話，對她說：「你這個小丫頭，素來張揚得很，難得看你這副弱不禁風的樣子，罷了，別想了，我老頭子只一句話，會盡力找辦法醫治你，不過你也要打起精神配合我，在我手裡，迄今為止，還沒有救不好的病人。」

花顏點頭，低聲說：「好！」

第六十三章　再度進京

天不絕離開後，花顏坐在窗前，看著窗外，燈影幢幢中，她靜靜的。

秋月推門進來時，便看到花顏一動不動，眼神無波無瀾，整個人十分安靜，透過浣紗格子窗，看著夜色，不知道在想些什麼。

她走到她身邊，輕聲喊了一聲：「小姐？」

花顏「嗯」了一聲，慢慢地回轉頭，看著秋月。

秋月抱住她的肩膀：「你一定不會有事兒的，師父和公子還有我，一定會想到辦法的。」

花顏淺笑，伸手拍拍她：「即便找不到方法，也沒關係，這一世，我總歸是為自己好好地活過了。那些年，你陪著我，混跡於天下各處，該玩的玩了，好吃的吃了，名山大川，勝地古跡，都有踏足了。若是什麼時候長睡不醒，也不枉此生的。」

秋月慘白著臉說：「你不准說這樣的話。」

花顏看著她，她的樣子比她還要蒼白，她笑著點頭：「好，我不說了。我也捨不得的，但有辦法，我也會不遺餘力的。」

秋月抱著她不鬆手：「不止公子和我，還有太子殿下，您如今多想想他，那樣的一個人，一心求娶您，若是沒了您，他該怎麼辦呢？我聽小忠子說，懿旨退婚的那段時日，他煎熬得幾乎不成人形，若是您出了事兒，怕是更不堪想像……」

花顏想到雲遲，每日相處中，他都如一幅畫，令她賞心悅目，每日醒來，都是他溫柔淺笑，言談話語間，令她舒適至極，她目光幽寂了片刻，慢慢地點了點頭。

秋月說：「今夜奴婢陪著您一起睡。」

花顏笑著頷首：「好。」

這一夜，秋月醒了數次看身邊的花顏，見她安靜地睡著，呼吸均勻，她才能放心地繼續睡。

花顏知道秋月醒了數次，想著昨日著實嚇到她了，不由得暗暗地歎了口氣。

第二日，清晨，秋月醒來，見花顏也睜開了眼睛，她揉揉眼皮，對花顏說：「小姐，我想了又想，以前那些年，我們兩個人四處遊歷，多好啊，你癔症也不怎麼犯，半年才犯一次，後來更是一年多不犯，要不然，你跟太子殿下說說，這婚事兒退了吧？你誰也不嫁，不嫁子斬公子，也不嫁別人，奴婢陪著你，咱們和以前一樣。」

花顏失笑，伸手點秋月額頭：「笨阿月，你一晚上翻來覆去不睡覺，就是在想這個嗎？晚了！不說我已經答應太子殿下了，如今放不開他了，就是如今，我既已發作得厲害了，就如開弓沒有回頭箭了。」

秋月臉色垮下來：「那你一定要好好的。」

花顏點頭：「好。」

采青聽到動靜，推門進來，侍候花顏穿衣梳洗。

花顏看到采青眼底也落了一片青影，不由得又是一歎。

收拾妥當後，花顏還沒出門去花灼軒，便見花灼來了花顏苑。

她站在門口，倚著門框，看著花灼眼底也有細微的青影，她想著因她這是折騰了多少人，想必天不絕和蘇子斬也是一樣的。

花灼看到她，歇了一晚，氣色比昨日要好很多，他停住腳步，對她說：「走吧！我們去太祖母那裡用膳。」

花顏點頭，下了臺階。

二人出了花顏苑，去了松鶴堂。

松鶴堂每日從早到晚都十分熱鬧，太祖母是個喜歡熱鬧的人，所以，花顏的祖母、父親、母親還有一眾長輩們都成日裡待在松鶴堂，說說話，養養花，打打牌，逗逗鳥，一日裡熱熱鬧鬧。

花灼自小因病養成了喜靜的習慣，花顏大多數時候也是極喜靜的，所以，二人居住之地是特意另辟出來的幽靜之地。

二人來的時候，松鶴堂內眾人正準備用早膳，見二人來了，太祖母笑起來：「這兩個孩子，才一日不見，怎麼都一副沒睡好的樣子？又打架了？」

祖母笑著接過話：「不打架就不是他們了，從小就愛打架。」

花顏的娘卻站起了身，走到門口迎二人，一手拽了花顏的手，一手拽了花灼的手，對二人壓低聲音問：「怎麼了？出了什麼事兒？」

花顏笑著揚起笑臉：「沒什麼事兒啊！」

花灼低聲說：「的確沒什麼事兒，昨日與子斬研究釀酒的方子，睡得晚了。」

花顏娘看看二人，沒從二人面上看出什麼來，鬆開了手：「沒什麼事兒就好。」

二人進了屋，有人添了兩副碗筷，一群人熱熱鬧鬧地用了早膳。

吃過飯後，花灼對花顏使眼色，花顏意會「哎呦」了一聲，捂住了肚子。

太祖母見了，連忙問：「怎麼了？」

花顏不好意思地說：「那個……怕是葵水要來了，有點兒難受……」

太祖母一聽，連忙說：「快！快去換了布包裡屋躺著，先別回去了。」

花顏點頭，去了裡屋。

花灼不動聲色地坐著，陪著太祖母等人說話。

花顏進了裡屋後，躺了半個時辰，才走了出來。

太祖母立即問：「怎麼不躺著了？」

花顏笑著說：「好多了，我還想儘快喝子斬釀的酒，得趕緊回去讓他趕快釀。」

太祖母「哎呦」了一聲，「你這孩子，真是個小饞蟲，女孩子家，就該注意身子骨，葵水來了要好好歇著。」

「累不著，我感覺好多了。」花顏說著話，看向花灼。

花灼也站起身。

二人告辭出了松鶴堂。

二人離開後，一群人熱熱鬧鬧地如往常一樣，繼續一日的生活。

出了松鶴堂後，花灼問：「得手了？」

花顏點頭，從袖中抽出一卷書，遞給花灼，汗顏地說：「第一次偷太祖母的東西，真是大不孝了！開啟機關廢了好大的勁兒，藏得還挺嚴實。我負責偷，你負責還回去。」

花灼「嗯」了一聲，接過了書卷，塞進了自己的袖子裡。

二人一起去了花灼軒。

天不絕和蘇子斬剛用過早膳，見二人回來，立即看向花顏。

花顏神色比昨日好太多，嘴角掛著往常常見的笑意，對二人打招呼：「早啊！」她一開口，明媚的笑容便讓人感覺春風拂面。

蘇子斬想著，這才是他熟悉的花顏，昨日的花顏，似乎又被她塵封了，就如那處滿是塵埃的書房。她從來給人都是鮮活明媚笑語嫣然的，無論自己身上發生多大的事兒，想想那些年看不到前路的自己，與如今的她，對比之下，讓人慚愧。

花顏走到蘇子斬面前，晃了晃手，笑著說：「想什麼呢？昨日被我嚇壞了？」

蘇子斬打住思緒，對她笑了笑：「是嚇壞了，真是沒想到。」

花顏淺笑，坐下身，對他說：「其實也沒什麼的，就是一團記憶而已。」

蘇子斬想說你這不是普通的記憶，終是沒開口接話。

花灼拿出袖中的書，逕自地翻看起來。

天不絕探頭瞅了一眼，問：「這是什麼？這都什麼鬼畫符的東西？」

花灼頭也不抬地說：「雲族的禁術。」

天不絕睜大眼睛，又湊近些，瞅了又瞅，雖然花灼沒避著他，但他瞅了半晌，還是沒看懂，嘖嘖地說，「這就是雲族的禁術嗎？看起來真像是鬼畫符，讓人看不懂。」話落，問花灼，「你能看懂？」

花灼點頭：「自然！」

天不絕沒了話，轉頭看向蘇子斬：「你過來瞧一眼。」

蘇子斬微微探身，湊近花灼，看了片刻，又坐回身，對天不絕搖頭：「我也看不懂。」

天不絕感慨：「雲族術法神祕莫測，常人難以窺解，果然如是。」

花顏淺笑：「雲族術法，除了血脈傳承，還有後天代代承接的悟性，但因血脈，天生便開了靈識，所以，某些方面，是異於常人的。」

天不絕摸著下巴點頭：「別人偷都偷不走。」

花顏笑：「可以這樣說，不過後世子孫，漸漸地趕不上先祖其能，代代傳承下來，演變得分支極多，真正的大成之術越發少了，很多都絕了傳承。」

天不絕感慨：「古來至今，能數千年傳承仍在，已經是極不易了。」

花顏點頭，也有些感慨。

兩盞茶後，花灼翻到最後一頁時，瞳孔猛地縮住，對花顏說：「你過來看。」

花顏聽到花灼的話，湊過身，坐去了他身邊，目光落在了他翻到的書頁上。

只見最後一頁，是一座沒有盡頭的橋，四周滿是雲霧，前看不見橋頭，後看不見橋尾，橋上凌空有雲霧織成的兩個縹緲小字，細看之下，是「魂咒」二字。

花顏的瞳孔也縮了縮，一時無言。

「怎麼了？」天不絕又湊過來，入眼處，一片空白，他什麼也沒看到，說，「這不就是一頁白紙嗎？」

花灼和花顏都沒說話。

蘇子斬也湊過來，同樣什麼也沒看到，只看到了一頁白紙。

半晌，花灼放下書卷，臉色有些白，對花顏說：「你飲了毒酒後，自己可記得經歷了什麼？可是走了這樣的一條路？」

花顏臉色也有些白，目光飄忽：「是這樣的一條路，周身都是雲霧，我想懷玉先我一步，我便很快地走，甚至跑起來，沿著這條路去追，可是追了很久很久，還是沒追上他，後來，我實在追不動了，就停了下來，似乎又過了很久，我聽見有人在喊我，我不知道是誰，我想動，動不了，周身似被雲霧織成的絲網纏住，我便用力地掙扎，最終似戳破了什麼東西，眼前一黑，再睜開眼睛，竟然是從娘胎裡爬了出來……咱們家的人每日都去逗弄我，從他們的口中，我漸漸的知道，原來南楚建朝後，已經過了四百年……」

花灼臉色更白了，肯定地說：「你是中了魂咒。」

花顏點頭：「看來真的是的。」

天不絕聞言立即問：「你們看到了什麼？快告訴我？怎麼確定小丫頭中的真的是魂咒？」

花灼沉聲道：「滿是雲霧的路，前看不見頭，後看不見尾，逆天地而施術，跨越了乾坤、陰陽、輪迴。由此可見，妹妹中的就是魂咒。」

天不絕駭然地說：「這樣的話，我老頭子微薄的醫術，破解不了啊！等等！這上面可說了魂咒的破解之法？」

花灼抿唇，吐出一句話：「魂咒乃雲族十大禁術之首，一旦施術，便是無解。」

天不絕臉色大變，問：「就沒有絲毫辦法了嗎？不解會怎樣？」

花灼看著花顏，沉聲說：「若是找到施術之人，也許還能有辦法，但施術之人早就消失在四百年前了。不解的話，心頭血嘔盡而亡。」

蘇子斬心神巨震，也沒了話。

花顏沉默片刻，慢慢地伸手拿過那卷書，從頭到尾翻看了一遍，說：「難得咱們花家還傳承著十大禁術的古籍，四百年前，似乎……」她說著，猛地想起了什麼，忽然頓住。

「怎麼了？」花灼看著她。

花顏靜了好一會兒，說：「我方才想起，咱們花家有一處禁地，按理說，這本古籍，應該供奉在禁地，不該在太祖母手中才是。」

花灼看著她：「禁地在哪裡？」

花顏輕聲說：「雲霧山。」

花灼皺眉：「曾經我將雲霧山都踏遍了，怎麼不見那處禁地？」

花顏道：「我也不知道，似就是在雲霧山的某一處。」

花灼站起身，對她說：「走！你跟我去找太祖母，想必太祖母知道些什麼。」

花顏搖頭：「哥哥，太祖母不會知道的，她是嫁入我們花家的媳婦兒，太祖父故去後，她是負責給後世子孫收著這卷書而已，這卷禁書，只等你立身懂理後，交到你手中繼續收著罷了，何必再找她，讓她知道後跟著一起擔心我呢？太祖母年歲大了，他們一直過得就是尋常的日子，你偷偷還回去就好了。」

花灼沉默片刻，點頭：「好。」話落，將書卷收了起來，對花顏說，「我這便還回去。」

花顏點頭。

花灼出了花灼軒。

他離開後，花顏轉頭笑對蘇子斬說：「釀酒吧！我想喝你釀的醉紅顏了。」

蘇子斬看著她，無聲了好一會兒，才白著臉點頭，嗓音微啞：「好。」

花顏看著他的模樣：「其實也沒什麼的，這些年，我都活得很好，如今雖受魂咒折磨些，但也不是煎熬得過不下去。你看，我不發作時，不是很好嗎？」

蘇子斬又無言了片刻，對她說：「魂咒既是禁術，一定有其厲害之處吧？你實話告訴我，若是你不解魂咒，能活多久？」

花顏眨眨眼睛，笑著說：「只要不嘔盡心頭血，一輩子有多長，我就活多長唄。」

蘇子斬搖頭，盯著她：「定然不是這樣，你別糊弄我。」

花顏聳肩：「我糊弄你做什麼？我素來是惜命之人，只要有一分力氣活著，就不想死。」話落，催促他，「好了，我想喝你釀的酒了，趕緊的。」

蘇子斬轉向天不絕。

天不絕雖知道，但也不能說，聳了聳肩，搖搖頭，一副他若是知道就能解了魂咒的樣子。

蘇子斬不再說話。

花顏笑著說：「都需要什麼東西，你列出單子來，我讓花容去準備。」

蘇子斬點頭，拿起筆，列了個單子，遞給了花顏。

花顏瞧了一眼，頓時樂了：「怪不得你釀的醉紅顏好喝，原來這酒方當真是稀罕得很，別具一格。」

天不絕立即說：「酒方給我看看。」

花顏將酒方遞給了他。

天不絕接過琢磨了一會兒，說：「妙啊！快！讓人去準備。」

花顏對外面喊：「花容。」

花容連忙跑了進來：「十七姐姐。」

花顏笑著將酒方遞給他：「你按照這個方子去準備東西。」話落，雖知道花容小小年紀穩重，但還是補充，「這個方子，別洩露出去。」

花容點頭，立即去了。

蘇子斬淡笑著說：「洩露出去也沒什麼。」

花顏笑：「那可不行，這樣的方子若是洩露出去，都便宜酒販子了。」

蘇子斬扯動嘴角，難得地笑了笑。

花容很快就準備齊了東西，花顏和天不絕便跟著蘇子斬在花灼軒裡看他如何釀酒。

花顏好奇地問：「你是怎麼學會釀酒的？」

蘇子斬看著酒爐說：「曾經我偶然在書局裡遇到了一卷關於釀酒的書，讀著十分感興趣，閒來無事，便鑽研著學了起來。」

花顏笑著說：「天賦果然是個好東西。」

天不絕嘖嘖了兩聲，說：「你這般聰明，跟著我學醫好了，我不介意再收一個徒弟。」

花顏笑起來，對蘇子斬說：「若是這樣的話，你以後要喊秋月為師姐的。」

蘇子斬搖頭：「沒興趣。」

天不絕吹了兩下鬍子：「臭小子，不可愛，要知道做我天不絕的徒弟，學我醫術，能夠活死人，肉白骨，起死回生，有何不好？」

蘇子斬動作頓了頓，說：「那就等你解了她的魂咒，治了她的病再說吧！」

天不絕一時沒了話。

花灼回來時，臉色不是太好，也跟著天不絕與花顏看了一會兒蘇子斬釀酒，便示意花顏跟他進屋說話。

花顏站起身，跟著花灼進了裡屋。

花灼坐在桌前，看著她說：「我去松鶴堂還它時，沒瞞住太祖母。」

花顏皺眉看著他：「哥哥不是瞞不住，而是不想瞞，想對太祖母詢問一二吧？」

花灼看著她似十分不在乎的樣子，忽然惱怒起來，怒道：「你中的是魂咒，別以為我不知道，太祖母告訴我了，魂咒是死去之日，永世便是定在了那日，四百年前，你是薨在二十一，如今你十六，距離那個日子，也就五年而已了。」

花顏一怔，太祖母竟然真知道魂咒的祕密？她看著花灼，見他一臉蒼白陰沉，一時無話。

花灼怒道：「你還打算瞞我？」

花顏歎了口氣，低聲說：「哥哥，魂咒無解，五年也還長著呢，死在好年華，總比白髮蒼蒼時要可觀些。」

花灼沉怒：「別以為我不知道，你再這般發作得凶險的話，一年半載都是多說的，心頭血嘔盡了，即便魂咒之日不到，也一樣大限，從今日起，你的壽命就屈指可數了。」

花顏無言。

花灼恨怒地看著她：「你這副樣子，就認命了嗎？你還想要下一世，再睜開眼睛，又是幾百年後了嗎？」

花顏一怔，靜默半晌，輕聲說：「這我倒沒想過。」

花灼看著他：「你不妨現在就想想！雲族魂咒，禁術十之首，通天地之厲，曉陰陽之害，施術者，鎖其魂，滅其靈，絕其根，禁其魄，為永死不生，地獄無收。中術者，靈轉生，魂入世，陰還陽，生不息，靈魂不朽，魂咒不滅，生生世世，代代相承，永生不死。」

他刻意將生生世世，代代相承，永生不死說得極重。

花顏聽著花灼的話，臉上血色盡失，喊了一聲：「哥哥！」

花灼閉了閉眼，對她說：「妹妹，進京吧！去找太子殿下，我問過太祖母，她說我們花家除了那一卷禁術古籍，再沒有保存下來關於魂咒更多的東西了，你去問問雲遲，皇室可有？你不能就這樣認命。我給太子殿下的那些要求和議程，都作罷好了，今日我便給他去信，讓他……」

花顏斷然地說：「哥哥不要，你別告訴雲遲，我……」

「你想瞞著他？」花灼陰了臉。

花顏低聲說：「他待我厚重，我不想他日日算計著我能陪他多少時候，為我殫精竭慮尋找救治的法子，一心撲在我身上而荒廢他的志向，他是要熔爐百煉這個天下，開創南楚鼎盛的盛世的，我不能阻了他的路。四百年前，我沒能幫上懷玉，反而為保花家，害了他，如今，不該因為我而讓雲遲做不成他想做的事兒，那樣，我就真是個罪人了，即便我死了，再生生世世，被魂咒所折磨，又多一份愧疚。」

花灼怒道：「是他非要娶你，否則你也不至於如此因他想到懷玉帝，一而再再而三發作得厲害，你還這般為他著想，你……怎麼就不想想我？我只你一個妹妹！你若是出了事兒，我再上哪裡去找妹妹？」

花顏伸手拉住他的手，輕聲說：「哥哥！」

花灼看著她，似不忍看她，撇開臉，抿起的薄唇現出小時候花顏惹他生氣了，怎麼哄他也哄不好的倔強。

花顏搖晃了他手臂兩下，小聲說：「哥哥，你不讓我自逐家門，我聽了你的，這件事兒，你就聽我的吧！魂咒無解，何必非要多拉著人替我日日擔憂傷心呢？雲遲為天下而生，他不是一個人，肩負著他母后、姨母兩條性命，也肩負天下蒼生，他如今正在京城與禮部籌備我們的大婚，歡歡喜喜地忙碌著等著我嫁給他，就不要讓他徒增煩惱了。」

花灼不說話。

花顏又說：「那一日，他還住在臨安，我癔症發作，他喊醒我，我對他說了陪他幾年的話，他便一下子變了臉，若是知道是魂咒，我性命無多，屈指可數，定會承受不住，我是他不惜性命從蠱王宮救回來的，那時，他沒想著南楚江山，我真怕他若是知道，便什麼都不顧了，那麼便毀了他。」

花灼啞聲說：「你的意思，是要放棄了？你怎知皇室沒有關於魂咒更多的記載？也許有他相助，可以找到呢？」

花顏搖頭：「哥哥，魂咒無解，否則不會是十大禁術之首了。」話落，她輕聲說，「你放心，我不會放棄的，我自此後會儘量克制自己，不會再入魔障，不入魔障，便不會發作嘔心頭血了，我過兩日進京，會暗中查查，皇室是否有關於魂咒的古籍留下。但是哥哥答應我，一定不能告訴雲遲，我中的是魂咒。」

花灼不說話。

「哥哥！」花顏又晃她手臂，「求你了！」

花灼閉了閉眼睛，好半晌，才又氣又恨地說：「當真是懷玉帝嗎？一個寫出社稷論策的人，怎麼會對你這般心狠手辣？竟然哪怕讓自己地獄無收也給你下魂咒，讓你生生世世苦不堪言？」

花顏臉一下子又白了：「哥哥知道社稷論策？」

花灼盯著她說：「昨日，子斬在書房，不小心遇到了，我去找他，便看到了社稷論策。」

花顏伸手捂住心口，身子微微顫抖。

花灼看著她，並沒出手幫她。

過了許久，花顏忍著喉嚨腥甜，啞聲說：「社稷論策，是他十三歲所寫，那時，他雄心壯志要重整後樑天下，奈何後來，他漸漸地知道，以他一人之力，後樑無力回天，社稷論策，也就被他扔了，我撿了起來，偷偷地藏了。天下亂起時，我將社稷論策和那封信一起送回了臨安……」

花灼立即問：「四百年已過，社稷論策是你從哪裡拿到又收藏到你書房的？」

花顏目光幽幽：「在雲霧山鳳凰木上掛著的那盞燈裡，我請家裡人，將社稷論策放在那裡。我出生能走後，第一次上雲霧山，便取了下來，拿回了家裡。」

花灼雙手按在她肩頭：「過兩日，讓天不絕陪你進京，我留在家裡，去找你說的那處禁地。禁術既是先祖留下，既是人所創造便不會全然沒有解法，後世子孫說無解，只不過是對雲族的傳承日漸稀薄悟性不夠破解不了罷了。四百年前，既有人能為你施術，我便不信我解不了。」

花顏看著花灼，他好看的眉目堅毅，一如曾經勢必要擺脫怪病時的模樣，她慢慢地點了點頭，低聲說：「哥哥，你我兄妹，也是極少有了，前些年，我為你想方設法治病，如今換做你為我殫精竭慮了。」

花灼見她提到社稷論策，壓制了發作的魂咒，放心下來，將袖中的那卷社稷論策還給了她：「你既收了這麼久，便好好繼續收著吧！十三歲便寫出這樣的社稷論策，扔了可惜了。」

花顏捧住社稷論策，指骨捏住，指尖微微發顫，似要拿不住，但最終，還是緊緊地攥在了手裡，點了點頭。

天不絕進屋時，花顏依舊捧著社稷論策。

天不絕瞧見了，問：「你手裡捧的是什麼？」

花顏慢慢地鬆手，將書卷遞給他，輕聲說：「就是我昨日與你說的社稷論策。」

天不絕好奇地拿到手中，翻看了又翻看，還給他說：「我老頭子除了醫術其餘的一竅不通，給我看也是沒用。」話落，奇怪地說，「你拿著社稷論策，竟沒有發作？不是說你一旦想起懷玉帝和社稷論策，便會發作嗎？」

花顏搖頭：「今日沒有。」

花灼在一旁說：「險些發作，不過是她自己控制住了。」

天不絕一喜，對花顏說：「你既然能控制，就是好事兒，說明主宰的是你的心念，只要你定住心，安住神，就不會發作。」

花灼點頭：「說得有道理，你自己控制心魔，便不會被心魔所控。」話落，對天不絕說，「給她開些固本安神，養元定心的藥，短期內，一定不能讓她再發作了。」

天不絕拍著胸脯保證：「只要她能控制住自己不被魔障，我就能儘快為她養回幾分精氣神。」

花灼點頭，對他說：「我方才已經與妹妹商定，過幾日，你陪他進京。」

天不絕眨了眨眼睛：「我老頭子不喜歡京城啊！」

花灼說：「那也沒有法子，你必須跟她去，在大婚之前，她要去住些日子，暗中查查雲族皇室是否有關於魂咒的記載。」

他撇撇嘴：「好吧！我老頭子多少年沒進京了，到時候得易容一番，否則被神醫谷的那幫子人認出來一定會抓我回去。」

花灼說：「我讓十六和十七陪著你們一起進京。」

天不絕嘿嘿一笑：「有他們兩個小子保護我，我自然放心了。」

花顏也淺淺地笑了：「我們進京後，就住在東宮，沒有誰敢去東宮抓人的，即便沒有他們的保護，你也放心好了。」

天不絕摸著下巴說：「東宮啊！還沒住過那麼尊貴的地方，我老頭子也跟著沾光了。」話落，他對花灼說，「蘇子斬那小子，是跟我們一起進京，還是留下來？」

花灼想了想，說：「他身子還未養好，便留在這裡將養吧！畢竟才解了寒症沒多少時日，一定不能大意了。回京之後，武威侯府一團亂麻，再加上京中諸事，他怕是不見得能好好將養，畢竟你要寸步不離地照看妹妹，他就交給我照看好了。」話落，又將蘇子斬早先與他提的入朝看顧花顏的打算說了。

花顏聽完沉默了半晌，歎了口氣：「既是他打定主意的想法，就依他吧！」

天不絕嘖嘖了一聲：「也難為這小子了！你的姻緣線怎麼就沒拴在他身上？若是拴在他身上，便沒這麼艱難了。」

雲遲在這一日收到花顏書信後，看著她字裡行間雖未提一個字，筆跡刻意隱藏的如尋常一樣，但他依舊敏感地察覺到她手骨綿軟無力，應是身體又出了狀況。

他不由得皺起眉頭，想著天不絕已經到了臨安，是因治病用藥太猛而無力？還是因又發作了癔症致使她狀態不好手骨無力？

他琢磨片刻，歎了口氣，依舊如常地給花顏寫了回信，既然她刻意隱瞞不讓他擔心，他也就裝作不知道好了。

信函送走了，雲遲疲憊地揉揉眉心。

小忠子在一旁試探地問：「殿下，是太子妃出了事兒嗎？」

雲遲搖頭：「有天不絕在，應該不會出大事兒。」

小忠子點頭，小聲說：「殿下回京後一直未歇著，今日早些歇了吧！」

雲遲搖頭：「我睡不著，去西苑走走。」

小忠子眨了一下眼睛，說：「自從太子妃離京後，方嬤嬤一直帶著人仔細地打掃照看著西苑，一應物事兒都沒動，還是老樣子。」

雲遲站起身：「那也去看看！」

小忠子點頭，提了罩燈，在前給雲遲照路，二人出了鳳凰東苑。

雲遲進了西苑裡屋，西苑的一應陳設依舊，十分乾淨整潔，他走到桌前坐下，想花顏住在西苑時，那時他親吻她欺負她，她羞紅了氣鼓了臉，後來又怕逼急了她便與她約定他不欺負她，她陪他用晚膳。那時她雖百般不情願，但依舊安靜地與他一起用晚膳，他嘴角不由得露出笑意。

又想起在西南境地時，每日相處的點點滴滴，以及在臨安，她癔症發作精神很不濟，但依舊強撐著自己每日陪著他。

自從南疆之後，不知是因為被暗人之王所傷中毒九死一生，還是因為他，他似乎再也沒見到她以前活潑靈動肆意妄為灑意如春風的模樣。

他又想起她那一處被封鎖得滿是塵埃的書房，忽然對外面喊：「小忠子。」

「殿下！」小忠子連忙進了屋，「您有什麼吩咐？」

雲遲點頭，溫聲說：「去將我從臨安帶回來的那一匣子字帖都拿過來。」

小忠子一愣，立即說：「在東苑呢！現在天色已晚，殿下不回東苑嗎？」

雲遲搖頭：「去拿吧！今晚我就歇在這裡了。」

小忠子看出殿下心情不太好，立即應是去了。

雲遲起身，解了外衣，去了床上。

不多時，小忠子拿了一個匣子進來，遞給了雲遲。

雲遲打開匣子，從中拿出那些字帖，很厚實的一大摞，是他臨走時從花顏的那處書房帶出來的，這樣的字帖，不是一日兩日之功能練成的，她生來就會，那就是，天生帶了記憶……是什麼樣的記憶？藏在她心中深處？碰觸不得，一旦碰觸，就癔症發作……生而帶來……前世？

雲遲一張一張地翻著字帖，看了許久，慢慢地放下，躺回了床上，閉上了眼睛。

小忠子在門口等了許久，不見裡面有動靜，見燈熄了，知道雲遲歇下了，也悄悄退了下去。

第二日，雲遲下了早朝後，去了甯和宮。

太后正讓嬤嬤伺候著梳頭，見雲遲來了，她笑著和藹地說：「天不絕不愧是神醫，這駐容丹真是管用，才用了幾日，我這白髮就少了些。」

雲遲微笑，給太后見了禮後，坐在了她身旁：「妙手鬼醫天不絕，活死人，肉白骨，名號不是白得的，只是他脾性古怪，治病救人的法子詭絕，得了個鬼醫的名號。」

太后連連點頭：「武威侯這些年遍布天下地找天不絕找不到，你也在找，也找不到，沒想到，臨安花家藏起來給花灼治病了。這臨安花家啊，可真是厲害，先帝駕崩前，對我說的話，我沒放在心上，若是放在心上啊，說什麼也……」

雲遲插話：「皇祖父臨終前說了什麼？」

太后回憶著說：「別招惹臨安花家，讓我一定謹記。我們南楚建朝，得花家大恩，世代子孫，一定不能忘。」

「就這些？」雲遲問。

太后點頭：「哀家記不清楚了，當日眼看先帝已經大限，哀家傷心太過，隱約就是這樣的話。」

雲遲思忖片刻，說，「當年，臨安舉族開城門，放太祖爺從臨安通關，直取天下，問鼎寶座，是一份恩情。但，當時天下，投靠太祖爺者比比皆是，有的家族甚至為助太祖爺舉族覆滅，相比來說，臨安花家放太祖爺通關的恩情，應該不至於讓太祖爺代代傳給後世子孫謹記箴言。」

太后頷首：「說來也是，先帝駕崩後，我傷心了幾年緩不過勁兒來，後來漸漸地忘了此事，萬奇從臨安回來，稟告了花家劫持悔婚懿旨之事，我才記起有此事兒。」話落，她可惜地說，「哀家老了，記性不好了，真是想不起來先帝還說了什麼。」

雲遲沉思片刻：「也怪不得皇祖母，您與皇祖父感情甚篤，他大限之日，您受不住傷心欲絕，記不住是自然。」

太后歎氣：「我那些年從來沒聽過花家有什麼事兒，只知據說臨安是個好地方，先帝臨終突然跟我說起花家，我是真沒放在心上。」

雲遲笑了笑：「不止皇祖母不放在心上，天下無數人都覺得臨安是個小地方，登不得大雅之堂。」

太后有些慚愧，轉過身子，看著雲遲，轉了話音說：「半年還久，再讓花顏進京住些日子吧！你放心，哀家不再難為她了，也難為不起，只是覺得也該讓她熟悉熟悉咱們皇家，上一次，她連宮都沒進，如今不同以往了。」

雲遲失笑：「她暫時不會來京，她哥哥看得緊。」

太后聞言好奇地詢問：「那花灼什麼樣？病可好了？」

雲遲笑著說：「厲害得很，病早就好了。孫兒的武功也只能與他打個平手，滿腹大才，心智無雙，孫兒怕是也不及。」

太后驚訝：「那花灼竟然這麼厲害？」

雲遲點頭：「何止厲害？」

太后半信半疑，但又覺得雲遲口中從無虛言：「那臨安其他人呢？」

雲遲笑道：「都是尋常人，過著尋常的日子。」

太后問：「這麼說，花顏在你們大婚之前，不進京了？」

雲遲搖頭：「不好說，孫兒儘量試試，接她進京再住些日子。」

太后頷首。

出了甯和宮，雲遲又去了帝正殿。

皇帝見他來了，詢問：「你回京幾日，都忙得很，今日下了朝後，便急沖沖去了甯和宮，可是有什麼事情找太后？」

雲遲見了禮，坐下身，對皇帝問：「父皇，您可記得皇祖父駕崩前，都留了什麼遺言？」

皇帝訝異：「怎麼問這個？」

雲遲道：「想起來了，便問問。」

皇帝狐疑地看著他，見他神色如常，回憶著說：「當年先帝在大限之前，很是不放心朝政之事，做了很多安排，其中有一樁事兒，一定要朕親自去辦一趟。等朕辦完了趕回京城時，先帝已奄奄一息，只等著看朕一眼，臨終囑咐朕一定要守好南楚江山，未來得及對朕說什麼。」

雲遲看著皇帝：「先帝讓父皇親自去辦什麼事兒？」

皇帝道：「北地的官員，貪汙餉銀案，先帝讓朕拿了他的聖旨，去北地斬了一批人。」

雲遲「哦？」了一聲，「就是先帝晚年，父皇未登基前，那一樁貪墨軍餉的餉銀案？」

皇帝點頭：「正是。」

皇帝看著雲遲，見他似乎沒有從他嘴裡聽到他想聽的話的神色，微微揚眉：「你對朕說，你到底想知道什麼？怎麼提起了此事？你找太后，也是為此？」

雲遲站起身，溫聲說：「父皇歇著吧！」

皇帝瞪眼：「你連朕也不說實話嗎？我聽太后提過，先帝駕崩前，與她提過臨安花家，你是不是要詢問關於臨安花家的事兒？」

雲遲淡笑：「瞞不過父皇，我是想詢問一二。」

皇帝哼了一聲：「你問太后，也是枉然，先帝駕崩後，她哭得傷心欲絕，朕當年也問她先帝都說了什麼，她傷心的什麼都想不起來了，如今過了這麼多年，還能說出什麼？」

雲遲歎了口氣：「皇祖母一生記性好，咱們偏偏在此事上，就記性極差了。」

皇帝無言地說：「太后性子要強，先帝對她多有忍讓，帝后雖時有口角，但感情卻是不錯，先帝駕崩，太后自然受不住，情有可原。」
雲遲點頭。
皇帝看著他：「你為何突然問起？可是臨安花家有何不妥？」
雲遲搖頭：「沒有，就是好奇皇祖母那樣一貫強勢的人，為何當初不追究臨安花家將悔婚旨意貼滿天下之事，故而去問，皇祖母說她當時記起了皇祖父的臨終之言，也就作罷了。我才想問父皇可記得皇祖父臨終對臨安花家有什麼言語？來找父皇，也是好奇想探究一二而已。」
皇帝見他確實不像不妥的樣子，點點頭：「先帝讓我們後世子孫，別惹花家人，花家對我們敬而遠之，我們最好也同樣待之。唉！偏偏你，非要娶花顏！」
雲遲眉眼不自覺地溫柔下來：「兒臣未見其人時，先為之心折，心折已久，便如纏在心裡的線，解不開了，非她不可，又有什麼法子？」
皇帝瞧著他的模樣，對他擺手：「罷了，這天下都是你的，你要一個女子，也是當得。」
雲遲笑了笑，不再多言，出了帝正殿。
他離開後，皇帝對王公公說：「你瞧見沒？他何時提起一個人便眉開眼笑過？喜歡花顏喜歡成了這個樣子，還是朕從小看大那性情涼薄的太子嗎？」
王公公笑呵呵地說：「依老奴看，太子殿下還是那個太子殿下，您沒聽見朝臣們近來都說，太子殿下一趟西南之行，更具威儀了。」
皇帝也笑了：「這麼說，他是獨獨對花顏如此了？」
王公公點頭：「正是呢。」
皇帝感慨：「花顏幾輩子修來的福氣，讓我兒子對他如此。」

王公公只笑呵呵地不接這話。

小忠子一直守在帝正殿門外，見殿下從帝正殿出來後，便望著天空許久不動，他也跟著望天，看了片刻，就是藍天幾朵白雲，忍不住收回視線小聲開口：「殿下，您看什麼呢？」

雲遲收回視線，笑著說：「我想看看，太子妃時常望天，她看到的是什麼？」

小忠子立即說：「就是天和雲唄。」

雲遲目光清幽地說：「此天非彼天。」

小忠子不解，看著雲遲。

雲遲不再說話，抬步下了臺階，向議事殿方向走去。

小忠子拍拍腦袋，覺得他跟在聰明的殿下身邊侍候，時常覺得自己笨死了，今日更是覺得笨得什麼也看不懂聽不懂。

花顏這一日看著蘇子斬釀酒，目睹了全過程，待將酒裝壇後，笑著說：「你等著，今日不能白讓你釀酒，我親自下廚，答謝你。」

蘇子斬微笑揚眉：「你會做飯？」

「自然！」花顏笑著說，「不止會做紅豆冰茶，還有幾樣拿手菜呢。」

秋月在一旁笑著說：「小姐何止會做菜？曾經有一段時間，她十分迷戀各地美食，每到一個地方，都拉著我偷偷溜進人家廚房的房頂上偷學人家手藝。」

蘇子斬失笑：「那我今日有口福了。」

天不絕哼了一聲：「這些年，小丫頭拿了我多少好藥，也沒說下廚答謝我一次，你這臭小子只釀了一日酒，便得了答謝，真是沒天理。」

花顏不理天不絕嘟囔，去了廚房。

蘇子斬笑了笑。

花灼走過來，對蘇子斬說：「你身體要仔細將養，就留在花家住著吧！什麼時候妥當了，什麼時候再回京。過幾日，妹妹由天不絕陪著進京小住一段時日。」

蘇子斬收了笑容，轉身蹙眉看著花灼：「她要進京？」

花灼點頭，簡略地提了花顏會去查看皇室可留有關於魂咒的記載。

蘇子斬聰明，從花灼的言語裡，聽出了些意思，瞇起眼睛：「她準備瞞著雲遲？不想讓他擔心焦慮？」

花灼頷首。

蘇子斬沉默半晌：「她待人，素來多為別人考量，明明自己的身體不堪受苦，卻也不提隻言片語。」話落，他歎了口氣，「你既覺得我該留在花家將養，我便留在這裡吧！只是多派些人跟著她進京為好，京城人多眼雜，她病症之事，萬不可洩露分毫。」

「自然。」花灼點頭。

傍晚，花顏收到了雲遲的書信後，並沒有提進京之事，依舊照常給他回信。

采青收到了雲遲讓信使傳給她的問話，因花顏不想讓雲遲知曉，所以，魂咒之事是避著采青討論，所以，采青只知道花顏犯了癔症，很是嚴重，不過有天不絕在，服了藥後，她昏迷了一日就醒來了。

於是，采青只能將她知曉的說與了信使，並且說，這兩日，太子妃體虛力乏，不想讓殿下擔心，所以，隻字未提。

信使立即給雲遲回了話。

待信使離開後，采青恍然想起，她忘了告訴殿下了，太子妃這兩日就進京。不過想想花顏在回信中隻字未提進京之事，估計是想給太子殿下一個驚喜，她暗暗琢磨著，太子妃進京後，信使也不必每日裡辛苦來回傳信了。

安十七和花離在天水崖足足待了十日，除了每日能看到送飯菜的人外，整個天水崖，就他們二人。兩個人都是好玩的年紀，自然是悶得慌，十日一過，解了禁後，二人迫不及待地下了天水崖，直奔花顏苑。

聽聞花顏要進京，花離立馬拽住她袖子央求：「十七姐姐，我還沒去過京城，你帶上我好不好？」

花顏笑著說：「你去問哥哥吧！你歸他的花灼軒管，他讓你去，我便帶上你。」

花離聞言垮下臉：「公子一定不會讓我去的，他估計要拘著我學武功。」

花顏看著他：「你不去試試怎麼知道？萬一你這十日在天水崖武功有進步讓哥哥滿意呢？」

花離眼睛一亮，連忙扭頭跑了。

花容見了，也跟了去。

安十七看著花顏，待人都走了，他小聲問：「少主，您還好吧？那日……」他露出愧疚的神色，「是我不對，不該提及……」

花顏微笑：「哥哥是趁機拘著花離學武，也磨一磨你的性子罷了，我沒事兒，如今沒什麼不可提及的。」

安十七看著她，見她笑容可掬，神色如常，鬆了一口氣：「你沒事兒就好。」話落，問，「少主何時啟程？」

花顏笑著說：「哥哥讓你和十六陪我一起進京，你收拾一番，明日啟程吧！」

安十七摸摸臉：「這兩日是被天水崖的山風吹的灰頭土臉的，我這便去收拾。」連忙走了。

傍晚，花灼將安十六和安十七叫到了一起，對二人交代了花顏的魂咒之事，嚴令二人，此次花顏進京，務必仔細照看，不能出絲毫差錯。

二人臉色大變，心驚駭然許久，才重重地點了點頭。

花灼最終還是沒同意花離跟著花顏進京，卻派了花容跟著。花離用嫉妒的眼神直瞪花容，花容揚眉對他說：「誰叫你不好好練武了，在家好好練武吧！否則你再玩下去，別說此次公子不讓你進京，就是十七姐姐大婚時，你都沒得送嫁。」

花離磨牙，瞪著花容，不由得暗暗下定決心，自此後一定要好好練武。

第六十四章　水至清則無魚

一日後，花顏、采青、天不絕、安十六、安十七、花容六人離開了臨安。

秋月送花顏到城門外，抓著她的手，紅著眼睛說：「小姐非不讓我跟著去，你一定要照顧好自己。」

花顏抬手捏她的臉，笑吟吟地說：「放心吧！我帶走了你師父，你總要留下來照看子斬，他寒症剛解，萬不可大意，趁機與哥哥好好培養感情，待我大婚後，就儘快催促哥哥娶了你。」

秋月紅著臉瞪花顏：「奴婢配不上公子，才不敢嫁。」

花顏失笑：「笨阿月，你哪裡配不上了？無論是身分，還是本事，你是我帶出來的人，可不要小瞧了自己，放眼天下，有幾個你？我便不信，哥哥還能看得上誰？」

秋月羞紅了臉，跺腳：「小姐治不好病，奴婢終身不嫁。」

花顏「哎呦」了一聲，「那可不行，我可急著要抱小侄子的。」

秋月扭過頭不理花顏，羞憤地說：「天色不早了，小姐快啟程吧！你沒告訴太子殿下，偷偷進京，當心進京後太子殿下懲治你。」

花顏失笑：「他歡喜還來不及呢。」話落，足尖輕點，翻身上了馬。

秋月轉過身子，看著花顏，又紅了眼眶：「小姐，你進京後，要隔三五日給公子來信。」

花顏笑著點頭：「好。」

秋月又轉向安十六和安十七：「十六公子和十七公子一定要照顧好小姐。」

「秋月姑娘放心！」安十六和安十七齊齊點頭。

天不絕在前方等得急了，罵道：「臭丫頭，婆婆媽媽叨叨咕咕沒完沒了，你放心，有我老頭子在，不會讓她出事兒的。」

秋月點頭，又囑咐天不絕：「師父一定要寸步不離地跟著小姐，萬不可大意了。」

天不絕懶得再理秋月，催促花顏：「走了！」

花顏坐在馬上，笑著說：「你就放心吧！這般婆媽，當心哥哥嫌棄你。」

秋月又瞪眼，終是沒了話。

花容不忍心地說：「秋月姐姐放心，我們都會照顧好十七姐姐的，進京後，還有太子殿下呢，你就放心吧！」

秋月學著花顏往日哄她的話，點點頭：「還是花容乖！」

花容被誇讚了一句，無言地紅了臉。

一行人縱馬而行，離開了臨安。

因是偷偷進京，花顏一行人都喬裝打扮了一番，所以，路上也極不顯眼。

雲遲收到了花顏的信後，見她的信行雲流水，字裡行間再不隱約透著綿軟無力，心裡也跟著鬆了一口氣。

信的末尾寫著她要幾日不得閒，不必回信了，等她再來信。他心下不由得又猜想著，是否天不絕給她診治所以才不得閒，可惜他遠在京城，臨安具體的情況他完全不知。

這一日，天空飄起了細雨，雨下了整整一日，頗有些纏綿之意。

雲遲站在議事殿的窗前，看著細雨，心中惆悵不已。

小忠子眼看著天黑了，小聲提醒：「殿下，回宮吧！稍後天晚了，天黑路滑。」

雲遲伸手揉揉眉心：「回宮去也是冷清難熬得很。」

小忠子聽著這話，看著他神色，莫名地聽出了殿下透著可憐之意，連忙小聲說：「總要回去啊！殿下您總不能歇在這議事殿。」

雲遲歎息：「走吧！」

小忠子連忙命人備車。

馬車回到東宮，雲遲下了車，撐著傘，往裡走。

福管家上前，想對雲遲說什麼，看到殿下抿著唇端凝的神色一怔。

小忠子一把拽過他，悄聲說：「殿下心情不好，有什麼事兒，不是太急的話，等等再說。」

福管家面皮動了動，再看雲遲，沒有去書房，也沒有去東苑，而是徑直向西苑走去，他住了嘴，點點頭。

小忠子沒立即跟上去，而是對福管家小聲說：「殿下太辛苦了！」

福管家以為小忠子說的是太子殿下回京後一直繁忙，附和說：「是啊，太辛苦了！」

小忠子歎了口氣：「可惜，臨安距離京城太遠了！若是近，就好了。」

福管家又跟著點頭：「可不是麼！千餘里地，老奴這一輩子也沒去過那麼遠的地方。」

小忠子聞言頓時得意起來：「我跟著殿下去了西南境地，也去了臨安，出去京城，方才知道天下之大。」

福管家拍拍自己的腿：「你小子年輕，我這把老骨頭，就算殿下帶上我，我也走不動了。」

小忠子嘿嘿一笑：「哪天殿下得閒了，我也得閒了，好好與你說道說道。」

福管家點頭。

雲遲進了鳳凰西苑，西苑十分安靜，雨細細密密地下著，正屋掌著燈，昏黃的燈光透出浣紗格子窗，透著幾分暖意。因這幾日他都歇在這裡，也沒注意，便如往常一般，往裡面走。

方嬤嬤帶著人迎出來，滿臉歡喜：「殿下，您總算回來了！」

雲遲「嗯」了一聲，將傘遞給方嬤嬤，邁進門檻。

方嬤嬤接過傘，還想說什麼，雲遲已穿過畫堂，進了裡屋，於是她笑著吞回了想說的話，吩咐人擺晚膳。

雲遲來到屋門口，邁進門檻，腳步猛地一頓，抬頭，不敢置信地看著坐在窗前喝茶的人，整個人都怔住了。

花顏坐在窗前，手裡端了一杯茶，從窗子看著雲遲進了鳳凰西苑，一步步進了屋，他心情似乎不好，周身彌漫著誰也別跟我說話的氣息，她想著難道是朝中出了什麼難辦的事兒，還是哥哥給他的那些要求和議程著實讓他難辦？才致使他心情不好？

她雖心中滿腹疑問，但在雲遲邁進門檻的那一刻，全部都壓下，端著茶盞，對他盈盈淺笑：「回來了？」

雲遲驚怔瞬間轉為驚喜，三兩步就到了花顏面前，滿臉喜色地看著她：「你……什麼時候來的？為何不早告訴我？」

花顏歪著頭瞅著他笑：「給你一個驚喜嘛！」

雲遲看著她，她如初見的模樣，俏皮靈動，淺笑嫣然，短短十多日不見她，他彷彿過了很久一般，每夜輾轉相思，思之入骨。

今日，他從議事殿回宮這一路還在想著，要不然再去臨安一趟好了，他實在是不放心，也著實思念她。卻不承想，回來後，便看到她坐在這裡等著他。

他盯著她看了片刻，忽然伸手，將她拽起身，一把抱進了懷裡。

花顏在他伸手時，立即將茶盞放下，順著他的手被他抱進了懷裡，腦袋埋在他心口，笑著說：「怎麼，嚇著了？」

雲遲搖頭，將人實實在在的抱在懷裡，他才回過神，啞然失笑地說：「的確是一個好大的驚喜。」

花顏在雲遲的懷裡低笑：「我是故意的。」

雲遲笑著說：「原來你信中說幾日不能與我回信，便是偷偷在來京的路上，你實在是……」

花顏仰起臉看著他：「我若是提前告訴你，哪裡還有什麼驚喜？」

雲遲看著她的笑臉，明媚陽光，一雙眸子如夜空中最亮的那顆星辰，他不再說話，慢慢地低下頭。

花顏看著他，眨眨眼，再眨眨眼，微微將頭偏開，笑著說：「等了你許久，我餓了呢！」

雲遲目光凝視著她，伸手捧正她的臉，啞著聲音說：「方嬤嬤去準備了。」說完，低頭咬住她唇瓣，低聲暗啞地說，「我想你了！方才回宮的路上，我便在想著，要不然連夜啟程出京再去臨安一趟好了。」

花顏訝然，方才看他繃著一張臉回來，就是在想這個嗎？

她想說什麼，雲遲已經不容她多說，將十多日的相思都悉數地傾倒給她。

他的身上帶著外面清雨的氣息，清新清冽，又微微的清冷清涼，唇齒也帶著微微的涼意。

熟悉的氣息，讓花顏一連飄蕩了數日的心忽然安定了下來。
雲遲以前不知道什麼叫做相思入骨，這十多日，他終於體會了。
哪怕整日裡忙的腳不沾地，他腦中依舊不停地想她。
他從來不知道，原來有一個人，會讓他日思夜想，相思入骨，食不知味，寢食難安。
以前，花顏未應允他時，他還不覺得什麼，自從她應允他後，他發現他的自控力越發地弱了，甚至已經控制不住自己了。
古語說一日不見如隔三秋，他以前不以為然，如今深以為然。
他抱著花顏，不想鬆手。
花顏伸手推他：「雲遲……」
室內靜靜的，浣紗格子窗映出相擁的影子。
許久後，花顏恢復了些力氣，伸手推雲遲，小聲說：「我真的餓了呢！你不喊，方嬤嬤也不敢端晚膳進來打擾。」
雲遲低笑：「好！無論如何，也不能餓著本宮的太子妃。」
花顏撇撇嘴：「都餓了半天了！」
雲遲低頭，無辜地說：「不會啊！我把我一肚子的相思豆都喂給你了，總也解些餓吧！」
花顏失笑，伸手推他，嗔道：「這東西不是越吃越餓嗎？」
雲遲也忍不住失笑，終於放開了花顏，對外面喊：「小忠子！」
「殿下！」小忠子此時也知道了，原來太子妃竟然進京了沒告訴殿下，悄悄地等在西苑，真是好大的驚喜！殿下回京後一直就在想太子妃，今日尤甚，如今人就在這裡，殿下不必想得辛苦了，他也覺得陽光明媚了。

雲遲吩咐：「讓方嬤嬤端晚膳來吧！」

小忠子歡喜地應是，對方嬤嬤眨眨眼睛。

方嬤嬤高興地立即吩咐了下去。

小忠子一把拽住跟來西苑的福管家，悄聲說：「福伯哎，你怎麼不早說太子妃來了？」

福管家看著他：「是你說殿下心情不好，若是不急的事兒，先不急的。」

小忠子一噎：「太子妃的事兒，能有不急的事兒嗎？」

福管家樂呵呵地笑：「我是想說來著，但是眼看著殿下來西苑，覺得殿下來了就知道了，用不著我多嘴了。」

小忠子很想抽自己一下子，下次他還是少多嘴為好。

方嬤嬤很快就帶著人端了晚膳，十分豐富，很多都是花顏愛吃的菜。

花顏的確是餓了，本來天不絕的意思是有雨不趕路，但是花顏想早點兒見到雲遲，說什麼也要冒雨趕路，所以，晌午的飯都沒打尖好好用，而是隨意地嚼了點兒乾糧。

天不絕雖然極度不滿，但是奈何不了花顏的執意，也只能吹鬍子瞪眼地隨了她。

花顏坐在桌前風捲殘雲片刻後，發現雲遲一直看著她不動筷，她抬起頭，瞧著他：「怎麼了？你怎麼不吃？」

雲遲對她微笑：「你今日來東宮，真是我這些年遇到的最大驚喜了。」

花顏失笑：「不至於吧太子殿下，你這些年的驚喜這麼少嗎？」

雲遲點頭：「除了你答應嫁我外，我這些年來，的確沒有什麼驚喜的事情。」

花顏伸手將筷子遞給他：「快吃吧，一會兒涼了。」

雲遲笑著接過筷子，夾了菜慢慢放進口中：「今日的飯菜做的不錯，似比平日好。」

花顏大樂：「早先我看你心情不好，如今這是好了？覺得飯菜也香了？」

雲遲點頭，笑看著她：「你來了我就好了。」

花顏笑著夾了一塊肉放在他碗碟裡：「既然心情好了，就多吃點兒。」

雲遲笑著點頭。

花顏將肚子墊了底後，便慢慢地陪著雲遲用膳。

早先在東宮時，沒體會兩個人吃飯這般靜好的感覺，如今方才體會了。

窗外細雨，屋中暖燭，靜好安寧。

花顏的心忽然前所未有的寧靜。

用過飯後，她端著茶慢慢地喝著，仔細看著雲遲：「眼底這麼重的青影，看來這十多日你是真的沒睡好。」

雲遲點頭，也端起茶盞來喝：「輾轉反側，夜不能寐，總覺得身邊空空蕩蕩不見你，著實難安。」

花顏抿著嘴笑：「今晚不會難安了。」

雲遲「嗯」了一聲，清泉般的眸光凝視著她，嗓音低柔，「自然不會了。」

花顏放下茶盞：「那……早些歇著？」

雲遲搖頭：「再坐一會兒，我有話要問你。」

花顏目光動了動：「明日再問也一樣。」

雲遲盯著她：「剛用了晚膳，總要說會兒話消消食。」
花顏聳肩：「好，那你問吧！」
雲遲問：「癔症可解了？」
花顏搖頭：「沒有。」
雲遲眉心微皺：「是天不絕沒辦法解不了？還是……」
花顏見他一副要問到底的神色，歎了口氣，將天不絕到了臨安後，發現她癔症十分玄妙，著實比他想像的不可思議難解，他也參不透，但是瞭解到她在癔症發作時，太子殿下能喊醒她，覺得更是奇妙，便決定讓她來京，他也跟著來，看看能否在他的幫助下尋找到解法。
花顏知道雲遲極其聰明，若是全部對他隱瞞，那麼，他一定會察覺不對，所以，除了花灼與她確定了她是中了魂咒外，以及除了那些藏在心中的記憶外，其餘的她都沒隱瞞，如實說了。
雲遲聽完，眉頭緊鎖，半晌說：「我明日見見天不絕。」
花顏點頭：「他也正想見你呢，說想看看，太子殿下到底有什麼魔力，竟讓我冒雨趕路急著一刻也不歇地來東宮。」
雲遲失笑，站起身，攔腰將她抱起，走到床前，將她放到床上，低聲說：「花顏，你來了真好。」
花顏看著他，夜晚的燭光下，他的一雙眸子如落滿了星河，她笑吟吟地看著他，也低聲說：「太子殿下，今日是睡覺呢？還是做些什麼呢？你可有想法？」
雲遲看著她。
花灼眨眨眼睛，笑著問：「需要考慮很久嗎？」

雲遲盯著她笑吟吟的臉，過了片刻，他低下頭，啞聲說：「睡覺吧！你趕了幾天的路，今日又冒雨而來，定是十分疲憊了。」

花顏轉過身，看著他已經緊閉上了眼睛，好笑地說：「誰說我累了？」

雲遲猛地睜開眼睛，也轉過身，與她相對，鼻息對鼻息：「你不累？」

花顏搖頭：「不累。」

雲遲似掙扎了片刻，終究伸手蓋住她的臉，難得艱難地甕聲說：「我累了，多日沒睡個好覺了。」

花顏失笑，睫毛在他手心裡，眨了又眨，半晌，好笑地說：「好好好，太子殿下，咱們睡覺，養精蓄銳。」

雲遲也笑出聲，「嗯」了一聲，揮手熄滅了燈盞。

雲遲這些日子確實累了，花顏也累了，兩人達成一致後，很快都睡著了。

窗外細雨依舊下著，洗刷著整個京城，無人知道這一日，花顏進了京，更無人知道，她悄無聲息地住進了鳳凰西苑。

第二日，雲遲起來上朝，儘管動作極輕，還是驚動了花顏。

花顏睜開眼睛，迷迷糊糊地看著他問：「幾時了？」

雲遲站在床前，一邊穿戴一邊低聲說：「吵醒你了？五更了。」

花顏心神醒了醒，看了一眼窗外，雨還在下著，似乎比昨日大了些，她恍然地問：「你要去上早朝嗎？」

雲遲點頭：「你繼續睡，晌午我回來陪你用午膳。」

花顏似琢磨了一下，問：「你一般早朝需要多長時間？」

雲遲笑看著她：「你也想去看看？」

花顏搖頭：「我只是想跟著你而已。」

雲遲想起二人曾經在西南境地時說過的話，他微笑：「一個時辰足夠了！下了早朝後，我便去議事殿。」

「議事殿有暖閣嗎？或者屏風？」花顏問。

雲遲點頭：「有。」

花顏乾脆地爬起身，對他說：「那你等等我，我也跟你去，先跟你去上朝，然後再跟你去議事殿。」

雲遲提醒她：「外面下著雨了！天涼得很。」

花顏點頭：「我知道。」話落，她下了床，俐落地走到清水盆前淨面，然後俐落地拿出易容之物，對他說，「我易容誰呢？小忠子行不行？」

雲遲笑著說：「今日就易容他吧！」

花顏立即對著鏡子塗塗抹抹起來，同時交代：「那給我拿一身衣服來啊！」

雲遲笑著點頭，走到門口，對外喊：「小忠子！」

「殿下！」小忠子已經收拾妥當，只等著雲遲起床跟著去早朝了。

雲遲看著他說：「今日你歇一日，不必跟著了。」話落，打量了他身量一眼，發現一趟西南之行，他長高了些，就是瘦瘦的，與花顏還真差不多，他笑著吩咐，「拿一套你沒穿過的衣服來，太子妃今日易容，代替你當值。」

「啊？」小忠子睜大了眼睛，看著雲遲，結巴地問，「殿……殿下……這行嗎？」

雲遲笑著說：「自然行的，你快去。」

小忠子懷疑地看著雲遲，見他轉身回了內室，他摸著下巴想著太子妃能易容成他的模樣？心裡雖想著，但是卻不敢耽擱，連忙去拿了一套嶄新的衣服回來。

花顏很快就易容成了小忠子的模樣，在雲遲的眼皮子底下，她穿上了衣服後，搖身一變成了小忠子。

花顏與小忠子接觸的多，易容他信手拈來，無論是神態，還是舉止，亦或者是姿態，瞬間便是一個活脫脫的小忠子。

雲遲都訝異了，眼底溢滿讚賞，稱讚道：「好絕妙的易容術！」

花顏微微對他揚起下巴，露出一個得意的神色，也是十足十地像小忠子被褒獎時的模樣。

雲遲伸手扶額，後退了一步，對她說：「等到了議事殿內，你還是換回來吧！你這樣頂著小忠子的臉跟我一日，我也吃不消。」

花顏哈哈大笑，他能體會雲遲此時的心情，明明是她，卻怎麼看怎麼像小忠子，他對著她，此時怕是半絲旖思也生不出來。

她笑著點頭，走到衣櫃前，拿了自己的一套衣服，打好了包裹，抱在懷裡，誠然地說：「等到了議事殿，我便把人還給你。」

雲遲低笑，點頭：「好，別忘了一定把人還給我。」

花顏頷首：「一定。」

二人出了房門，小忠子站在門口，不敢置信地瞪大了眼睛，如銅鈴一般，他伸手指著花顏，一連後退了好幾步：「這⋯⋯這⋯⋯太子妃？」

花顏笑看著他：「你眼底也有青影了，好好歇著吧！今日你家殿下歸我侍候了。」

小忠子神色著實難以形容，看著花顏，半晌才憋出句話：「太子妃，您⋯⋯會侍候人嗎？」

「會啊！」花顏想當然地說，「放心吧！」

小忠子又看向雲遲。

雲遲對他笑著擺手，心情極好，對花顏說：「雨有些大，地上泥濘，要備兩雙靴子，再穿上雨披，撐著傘，就淋不到了。」

花顏點頭。

小忠子驚醒，連忙伸手一指：「都在這裡，都備好了。」

二人動手，穿上雨披，收拾妥當，撐著傘，一起出了花顏苑。

小忠子管不住自己的腳邁出門檻，然後又縮了回來，一拍腦門，喃喃地說：「一直跟著殿下，今日好不習慣啊！」

采青笑著說：「既然殿下和太子妃走了，你快去歇著吧！」

小忠子點點頭：「我去睡個回籠覺，殿下回來後一直沒歇著，我也沒歇著，今日要感謝太子妃了。」話落，他又嘟囔，「采青，你說，殿下以後不會不用我侍候了吧？」

采青好笑地說：「你真是昏頭了，太子妃是太子妃，你是你，太子妃也就是借你易容一日而已，殿下以後怎麼會不用你侍候呢？」

小忠子想想也是，頓時放心地去歇著了。

雲遲和花顏出了鳳凰西苑，邁出垂花門後，馬車等在那裡。

花顏幫雲遲打開車簾，雲遲含笑瞅了她一眼，上了馬車，花顏則自己撐著傘，坐在了車前，十分像模像樣像小忠子。

花顏對於趕車似乎十分的熟練，駕著車出了宮門，東宮的護衛隊和儀仗隊都沒發現小忠子換了人，如尋常一般地跟著出了東宮。

因下了兩日的雨，京城被大雨洗刷，街道上積了不少積水，行人極少，整個京城十分安靜。

路上遇到了趙府的馬車，在共同拐入榮華街時，趙府的車夫連忙將車趕在一旁，給東宮的馬車讓路。

花顏瞧著這姿態，想著自從西南一行回來，雲遲的威儀似乎更甚了。她對那讓路的車夫笑了笑，然後趕著馬車繼續向前走。

那車夫沒覺得小忠子換了一個人，在東宮的馬車過去後，趕著車跟在後面。

車內，趙宰輔說：「今日太子殿下不知何故比平日晚了些，稍後你去找小忠子探探口風。」

車夫立即說：「小忠子公公嘴巴嚴實得很，怕是不會告訴奴才。」

「無礙，你只管探探口風，聽聽小忠子會說什麼，我自有判斷。」趙宰輔道。

車夫應是。

東宮的馬車來到宮門，已經有許多車馬到了，排了長長的一隊。文官下轎，武官下馬，但是身為太子的雲遲例外，馬車徑直駛進了宮門內。

花顏抬頭望了一眼宮門，垂下眼簾，坐著馬車進了皇宮。

馬車徑直來到金殿外，花顏勒住馬韁繩，下了馬車，有侍者連忙將馬牽去了一旁，花顏撐著傘，接雲遲下車。

花顏跟在雲遲身後，亦步亦趨，學著小忠子的神態模樣，也進了金殿。

金殿內，兩側已站了文武百官，早先花顏聽到裡面鬧哄哄一片，待雲遲邁進門檻，鴉雀無聲，不由得想著，太子殿下好威儀啊！古往今來，不曾有誰如他一般，還未稱帝，便威震朝野。

因今年雨水多，早朝上，依舊議論的是川河谷一帶的水患問題。

上一次水患後賑災之事，雲遲在京城調控了一半，因為西南境地出事兒，剩下的事務他便交給了別人，因他不在京城，早先議定對川河谷一帶興修水利以及治水方案，也因他在西南，路途遙遠，不好掌控，而耽擱了下來。

如今，他回到京城，川河谷一帶的水患治理問題，又重新提上了日程。

因還是初步方案，所以，還待商酌修改。

花顏聽著朝事兒，你一言我一語，不見什麼真正有效的法子，漸漸地犯了睏，見大臣們沒有奏摺再呈遞上來，便悄悄地下了臺階，從後面溜出了議事殿。

雲遲眼角餘光瞅了她一眼，嘴角微勾。

朝臣們都發現太子殿下今日心情似乎很好，一改連日來肅凝著的容色，眉眼頗有幾分柔和，讓整個早朝上哪怕討論的是嚴肅的朝事兒，氣氛也比往日輕鬆。

趙宰輔打量著雲遲，暗想著東宮是出了什麼好事兒？一時間不得其解。

花顏出了金殿後，站在殿門外，看著外面落雨如珠，劈里啪啦地打著地面，連成一線，想著這雨比早先更大了，川河谷一帶估計又發水了。

這些年，川河谷一帶十室九空，不想搬離故土的百姓們都搬去了山上住，鮮少有五年前那樣堤壩決堤，十數萬百姓受災傷亡的情況了。

她正想著，趙宰輔的長隨湊過來，笑著打了個千兒：「小忠子公公！」

花顏轉過頭，對他還了一禮，叫不上名字，乾脆就笑著不稱呼。

那長隨心裡惦記著趙宰輔交代的事兒，也沒在意，從袖中拿出一物，遞給她，悄聲說：「我見小公公很喜歡這種把玩件兒，正巧前些日子在市井裡巧遇了一個，便想到了小公公，你看看，可如意？」

花顏心思轉了轉，不接他的東西，也壓低了聲音，笑著問：「這是什麼？」

那人立即打開盒子：「是一件冰心的玉壺，水頭極好，難得一見，尤其是雕工，更是難得，你瞧瞧，這是前朝巧雕大師余華生的手筆。」

花顏聞言伸手接過來，隨意地看了看，點頭：「不錯，還真是余華生的手筆，的確難得。」

那人笑著說：「小公公笑納了吧！這可極難得，不好淘弄。」

花顏擱在手裡把玩，想著小忠子能輕易地收禮嗎？口中笑著說：「是個好東西，不過，無功不受祿啊！」

那人一笑，連忙說：「小公公說的哪裡話？你喜歡，哪裡需要什麼功？喜歡就拿著，你我交情也幾年了，私下走動一件物事兒，也是無礙的。」

花顏不說話。

那人立即說：「我在宰輔跟前當值多年了，宰輔常說一句話，水至清則無魚。」話落，他嘿嘿一笑，「否則我一個奴才，哪裡有銀子買這個東西？」

花顏點頭，深以為然地覺得趙宰輔說得極對。

那人見他點頭，又悄聲說：「如今太子殿下跟前就你一個侍候著，但這將來，帝王有規制，總會提些人再帶在身邊，以後，作為宮裡的大總管，小公公可不能如以前一樣了，這你好我好大家好的事兒，偶爾也是可為之的。」

花顏「噗哧」一下子樂了：「說得對。」

那人見她又是點頭，又是笑，似乎開竅了，心裡大喜，問：「小公公覺得這禮物如何？」

花顏一本正經地說：「極好的。」

那人笑著說：「那……小公公可收下？」

花顏思忖著想必小忠子是極喜愛這種小玩意兒的，否則人家也不會主動送上門了，一般主動送上門的，都會投其所好，她琢磨著水至清則無魚很對，又琢磨著這收禮是一把雙刃劍，拿人手短，吃人嘴短這種事兒，也要看怎麼拿怎麼吃。

川河谷一帶要治理水患，這將來便是要動用國庫一大筆銀子，雖說取之於民，用之於民，但是必然會加重稅收，但若是劫富濟貧，興國安邦，那麼，這禮，不收白不收嘛！

一個長隨輕而易舉地就拿出價值幾千金的玉壺，可見趙宰輔府，很有錢嘛！

她想起了趙宰輔生辰收的禮，東宮送去了六十萬兩銀子呢。

於是，做主地替小忠子破了例，點頭：「多謝老兄了，這東西我著實喜歡，就收了！改日我也送你一件，禮尚往來。」

那人一聽，連忙擺手，高興地說：「不必不必。」

花顏繃起臉：「說是禮尚往來，老兄若是不同意，這東西我可不能收。」

那人錯愕片刻，尋思著說：「那好，禮尚往來就禮尚往來。」

花顏覺得這人不愧是趙宰輔帶在身邊的，心思活泛得很，這轉眼就同意了。出手這麼大手筆，是想從她口中套出什麼話呢？於是，她惆悵地說：「老兄，你這東西太貴，這些年，你也知道我，只拿著殿下給的那麼點兒俸祿，這還禮……沒有你的貴重啊！」

那人立即說：「我與小公公結交個情分，這禮輕重著實無礙。」

花顏主動說：「這麼著吧！你有啥事兒，今日只管說，只要不是殺頭掉腦袋受太子殿下懲罰的罪，我都應你一應。否則收了你這禮，我心下不踏實啊！」說完，愛不釋手地把玩玉壺。

那人一聽，頓時來了精神，想著宰輔臨下車，將這個交給他給小忠子，果然有用，瞬間對趙宰輔佩服敬仰如滔滔江水。容不得那人多想，湊近她問：「我一時也想不出來別的，正好奇今日東宮發生了什麼事兒嗎？殿下怎麼起晚了？自從殿下監國以來，除了免朝時，風雨無阻，從未因故誤了早朝。」

花顏沒想到問的是這麼簡單的事兒，轉而一想，擱在雲遲的身分上的事兒，都不算是簡單事兒，但這麼簡單的事兒，在別人看來，原來很不簡單。

如今雲遲的一舉一動，已經讓年逾半百經歷了許多的趙宰輔都警醒著心，更遑論其餘朝臣了？可見，太子殿下威儀如今著實不一般了！

她想著人家給一個價值幾千金的玉壺，就為了打聽這麼小的事兒，總不能讓人覺得物無所值，這樣可就沒有下次了。

於是，她悄悄地對那長隨說出了一個驚爆的消息：「太子妃昨日來京了！」

「什麼？」那長隨猛地睜大了眼睛，圓滾滾的，不敢置信地看著小忠子。他沒想到，宰輔只是讓他來隨便地套幾句話，竟然套出了這麼一個大消息。

太子妃來京了？

臨安花顏來京了？

他驚呆了看著花顏：「小公公，你說的可是真的？這……怎麼沒聽說？」

花顏想著我進京，不想讓人知道，自然誰也不會知道，包括太子殿下。她笑嘻嘻地說：「自然是真的，我騙你做什麼？你老兄給了我這麼大的禮，我總不好糊弄你。」話落，搓了搓手裡的玉壺，「就是昨日晚，冒雨到的東宮，太子殿下歡喜，自然就誤了早朝了。」

「哎呦……這……可真是出人意料。太子殿下不是剛從臨安回來嗎？太子妃怎麼就來京了？」那人又驚問。

花顏聳聳肩，臉不紅氣不喘地說：「太子殿下回京後，日思夜想太子妃，一日三封信，太子妃無奈，被他催著來京小住了唄。」

那人一拍腦門：「這……太子殿下……回京後朝事兒繁忙……一日有空寫三封信？」

花顏給他一副你不瞭解太子殿下的眼神，歎了口氣說：「睡覺的空都空出來了唄，你沒看太子殿下這些日子眼圈都是青影嗎？昨日好眠，青影才不見了。」

那人見花顏不停地揉搓著玉壺，信誓旦旦地說著太子妃真來了的話，他由起初的震驚不敢置信漸漸地深信不疑恍然大悟，原來是太子妃來了！

他想著今日宰輔這玉壺可真沒白送，怪不得連小忠子也一反常態，估計是太子妃進京，沒人知道，他憋不住，想找人說了，正巧他送了他一件歡喜的玩意兒，才破了例了。

他忍不住想儘快將這個消息告訴趙宰輔，奈何，早朝還沒散。

他只得按捺住心中被這個消息驚爆的雀躍，與花顏說著話。

花顏應付了一會兒，故意打了個哈欠，那人識趣地笑著說：「小公公找個地方歇著吧！估計早朝還要等一會兒。」

花顏點點頭，把玩著玉壺，去了不遠處的梁柱下，找了塊遮雨的地方，翹著腿坐了下來。

整個皇宮，都極靜。花顏透過雨簾，看著眼前的皇宮，南楚建朝後，重新修葺了宮闈，已經看不到四百年前後樑皇宮的模樣。

這裡，聽不見歌舞昇平，看不見酒池肉林。

南楚歷代帝王，算是兢兢業業，將這一片江山，治理得雖沒稱得上真正的盛世鼎盛，天下太平，但也著實難得。

都說打江山容易，守江山難。南楚的歷代帝王，守住了這片江山四百年。

四百年，是一個轉折，也許，南楚會更鼎盛一步，也許，會自此漸漸沒落。

但是南楚還是幸運的，四百年後，出了個太子雲遲，在當今聖上力不從心地治理了二十年後，雲遲身為太子，便提前接班了帝業。這些年，他穩住了動盪的朝局，使得南楚一直安平。

但安平的背後，不代表沒有波濤洶湧，雲遲看到了，所以，他準備要熔爐百煉這個天下，重新洗牌，讓南楚再傳幾百年的帝業。

對比如今的南楚和當年的後樑，後樑便沒那麼幸運了。

懷玉晚生在了後樑末年，他出生時，天下早已經生靈塗炭，民不聊生，他幼年時，便遭了迫害，即便後來毒解了，也傷了身子，少年時，寫出了社稷論策，可是一直被塵封，未能得用，青年時，年紀輕輕，便以他的血，落下了後樑帷幕。

她身子靠在廊柱上，心血不停地翻湧，但是被她一波波地壓了下去。她閉上眼睛，手裡玉壺冰涼的潤感讓她努力地清醒著，克制著不去想。

片刻後，金殿內傳來散朝的聲音，她立即睜開眼睛，騰地站起了身，因起得太猛，身子晃了幾晃。

她站穩腳步，定了定神，才緩步走了過去。

雲遲自然第一個從金殿出來，素青朝服的他，眉目如畫，舉止風華，負手走出來時，似傾了天地的風雨，容姿傾世，豐儀無雙。

花顏捧著玉壺，又有了一瞬間的怔然。

歷代以來，太子身為儲君，服飾都是與帝王一樣明黃，但雲遲不喜明黃，偏喜青色，所以，他的朝服也改了規制，是素青色。與他尋常的天青色的衣衫有稍微的區別。

但是無論哪樣，都是極好看。

雲遲出了金殿，一眼便看到了花顏怔然地看著他，臉色發白，神色有些呆傻。他一怔，快步地走到她面前，壓低聲音問：「怎麼了？」

花顏回了回神，對他搖了搖頭。

雲遲見她狀態不是太好，但還清醒，見她搖頭，也不多問：「走吧！去議事殿。」

花顏點頭，抬步跟上雲遲。

雲遲離開後，不少人圍住趙宰輔：「宰輔，你可知道，太子殿下今日何故心情極好？讓我等還有些不適應。」

趙宰輔也不知長隨拿了玉壺找小忠子問出了什麼沒有，不好回答，也不好猜測，搖頭：「我也不知啊！興許是發生了什麼好事兒吧？」

眾人都紛紛揣測，太子殿下有什麼好事兒發生？

趙宰輔擺脱了眾人，出了金殿，長隨立即迎上來，小聲説：「老爺！」

趙宰輔一看長隨的神色，便知道有了收獲，擺手示意他先別説，長隨按捺住，跟著趙宰輔向外走去。

來到無人之地，長隨將從花顏口中聽到的話一字不差地對趙宰輔説了。

趙宰輔聽完後，也十分驚訝：「太子妃進京了？如今就在東宮？」

那長隨點頭：「正是，他説是太子妃。」

趙宰輔也有些不敢置信：「她何時進的京？怎麼半絲消息沒得到？」

那長隨連忙説：「據説是昨日夜晚，冒雨進京的，太子殿下十分高興。」

趙宰輔尋思著結合雲遲今日眉眼間的柔和神色恍然：「怪不得了，原來是太子妃進京了！」話落，他感慨，「不愧是太子殿下選中的太子妃，這般悄無聲息地進了京，恐怕皇上和太后都沒得到消息，實屬厲害。」

那長隨敬佩地説：「老爺給的那個玉壺，著實管用，小忠子愛不釋手呢，換做別的事物，這麼大的事兒，他不見得説。」

趙宰輔琢磨著説：「小忠子這是開竅了？還是太子殿下屬意的？故意將太子妃來京的消息透露出來？」

那長隨搖頭，這麼深奧的事兒，他就不知道了。

趙宰輔擺擺手，囑咐：「先不要洩露出去，容我思量思量。」

長隨連忙應是。

雲遲和花顏一路撐著傘來到議事殿，進了殿內的內廂房，雲遲解了雨披，看著花顏，壓低聲音問：「出了什麼事兒？怎麼氣色這般差？」

花顏也解了雨披，搖搖頭：「大約是……」她剛想說什麼，打了個噴嚏，揉揉鼻子，說，「有點兒著涼了，不太舒服。」

雲遲立即說：「昨日冒雨趕路，今日又趕早陪我上朝，大約是染了風寒，我給你喊太醫。」話落，轉身就要對外吩咐。

花顏一把拉住他：「不礙事兒的，我歇一會兒就好，我如今可不能讓太醫診脈，一診就知女子身，豈不是露餡了？」

雲遲看著她如今頂著小忠子的模樣，無言了一會兒，說：「我送你回宮吧！」

花顏一笑，搖頭：「沒有那麼嚴重，我如今只是體質弱，隨身帶著天不絕給我開的藥了，吃一顆就好。」話落，她隨手拿出一瓶藥，倒了一顆，扔進了嘴裡。

她的動作太快，瓶子無標識，雲遲不知是什麼藥，看著她詢問：「真無礙？」

「無礙！」花顏搖頭，「稍微有些不適而已。」話落，將袖子裡的玉壺拿出來，遞給他，「給你的私庫添一件物事兒。」

雲遲見她似真無礙，微微放下心，伸手接過玉壺，看了一眼，說：「前朝巧雕大師余華生雕刻的玉壺，哪裡來的？」

花顏揉揉鼻子，想著還真是染了風寒了，說：「趙宰輔的長隨給的。」

雲遲瞇了一下眼睛，略微一思忖，說：「向小忠子打探我今日為何誤了早朝？」

花顏微笑：「是啊！這麼一樁小事兒，卻出手這麼大方，看來趙府很有錢嘛！」

雲遲臉色微沉：「趙府自然有錢，今年的生辰壽禮，收了數百萬。」

花顏唏噓：「不愧是趙宰輔。」

雲遲容色微涼：「以前，父皇多有仰仗趙宰輔，養成了他習慣把持朝局的姿態，自從我監國後，他倒是誠心地教導協助了幾年，如今這是又忍不住將手伸出來了？晚了個早朝而已，何必興師動眾？果然是老了。」

花顏失笑：「我替小忠子也是替你收了這禮了，多來幾個這般送禮的，何愁動用國庫的銀子？你的私庫就夠治理川河谷水患了。」

雲遲本來緊繃著臉，聽她這樣一說也失笑出聲：「你如此會想，賣給了他什麼消息？」

花顏笑著說：「告訴他你的太子妃昨晚進京了，你一高興，誤了早朝。」

雲遲失笑，她告訴趙宰輔長隨的的確是一個大消息。

他的太子妃進京，悄無聲息的，連他都不知道，更遑論別人了？趙宰輔得了這個消息，可以想像，是十分驚異的。

京城人多眼雜，誰都不知道的情況下，花顏悄悄地進了京，趙宰輔想必也沒想到拿出了前朝巧雕大師余華生的玉壺，便套得了這麼大的一個消息。

他的玉壺可以說是物有所值了！

如今他得了消息，估計私下正琢磨著呢。

雲遲看著花顏好笑：「你開了小忠子收禮的先河，就是為了我的私庫做打算？」

花顏笑看著他：「是啊！有禮收，何必推出去呢？有了這個先河，以後誰還不拿好東西給小忠子？消息嘛，你授意著放就是了，若是放好了，還不是隨你怎麼利用？」

雲遲微笑看著她：「你這帝王之術，較之於我，真是爐火純青。」

花顏臉色微微白了白，撇開頭，笑著說：「說什麼呢！我學的，是謀心之術而已。」
雲遲頷首，改口說：「謀心之術，也是極厲害了。」
花顏失笑：「在你眼中，我什麼都厲害了。」
雲遲也失笑，伸手似乎想摸她的腦袋，但又縮回了手，對她說：「這裡我不授意，沒有人能進來，你……還是洗了易容吧！」
花顏抿著嘴笑著點頭，卸了易容之物，換回了自己的臉。
雲遲輕舒了一口氣：「明日我想個法子，還是不要頂著小忠子這張臉了，若是與你這般多相對幾日，我以後看到小忠子都有障礙了。」
花顏大笑：「不至於吧！」
雲遲誠然地說：「很至於。」
花顏笑著說：「那算了！明日我就學了雲影，暗中跟著你好了，我不想被人看到，別人應該也看不到。」
雲遲微笑：「這是個好主意，想來趙宰輔即便得了消息，也不會很快就放出去，過幾日，你再去見見父皇和皇祖母好了。」
花顏點頭。
二人話音剛落，有人在外詢問：「殿下，早膳可送進來？」
雲遲看了花顏一眼，她閃身進了裡面屏風後，他頷首：「送進來吧！」
有內侍端了早膳，規矩地進了屋，擺在案桌上，又規矩地退了出去。
花顏走出來，陪著雲遲用了早膳，然後自覺地不再打擾他，進了裡間的榻上去補眠了。

案。

雲遲用過早膳，休息了片刻，便與等候在議事殿正殿的人繼續商議關於川河谷水患的治水方案。

花顏則很快就睡著了。

晌午時分，雲遲回到內閣，發現花顏依舊在睡著，呼吸均勻，睡得很熟。他想著她奔波進京，只歇了一晚，大約是不夠的，今早又起得早陪她折騰，染了風寒，定然極累了。不忍心吵醒她，便自己用了午膳，又去了議事殿。

這一日，議事殿的人注意到小忠子不像往日一樣在議事殿走來走去地打雜，雲遲有些端茶送水的事情，都是由議事殿的內侍在做。

第六十五章　壞人姻緣真造孽

傍晚時，花顏終於睡醒了，下了一日的雨未停，依舊下著，似乎更大了。

花顏睜開眼睛，便見雲遲倚在她身邊批閱奏摺，他運筆很快，奏摺拿在手裡過目一下，便很快就批註了。

她剛看了他兩眼，雲遲便轉過頭，笑問：「醒了？」

花顏點頭，揉揉眉心，看了一眼天色說：「幾時了？好像很晚了！」

雲遲道：「嗯，是有些晚了，酉時三刻了，你睡了整整一日，可餓了？」

花顏搖頭：「不太餓，你怎麼不喊醒我回東宮？」

雲遲微笑：「見你睡得熟，想你累了，睡一日也無妨。」

花顏轉身，伸出胳膊環住他脖頸，將腦袋湊上前，在他胸口蹭了蹭臉，軟綿綿地說：「你忙了一日吧？累不累？」

雲遲搖頭：「還好，不太累。」

花顏膩在他身上，不想鬆手，說：「等我這麼晚，你肯定餓了。」

雲遲低笑：「是有些餓了，中午無人相陪，吃得少。」

花顏「唔」了一聲，鬆開手，跳下軟榻，腳步輕鬆，神態輕鬆，氣色極好地說，「走吧，回宮！我睡飽了有力氣，回去下廚給你做兩道拿手菜！」

雲遲揚眉：「哦？這麼說我有口福了？」

我呢。」

「是啊！」花顏笑著說，「來京之前，子斬給我釀酒，我答謝他辛苦，下廚了一回，他誇了我呢。」

雲遲動作一頓，看著她：「他釀酒，你做菜？」

花顏聽他語氣有些不對勁，回轉身，笑著伸手戳他心口，揶揄地說：「太子殿下，這個醋你不會也要吃吧？他的醉紅顏世間難求，不能自此不喝了，那多對不起自己的胃口啊！至於做菜，我是答謝他釀酒辛苦，你若是覺得心裡不舒服，我天天下廚給你做菜怎樣？上一次給你做菜，你也誇了我的。」

雲遲上前一步，伸手將她拽進懷裡，低聲說：「花顏，你答應嫁給我，心裡很辛苦吧？」

花顏一怔，伸手捶他：「說什麼呢？哪裡辛苦了？」

雲遲低頭看著她，輕輕一歎：「從某方面來說，我的確不及蘇子斬。」

花顏失笑：「早知你如此，我不提他了。」話落，看著他，認真地說，「雲遲，你沒有不及他，各有各的好，你的好，我是很能看到的，如今滿眼都是你的好呢，你何必因我隨口說出的一句話，去比較？」

雲遲微微俯下身，壓低聲音說：「我是有些吃味，不過，還不至於讓你自此不提他，你該如何就如何，我吃味了，你補償我就是了。」

花顏一樂，仰著臉問他：「那多做幾個菜？」

雲遲笑著點頭：「你身子爽利了？看來睡了一覺風寒好了！那就多做幾個菜吧！」

花顏頷首：「沒問題。」

二人說笑著，穿戴妥當，花顏沒再易容，而是從頭到腳裹了雨披，與雲遲一起出了議事殿。

議事殿外，雨下得極大，二人上了馬車，返回東宮。
進了東宮後，花顏讓雲遲去歇著，雲遲搖頭，與她一起去了廚房。
太子殿下輕易不踏足廚房，廚房的人見太子殿下和太子妃竟來了，齊刷刷地跪了一地。
花顏嗔了雲遲一眼。
雲遲擺手，笑著讓眾人都退了下去。
沒了誠惶誠恐的眾人，花顏俐落地摘菜洗菜切菜，雲遲主動地打下手，蹲在爐灶前燒火。
花顏懷疑地看著他：「你會燒火嗎？」
雲遲一本正經地說：「應該會的，上次見你燒火學了點兒。」
花顏好笑：「東宮的消息，是鐵板一塊吧？別明日傳出去，那就是我的罪過了！我如今可不想被御史台彈劾了。」
雲遲點頭：「鐵板一塊！不想傳出東宮的消息，是傳不出去的。」
花顏放心下來。
雲遲補充：「你放心，即便傳出去，御史台也不會彈劾你的。」
花顏想到曾經在東宮的往事，她一邊翻炒著鍋裡的菜，一邊笑著說：「你就不怕將來史書上記載，太子雲遲，一人言論，裹挾御史台，霸道至極？」
雲遲笑著說：「不怕！為了我的太子妃，不說裹挾御史台，就是整個朝野，也在所不惜。」
花顏無語，笑罵：「昏君！」
雲遲輕笑。
花顏一口氣連做了六七個菜，然後洗了手，端著盤子，笑著問他：「怎麼樣？」

「品相不錯！」雲遲放下燒火棍，淨了手，笑著點頭。

花顏對他吩咐：「你來打傘，我端著。」

雲遲頷首，撐了一把傘，罩著花顏，回了西苑正屋。

方嬤嬤沒想到花顏會下廚，又驚又喜，覺得此次來東宮的太子妃，果真是與以前不一樣了，小忠子與她說時，她還是有些懷疑與擔心，如今見了，覺得真是不必擔心了。

兩人相處，真真是極和睦的。

當年的皇上和皇后，也未曾見這般和睦，皇后是梅家培養的大家閨秀，從來都是端莊賢淑的，沒見她下過廚，也從不會大笑，最多是露齒而笑，更不會指使皇上為她打傘。

雖然太子妃很多地方，都不合乎禮數，但她卻覺得，這樣真是極好的。

她從來沒有從太子殿下的臉上看到過這麼多的笑容，是從太子妃來了後，太子殿下的臉上便一直掛著笑容。

花顏做的菜，色香味俱全，較東宮的御廚，是不相上下的。

菜香味從畫堂飄出去，連方嬤嬤聞了，都連連稱讚，暗想著太子妃第一次來東宮時，她極其用力地囑咐了廚房，一定要好好地做拿手菜，那時是真沒想到太子妃做的菜堪比御廚，甚至菜色更好一些，有的菜是連御廚都不會做的。

用過晚膳，天色極晚了，雲遲看著花顏懶洋洋地靠在椅背上，如貓兒一般，愜意地品著茶，他輕輕微笑：「我想知道，這天下間，有哪樣東西，是你不會的？做不好的。」

花顏端著茶盞晃動著碧色的清茶，聞言輕「唔」了一聲，說，「有的，很多。」

「嗯？」雲遲微微揚眉。

花顏笑著說：「你慢慢就會發現了。」
雲遲失笑：「至今我還沒發現。」
「會發現的。」花顏想了一下說，「比如說你做的清湯麵，我就做不好。」
雲遲笑出聲。
花顏笑看著他：「我睡了一日，已經不睏了，你先歇著？」
雲遲搖頭：「我也不睏，讓人將天不絕喊來，我見見他。」
花顏見他似還真很有精神的模樣，點頭。
雲遲對外面吩咐：「小忠子，去喊天不絕來見我。」
小忠子閒了一日，十分不習慣，睡了半日，養足了精神後，便覺得閒得慌，如今好不容易等來了殿下吩咐的差事兒，頓時乾脆地應了一聲，打了傘，立即去了。
不多時，天不絕、安十六、安十七、花容一起來了鳳凰西苑。
他們四人住的不遠，就在外院的客房，東宮的規矩雖嚴，但也嚴不到這四人身上，昨日四人歇了一晚後，今日冒著雨將東宮給逛遍了，以為雲遲沒那麼快傳話去見，天不絕正要歇了，見到小忠子來喊，立即穿戴妥當來了。
他的脾氣雖怪，喜歡吹鬍子瞪眼，不買別人的帳，但是對於雲遲尊貴的身分，自然還是恭敬些的。不說別的，雲遲年紀輕輕便已監國四年，掌控天下，平復西南，將西南徹底劃歸了南楚版圖，便讓他這個怪老頭也敬仰三分。
一行人來到東宮，便見到了等在畫堂的花顏和雲遲。
天不絕是第一次見雲遲，拱手見禮後，不由得誇讚了一聲：「太子殿下好豐儀！」

雲遲淡笑：「神醫之名遠播四海，本宮幾年來也一直在找神醫，久仰幾年了。」
天不絕捋著鬍子說：「太子殿下沒病沒災的找我老頭子做什麼？想必是為了蘇子斬那小子。」
雲遲頷首：「正是為他，多謝神醫費心醫治，他寒症得解，本宮也甚是欣慰。」
天不絕仔細地瞧了他一眼，見他容色雖淡，但眸光溫和，透著誠然，他又看看一旁淺笑喝茶的花顏，似對他的話沒有意義，他哈哈大笑：「太子殿下的涵養和容人之量自此也讓我老頭子佩服了。」
雲遲微笑：「神醫請坐。」
天不絕落坐，道：「神醫不敢當，太子殿下喊我老頭子天不絕就好。畢竟太子妃的癔症，我老頭子至今還沒找到法子根治，算不得神醫。」
雲遲看著天不絕，一本正經地說：「本宮相信，早晚會有辦法的，天無絕人之路。」
天不絕笑著點頭：「老頭子定當盡力。」話落，看了花顏一眼，見她神色依舊，悠閒隨意，他也不由得佩服起花顏來，明知生死之日已定，有多少人能如她一般，跟沒事兒一樣，淺笑豁達。他正了神色，問：「她發作癔症時，據說太子殿下可以喊醒他，老頭子想知道，殿下都做了什麼？」
雲遲搖頭：「沒做什麼，就是一直不停地喊她。」
天不絕沉思：「喊名字？」
雲遲頷首：「嗯，喊花顏。」
天不絕詢問：「太子殿下仔細地想想，除了喊名字，你還做過什麼？在她癔症發作前後，都做過什麼？」
雲遲回想著說：「本宮第一次見她癔症發作是在南疆使者行宮。」話落，將當日的情形詳細地說了一遍，然後，又說了在臨安花家，她在思過堂發作了癔症，花灼將昏迷的她交給了他，他喊了她半個時辰，將她喊醒了。

天不絕聽完後點頭，與秋月與他說的沒二樣，雲遲的確是能喊醒花顏，他結合花顏的癔症發作點，一時間也不太明白，為何雲遲可以喊醒花顏？她中的魂咒，按理說除了都有雲族的傳承外，與雲遲沒什麼關係，花灼也有雲族的傳承，他就喊不醒她。

他腦中將懷玉帝、社稷論策、淑靜皇后、後樑大廈傾塌、太祖爺建立南楚、四百年後太子雲遲要娶花顏等等，在腦中過濾了一遍，還是百思不得其解。

雲遲見天不絕深鎖眉頭，沒敢打擾他，他腦中同樣存了想法，想著花顏的許多事兒。

安十六、安十七、花容三人都是知道花顏中了魂咒的，三人年紀雖輕，但自小得花家培養，安靜地坐在一旁，不表露半分。他們就是奉了花灼的命來看護花顏的，其餘的，他們都會當作不知道，在雲遲面前，徹底的忘記知道的事情。

而花顏，也安靜地坐在那裡喝茶，始終不說話，他知道雲遲心中滿腹疑問，有很多東西，只要問她，就會解了惑，但他經歷過她癔症發作，所以，為了她好，他忍耐著不問她，等著她自己說出來。

她本想著，待她準備好，是要對他全盤托出，但是等確定是中了魂咒後，她便改了主意。這麼長時日，她一直在想著，如何才算是對一個人好？

四百年前，她為了花家，也是再也見不得懷玉殫精竭慮，斟酌之下，狠心做了決定，書信一封，讓花家為太祖爺開了臨安的通關之門，無論是直接，還是間接，都是給他做了選擇，放棄了後樑天下，她陪他一起死，生不同日，死同時。

奈何，他只準備了他自己的一杯毒酒，先一步，步入了黃泉，棄了她。

她隨後追了去，在無盡的荒蕪裡濃霧裡，跌跌撞撞，無論如何都找不到他，再睜眼，已經是四百年後了。

滄海桑田，物非人非。

她渾渾噩噩地長到五歲，在看到了哥哥蒼白著臉，整日見不得陽光，拖著一副隨時就要丟命的身子，還依舊擔憂地看著她時，她終於醒悟，於是，塵封了書房，為他遍尋天下找醫者，六歲帶著花家人找到了天不絕，自此，陪著他治病。

這些年，走過了千山萬水，她都沒有遇到一個如懷玉的人，站在曲江河畔，對她笑著招手，一見鍾情，緣定一生。

她刻意的遺忘，漸漸地，癔症不再發作，有很長很長的一段時間，她似乎真的忘了。

直到，在南疆使者行宮，明黃的帳子，身邊躺著尊貴太子身分的雲遲，她恍惚地一下子就記起了，似推開了塵封了天河之遠的那道門，再也控制不住了。

太子懷玉……

太子雲遲……

她忽然覺得頭腦一陣眩暈，端著茶盞的手幾乎端不住，心血翻湧，有抑制不住之態。

「花顏！」雲遲第一時間發現了她的不對勁，猛地起身，扣住了她肩膀。

天不絕驚醒，連忙說：「拍她的心俞穴。」

雲遲當即拍花顏的心俞穴，花顏翻湧的心血霎時止住，茶盞脫手，落在桌面上，她丟開茶盞，伸手抱住了雲遲的腰。

「花顏，你怎樣？」雲遲緊張地問。

花顏搖搖頭，想對他說沒事兒，但是喉嚨一片腥甜，怕開口便壓不住，便只搖了搖頭，身子瞬間乏力，支撐不住，整個人的重量都靠在了他身上。

雲遲臉色微微發白，轉頭看向天不絕。

天不絕連忙過來，說：「將手給我！怎麼好好的，又發作了？」

花顏緊緊地抱著雲遲的腰，靠在他懷裡，一言不發，手抱得極緊。

雲遲感受到了花顏從身體內迸發出的驚惶孤涼，似不抓緊她，下一刻她就消失了一般，他低下頭，溫柔地說：「乖，讓天不絕給你診脈，沒事兒，我在。」

花顏抬起頭，恍惚地看著他，眼前忽然發黑，身子一軟，暈厥了過去。

雲遲面色大變，大喊了一聲：「花顏！」

天不絕強硬地拉開花顏抱著雲遲的手，給她把脈。

雲遲一瞬不瞬地盯著天不絕的表情，身體緊繃。

安十六、安十七、花容三人也坐不住了，疾步走了過來，圍上了暈倒在雲遲懷裡的花顏，也緊張地看著天不絕。

天不絕給花顏把脈片刻，撤回手，看著雲遲說：「太子殿下不必擔心，是癔症又發作了，不過還好，及時控制了，沒有嘔出心頭血，未傷及五臟六腑。」

雲遲微微地鬆了一口氣。

天不絕立即說：「太子殿下以往是如何喊醒她的，現在就喊，讓我老頭子瞧瞧，摸摸這其中的門道。」

雲遲點頭，抱著花顏坐在了椅子上，低聲在她耳邊喊她：「花顏！」

「花顏！」

「花顏！」

「花顏……」

一聲一聲，帶著雲遲慣有的與花顏說話時的聲音，低沉柔和，只喊她的名字，同時，抓著她的手骨，輕輕地揉捏著。

天不絕仔細地觀摩雲遲每喊花顏一聲的細節，同時也看著花顏。

大約兩盞茶後，花顏睫毛顫了顫，似極掙扎地醒來，慢慢地睜開了眼睛。

天不絕睜大眼睛，當即說：「果然管用！太子殿下喊了多少聲？誰計算著？」

安十六、安十七、花容幾乎同時開口：「九十九聲！」

天不絕一愣。

雲遲只盯著花顏，見她醒來，眸光恍恍惚惚地看著他，他低頭用臉貼了貼她的臉，發現她臉清清涼涼的，似被冷水洗過一般，他柔聲說：「可算是醒了，怎樣？是否難受？」

花顏目光漸漸地聚焦，慢慢地抬手，摟住雲遲的脖子，對他搖搖頭。

雲遲立即說：「倒一杯清水來。」

采青連忙倒了杯清水端過來，雲遲伸手接過對她說：「漱漱口，你嘴裡想必都是血腥味。」

花顏點點頭，順著他的手，喝了一口清水，采青拿來痰盂，她吐出，果然是一大口的血水。

采青頓時紅了眼圈：「太子妃，您……」

花顏搖搖頭，對她笑笑，啞著嗓子輕聲說：「沒事兒！」

天不絕在一旁接話：「的確是沒事兒，這一次發作，算是輕的，上一次才是真嚇人。」話落，他尋思地琢磨著說，「這可真是奇了！按理說，不服藥，這般發作，總要昏迷個一兩日的，偏偏太子殿下只喊了兩盞茶時間，我老頭子也沒看出什麼門道來。」

雲遲抿起嘴角。

花容在一旁小聲說：「是不是十七姐姐昏迷時，遮罩了一切外界的聲音，唯獨太子殿下的聲音能闖進十七姐姐的腦海，所以，才能喚醒她？」

他此言一出，天不絕猛地一拍腦門：「一定是了。」

雲遲也看向花容。

花容臉微紅：「我猜測的。」

安十六接過話：「猜測得好，定是這樣的。」話落，他疑惑地看著雲遲，「為何太子殿下的聲音能闖進少主的腦海呢？是不是太子殿下的聲音有什麼特別？還是太子殿下修習了什麼功法與十七姐姐功法相通？」

安十七立即說：「我想起了，在西南境地時，賀言說太子殿下運功為少主祛毒，功法是能夠融合的。」

天不絕搖頭：「不是功法，公子的功法也是一樣的，但他不能喊醒人。」

雲遲聞言目光深邃：「同承雲族一脈，也許，天生帶的癔症，與雲族的傳承有關。」

天不絕心驚地看著雲遲，太子殿下竟然能想到雲族的傳承上，他看著花顏，一時沒說話。

花顏動了動身子，每發作一回，身子骨便軟綿綿的沒有力氣，但這一次還好，她想從雲遲懷中出來，雲遲卻抱緊她：「別動。」

花顏看了一眼天色，低聲說：「天色不早了，我的病症不是一日兩日能破解的，今日就這樣吧！先歇了吧！你累了一日了，明日還要上朝呢。」

天不絕聞言站起身：「的確天色不早了，老夫回去仔細地想想，太子殿下早些歇了吧！」

安十六和安十七、花容也齊齊起身。

雲遲頷首：「也好！」

四人撐著傘，出了鳳凰西苑。

他們離開後，雲遲一言不發地抱著花顏坐著，沒有去歇著的打算。

花顏被他抱在懷中，安靜地等了一會兒，笑著碰了碰他的手，喊：「雲遲！」

雲遲低頭看著她，「嗯」了一聲，嗓音低沉。

花顏看著他眼底神色幽深不見底，便就那樣看著他，讓她的心也跟著提起來，微微扯動嘴角，小聲說：「又嚇到你了。」

雲遲薄唇抿成一線，壓低嗓音低聲說：「花顏，能告訴我，方才你因為想到了什麼，而發作了嗎？」

花顏臉色微微蒼白，陡然地帶了一絲清透，她想到了什麼？她想到了……

雲遲伸手忽然蓋住了她的眼睛：「罷了，不要想了！」

花顏靜了片刻，終是順著他的話，沒出聲。

雲遲起身，抱著她進了內室，將她放在床上，忽然問：「一起沐浴？」

花顏在他的手拿開時，睜開眼睛看著他，他容色如玉，眉目如畫，將她身子放在榻上後，就那樣微微俯身，在距離她臉很近的距離處看著她，她癟了癟嘴角，軟聲說：「沒力氣。」

雲遲低聲說：「我幫你。」

花顏看著他，臉微微浸染上紅色，對他輕聲含笑地說：「我曾看過無數的春宮畫冊，精緻華美的，美輪美奐的，線條細膩的，無一處不傳神的，也看過粗糙爛製的，模糊不清的，不堪入目的……」

雲遲失笑：「你看過的可真不少。所以？」

花顏閉上眼睛，對他擺手：「一起沐浴，總要有力氣啊！」

雲遲笑出聲：「我的太子妃，你想什麼呢？一起沐浴與春宮畫冊有什麼相干？」

花顏臉一紅，嗔了他一眼，厚著臉皮說：「怎麼就不相干了？」

雲遲覆在她身上，笑著柔聲說：「好，相干，那麼，我有力氣就夠了。」

花顏瞪了他一眼：「只你有力氣怎麼夠！我也要有力氣的。」

雲遲忽然覆在她身上，悶笑不已：「難道，你有力氣了，對我還有什麼想法不成？」

花顏伸手環住他的脖子，笑吟吟地說：「有啊！」

雲遲又笑出聲：「不一起沐浴，那我侍候你好了。」

花顏搖頭：「不要，讓采青幫我吧！」

雲遲挑眉看著她。

花顏軟聲說：「好了，別鬧了，我知你累了，偏還要逗弄我笑，讓采青幫我，我們分別沐浴，早些休息吧！」

雲遲點她鼻尖：「被你瞧出來了，娶一位聰明的太子妃，的確是很傷腦筋。」話落，他站起身，對外喊，「采青。」

采青連忙應是，進了內室。

雲遲吩咐：「侍候太子妃沐浴，仔細著些。」話落，轉身走了出去，吩咐小忠子，「抬兩桶水，一桶抬來這裡，一桶放去隔壁的淨房。」

小忠子立馬應了一聲。

不多時，水抬來，放在屏風後，采青扶起花顏進了浴桶裡。

花顏身子發軟，順著浴桶滑了下去，采青剛要低呼，花顏伸手捂住她的嘴，小聲說：「我沒事兒，別喊叫。」

采青點點頭。

花顏勉強地靠著浴桶的桶壁坐好，無力地想著，真是越來越沒用了。

采青眼眶發紅，幫花顏撩著水沐浴，小聲在她耳邊說：「剛剛殿下出去後，奴婢看您吃藥了，您是不想讓殿下擔心嗎？」

花顏惆悵地說：「他近來極累，我這病症生來就有，又不是一日兩日了，已經習慣了，何苦勞他更累。」

采青點點頭：「就在殿下回宮後，方才不久前，是有人又送來了許多摺子，小忠子吩咐人都送去書房了。」

花顏歎了口氣：「是啊！他這麼忙，我偏偏添亂。」

采青搖頭：「殿下甘之如飴呢！您不知道，今日方嬤嬤與奴婢說了一日，說自從殿下回來，每日都不見笑模樣，剛回來的幾日，住在東苑，後來想念您，即便您不在，也乾脆住在這西苑，臉上越發沒了笑容，一日比一日煎熬，直到您來了才眉眼含笑，心情變好整個人也精神了。」

花顏笑出聲，須臾，又想起了什麼，收了笑，低喃著說：「這一生，我不想負任何人，但偏偏……五年……」

采青仔細去聽，沒聽清花顏說什麼，想要再問，但見花顏神色蒼涼，十分的驚心，她改口喊了一聲：「太子妃！」

花顏對她搖搖頭：「沒事兒！」

雲遲沐浴很快，回來後，聽到屏風後有水聲，知道花顏還沒有沐浴完。

他坐在窗前，喝著茶，等著她出來。

過了片刻，花顏穿著寬鬆的軟袍走了出來，頭髮濕漉漉地滴著水，她走得極慢，來到雲遲面前，將帕子交給他。

雲遲放下茶盞，接過帕子，將她抱在懷裡，幫她絞乾頭髮。

采青將屏風後收拾妥當，悄悄地關上了房門，退了出去。

雲遲動作輕柔細緻，見她乖巧地在他懷裡坐著，閉著眼睛，似十分享受的模樣，他低笑：「真是個慣會享受的。」

花顏抿著嘴笑：「以前，小時候，我常纏著哥哥幫我絞乾頭髮，他沒耐心，常常絞到一半就將帕子丟給我，若不然就惡聲惡氣地讓我自己運功蒸乾。」

雲遲好笑：「運功是個極快的法子，我常用。」

花顏笑著說：「不是什麼事情都要講求個快字，那生活豈不是太沒滋味了？就要這樣，順其自然。」

雲遲低笑：「這倒是個道理。」

花顏覺得頭髮乾得差不多了，奪回雲遲手裡的帕子，悄聲對他說：「我有力氣了。」

雲遲眸光瀲灩地看了她一眼，抱起她上了床躺下，揮手熄了燈說：「我沒力氣了！」

花顏氣笑，摸著黑伸手戳他心口：「膽小鬼！」

雲遲也氣笑，伸手抓住她的手：「睡吧！」

花顏將頭埋在他胸前「嗯」了一聲，閉上了眼睛。

又是一夜大雨。

第二日，雨依舊未停，天陰沉沉的，卻比昨日的雨小了很多。

雲遲比往常早起了一個時辰，花顏動了動身子，似要睜開眼睛，他立即俯下身，在她耳邊說：「睡吧！我去書房處理奏摺，然後去上朝，你不必隨著我這般折騰的，什麼時候睡醒，什麼時候去議事殿找我，你進宮應是不難的。」

花顏的確還睏，說了一聲「好」，又繼續睡了。

雲遲收拾妥當，穿了雨披，去了書房。

花顏再醒來時，天色依舊昏沉，外面的雨淅淅瀝瀝地下著，天地雨簾相接處，一片灰白。

她披衣起身，下了床，打開窗子，一陣清涼的雨氣撲面而來，她睡了一夜昏昏沉沉的頭腦，被風雨一吹，似清明了些。

「太子妃，您醒了嗎？」采青的聲音在門外響起。

花顏「嗯」了一聲。

采青推門進來，便見花顏赤著腳站在窗前，連忙說：「地上涼寒，您身子不好，不能這般不穿鞋子久站。」話落，連忙給她拿了鞋子，放在腳邊。

花顏淺笑，聲音柔如春風：「無礙的。」話落，穿上了鞋子，問，「幾時了？」

采青立即說：「快午時了呢。」

花顏拍拍腦門：「我怎麼睡到了這個時候。」

采青見她精氣神很好，氣色也很好，笑著說：「殿下走時說昨日您暈倒後，強行喊醒您，您人雖然醒來了，身體定然乏累吃不消，今日定會多睡些時候的，讓奴婢不要喊醒您。」

花顏笑著點頭：「這般時候了，他有沒有傳話回來？」

采青頷首：「不久前小忠子傳回話來，說殿下在議事殿，讓您今日醒來後歇著，他晚上會早些回來。」

花顏琢磨了一小會兒，十分精神地說：「我還是去找他吧！這般待著怪沒意思的。」

采青看著窗外：「這雨下了幾日了，還是很大呢，您身子不好，便聽殿下的吧！」

花顏笑著伸手捏了捏采青的臉：「我這個病啊！不發作的時候，能蹦能跳的，沒那麼嬌氣，放心吧！」話落，走到清水盆前淨面。

采青見花顏的確是腳步輕鬆，活蹦亂跳的，也就住了嘴，幫她收拾。

花顏今日沒易容，依舊穿了淺碧色的織錦綾羅，披了一件同色系的披風，她收拾好後，忽然掃見床頭放著一塊牌子，走過去拿起來一看，是雲遲的令牌，見令如見人，她好笑地說：「他這是怕我翻不進去宮牆嗎？」

采青抿著嘴笑：「金殿和議事殿女子都不能踏足，殿下大約是怕您被人發現後，拿出他的令牌，便沒人敢奈何您了。」

花顏伸手將令牌收起來，不含糊地說：「皇宮是重地，高手如雲，我是該小心些。」

采青知道自己無法跟隨她出入重地，只能不斷地囑咐：「太子妃，您小心些。」

花顏笑著又捏捏她的臉：「真是跟秋月待久了，好好的水靈靈的小姑娘，竟然越來越婆媽了，放心，我會小心的。」

采青自然不會如秋月一般對花顏瞪眼，只得無奈地對著她笑。

花顏披了雨披，打了傘，輕輕鬆鬆地出了花顏苑。

若是在江南，一連下幾日雨，空氣一定會濕潮得悶死個人，但是在京都，即便是在暑日，一連下幾日雨，會有一種清新的涼爽，雨伴隨著風，沒有那麼濕潮，空氣十分清新。

花顏撐著傘出了東宮的宮門，不急著去找雲遲，隨意地沿著榮華街走著。

因雨一直下著，街上沒多少行人，偶爾有馬車經過，也是將車簾遮的嚴嚴實實的，不透半絲風雨進去。

上一次來京城，她其實是沒怎麼仔細逛京城，只與秋月進了順方賭坊，後來與陸之凌吃了一頓飯，再就是深夜拉著七公主跑去了春紅倌，然後五皇子和十一皇子去遊了湖。

那時只一心想著與雲遲退婚，對於京城的景色，她沒怎麼欣賞。

她慢悠悠地沿街走著，看著細密的雨簾洗刷著街道以及兩旁的店鋪門面，有幾家百年老字號，但鮮少能看到擁有幾百年歷史的老牌商鋪了。所有的東西，似被歲月洗禮得一乾二淨，依稀想再找到舊時的蛛絲馬跡，但也是隱約模糊的輪廓。

她一邊看著一邊走著一邊想著，沒注意一輛馬車緩緩駛來，車中有人挑開簾子訝異地看了她一眼，然後擦身而過時吩咐車夫：「停車。」

這一聲極為潤和好聽，有些熟悉。

花顏打住思緒，循聲望去，便看到了安書離，挑著車簾，探出頭看著她，笑著揚眉詢問：「太子妃何日來了京城？怎麼一個人冒雨在街上閒逛？」

花顏看到他，頓時一樂，揚了揚眉梢：「書離公子如今見到我，倒是不躲了。」

安書離失笑：「太子妃如今不算是個麻煩，故而在下沒必要再躲了。」

花顏好笑地看著他，隨意地說：「前兩日便來了，閒來無事，街上走走。難得剛踏出東宮府門，便遇到了你。」

「只隨意走走？」安書離挑眉。

「是啊！」花顏點頭，她自然不會對他說本來打算去議事殿找雲遲的，只是頗有些閒心，慢悠悠地在街上轉轉再去。那等重地，女子不能踏足，還是不讓人知道為好。

安書離看了一眼天色，想了想說：「已經晌午了，既然偶遇了太子妃，是在下之幸，若是太子妃不介意，我今日做東，請你用膳如何？」

花顏輕笑：「傳言書離公子待人從來遠之，今日倒是我的榮幸了！那我就不客氣了！」

安書離覺得花顏真是一個爽快的女子，待人行事，乾脆俐落，隨性灑脫，他笑著說：「鹿香齋做的烤鹿肉香甜可口，想必你會喜歡，就是路程有些遠點兒。」

花顏大樂：「這個和我心，我用膳，無肉不歡，遠點兒沒什麼。」

安書離微笑：「那就請上車吧！」

花顏點頭，收了青竹傘，輕輕跳上了馬車，在進車廂內時，解了雨披。

安書離的馬車十分寬敞，裡面乾淨整潔，她在踏腳墊上踩了踩自己的鞋子，然後不客氣地坐去了他對面，笑著問：「你本來是要出門還是要回府？」

安書離笑著說：「是要出門，不過無甚要緊之事，明日再去也是一樣。」

花顏點頭：「本來西南境地事了，邀你去臨安做客，沒想到你先一步回京了！」

安書離歎了口氣：「我娘思子心切，據說臨安前些日子十分熱鬧。」

花顏笑著頷首：「是很熱鬧，如今熱鬧也還沒褪，以後，也不輕易褪了。」話音一轉，「不過你不是個愛湊熱鬧的人，估計去了，也待不了一日。」

安書離悠然嚮往地搖頭：「我倒是極仰慕臨安，若是有朝一日，能走出家門，落居臨安，便是此生所求了？」

花顏一怔，笑出聲：「原來你有這個願望，我竟不知道了，臨安在你眼裡，比安陽王府還要好了。」

京城繁花似錦，安陽王府鐘鳴鼎食，錦繡門第，祖業極大，安書離不是安陽王府世子，不必擔負門庭的重任，一直以來，他為避清靜，獨自而居，淡泊名利。

即便是西南之行，他立了大功，但回京之後，也依舊不受封賞，未入朝，清閒得很。

無閒雜人煩擾他，按理說，以他這樣的性子，無論在哪裡，即便在京城，也該十分自在得很。花顏倒是沒想到安書離卻嚮往去臨安居住。

她笑看著他：「為何？據我所知，安陽王府雖然家大業大，族系極大，繁雜事務頗多，但也無人敢煩擾你。」

安書離淡笑：「總有煩擾到的時候。」

花顏眨了眨眼睛，想著這話說得沒錯，若是有朝一日，雲遲熔爐百煉天下，對天下各大世家出手，那麼，最大的十大世家，一定沒有一個能夠再立得住。安陽王府也不例外。安書離出身安陽王府，樹倒猢猻散，他焉能坐視不理？

她意會地歎了口氣：「哎，都不容易啊！」

這話惹得安書離笑起來，他嗓音溫潤如竹韻，極動聽好聽，笑容蔓開時，如青竹開了繁花，不是極端的風華和驚豔，但卻是春風拂暖，萬樹花開。

花顏欣賞著，心下讚歎，不愧是書離公子，據說提親的人幾乎踏破了安陽王府的門檻，安陽王妃念他老大不小了，急得火燒眉毛，他八風不動，沒一個中意的。

其實，他也不過是與雲遲差不多年歲而已，安陽王妃也沒必要急的。

南楚四大公子，反倒沒有尋常富貴門第的公子一般，早早便議親定了親，如今雲遲定下了她，又言明只她一人，將來以後，這其他三人，估計更是搶手了。

安書離笑罷，對她說：「還有一段路程，太子妃若有雅興，對弈一局如何？」

花顏想著安書離一定不知道她不能碰棋，在路上時，因與雲遲對弈，發作了一回，但雲遲定然會將這樣的事情瞞得緊緊的，不讓人知道。她笑著搖頭：「我不能碰棋的。」

安書離訝異：「不是不會？是不能碰？」

花顏點頭，與聰明人說話，就是省心省力。

安書離也不是刨根問底之人，微訝後便笑著說：「我本想著打發些時間，那就罷了。」

花顏從袖中拿出一副骨牌，詢問：「打發時間不止下棋，賭兩局如何？」

安書離失笑：「若是陸之凌，一定欣然不已，在下不善賭。」

花顏聞言收了骨牌，又變出了三枚銅錢，笑看著他：「你與半壁山清水寺的德遠大師交情甚篤，他擅長裝神弄鬼，不知他為你卜過卦沒有？我會卜卦，要不然，給你卜一卦？」

安書離眸光微亮了一下，看著她手中的三枚銅錢說：「德遠大師不曾為我卜過卦，但是我聽梅舒毓提過，當初在迷障林，你為了尋救他，準確地卜了一卦卜到了他的位置，實在令人好奇，著實想見識一番。」

「那好啊！今日在這樣的雨中遇到，也是巧了，你請我吃飯，我就為你卜一卦作為答謝好了。」花顏隨意地玩耍著三枚銅錢，淺笑著說。

安書離看著她：「卜卦者，洞徹天機有傷身體，若是你傷了，我不好對太子殿下交代。」

花顏搖頭：「費些精力罷了，倒不至於多嚴重的事兒。」

安書離認真地瞧著她，見她一副雲淡風輕不以為意的模樣，他笑著點頭：「既然如此，得你一卦是我的福氣，有勞了。」

花顏笑了笑：「我的確是不輕易給人卜卦的。」

安書離失笑：「你是不喜歡欠人情吧？今日我請你吃飯，你便卜一卦作為厚禮相謝。」

花顏大笑：「書離公子的一飯之情，的確著實珍貴了些，不過對比我這一卦嘛，最少要十頓飯才值得。」

安書離眉目舒展開：「這麼說，得了太子妃一卦後，我就欠你九頓飯了。」

花顏又大笑：「人情不人情的，可以擱在後面，卜卦要隨緣的。」

安書離笑著點頭，看著她手中隨意把玩的三枚普通的銅錢問：「需要我做什麼？」

花顏搖頭：「什麼也不需要，你坐著就好。」

安書離頷首，微微地坐正了身子，不再多言。

花顏輕飄飄地將三枚銅錢把玩了一陣，漸漸的，銅錢在她手中如變戲法一般地隔空交會著轉了起來，且越來越快，快到令人看不清。

誠如上一次在迷障林外為梅舒毓卜那卦一樣。

安書離睜大了眼睛，仔細地看，認真地看，不想錯過一絲半點兒。

但是，即便他目力極好，自詡眼力不錯，漸漸地，眼前也只剩下了銅錢劃出的圈影，他從沒見過這般卜卦，終於不適地眨了一下眼睛。

就在他眨眼的同時，只聽「啪啪啪」三聲，三枚銅錢從花顏手中跳了出來，落在了車廂內。

他立即又睜開了眼睛，入眼處，花顏臉色微微發白，白皙的臉上，布滿了細密的汗珠，額間隱約有濃濃的青色霧氣纏繞，她整個人似被清水洗了一般的霧色清涼。

他微微一怔，又看向落在她和他中間的三枚銅錢，只是普通的三枚銅錢，而花顏卻在盯著它們不錯眼睛地看。

安書離張了張嘴，想開口說話，但怕這一卦沒卜完，打擾了她，便又將話吞了回去。

片刻後，花顏忽然隨手將銅錢撿起，又用袖子隨意地抹了一把臉，對安書離淺笑著說：「你大約真是要大謝我了，這一卦，對你來說，比十頓飯要值錢多了。」

安書離見她開口才立即問：「你怎樣？可有大礙？我見你氣色不好，十分耗費心神吧？」

花顏搖頭：「沒事兒，我的壽數就那麼多，不怕折。」

安書離一愣：「此言怎講？」

花顏淺笑不答，反問他：「你要不要聽這一卦我都卜到了什麼？」

安書離點頭：「自然要聽。」

花顏攤開手心，從中撿出一枚銅錢，在他面前晃了晃，慢聲說：「尋常卜一卦，只問一件事兒，沒有所求之事呢，便隨便卜，能看到什麼算什麼。不過還有一種不尋常的卦，就是天緣卦，能看到三件事，甚至一生。這個要看卜卦者和這一卦的緣分。你這一卦呢，我隨便卜的，但你卦緣深，雖然說沒看到一生，但也看了你大半生。」

安書離驚異，神奇地看著花顏：「看了大半生？片刻之間？」

花顏笑著點頭：「就是片刻之間。」

安書離微笑：「洗耳恭聽。」

花顏笑看著他，揚了揚眉說：「書離公子雖然常踏入半壁山清水寺與德遠大師對弈，但也不是真正的信佛之人，卦象這種事兒，想必你也是不太信的。你這一卦呢，我卜到了你的姻緣、功業、生死。這樣吧！今日你請我吃一頓飯，我就與你說說姻緣好了。至於功業和生死，你若是想聽，再尋我，若是不想聽，也就作罷了。」

安書離沒異議：「也好。」

花顏揶揄地看著他：「這姻緣有件事兒呢，不遠，就是今日晚，但這不算是上上等的姻緣卦，畢竟，這姻緣帶劫，俗稱桃花劫。」

安書離一愣，啞然失笑。

花顏慢悠悠地說：「既稱之為劫，便不是太順遂了，總要經歷些不甚愉快之事，但總體說，既是姻緣，還是會平和的。」

安書離慢慢地收了笑：「怎麼破？」

花顏抬眼：「你信？」

安書離看著她眉眼間虛虛浮著的青色霧氣，以及蒼白的臉，臉上雲淡風輕盈然淺笑的神色，他點頭，吐出一個字：「信。」

花顏扶額：「你的命定姻緣，你確定要破？若是破了，以後這姻緣，怕是會運途多舛了，我還做不出這破壞人家姻緣的事兒。再說，我也未說不好，你為何要破？」

安書離認真地看著她：「我暫且沒有娶妻的打算，而你說是劫，想必不會是我的心儀之人，既不心儀，何談姻緣？我生來便不喜被人捆綁束縛。若是太子妃有破解之法，但望相助。」

花顏咳了一聲：「這卦……那女子，是極好的……」

安書離搖頭：「我信你，還是剛剛那句話。」

花顏又咳了一聲，揉揉眉心，無奈地說：「這卦果然不能隨便卜。」話落，正了神色，「我除了破不了自己的命定之事，別人的，自然是能破的。只不過，若真破壞了你的命定姻緣，我怕將來你娘會恨死我……」

安書離斷然地說：「她不會知道。」

花顏沒想到安書離剛聽聞，便相信了她，且一臉堅定，非要破了這姻緣。

她想著事關他姻緣之事，他應該是十分在意的。否則安陽王妃隔三差五的賞詩宴、賞花宴等也就不必一次又一次地為他變相相親而他屢屢推拒了。

他是真的暫且沒有娶妻的打算，也許是真的沒有遇到心儀之人。

她揉揉鼻子，有些犯難：「俗話說，壞人姻緣，是造孽啊！」

安書離搖頭：「怨不得太子妃，是我相求，即便造孽，也是我的業障。」

花顏琢磨了一下，直言說：「那個女子是趙清溪，你還確定嗎？」

安書離訝然：「是她？」

花顏笑著點頭：「就是她。」

安書離蹙眉，對她誠然地說：「若是她，我更是不會娶她的，望太子妃相助。」

花顏好奇地看著他，怪不得這卦不是上等的姻緣卦，原來他不喜趙清溪？「為何？」

安書離道：「只因她是趙清溪，我便不會娶。」

花顏「哦？」了一聲，「趙小姐有何不好？溫婉端莊，賢良淑德，知書達理，也算是聰透豁達，實屬名門閨秀典範，當世若說十全十美的女子，非她莫屬了。」

安書離失笑：「正因為十全十美，才不可娶，即便我將來娶妻，也不需要十全十美的女子，尤其決計不能是趙清溪。一個自小被打磨出來的要做太子妃皇后的女子，焉能娶？」

第六十六章 程子笑是號人物

安書離誠心誠意地對她拱手一禮：「求太子妃相助。」

他用上了一個求字，安書離應該不輕易求人的。

花顏暗暗地歎了口氣，想著今日也是命中註定無法避免，她沒想到在街上遇到了安書離，他停下馬車邀請她一起用膳，她爽快地應了，路途有些遠，閒得無聊，她忽然興起為他卜算一卦，目的可以說不太純善，主要是想看看他將來會不會為了安陽王府成為雲遲洗牌天下的阻力，沒想到，倒是卜算出了許多事兒，這姻緣卦，反而惹回到了她自己身上。

壞人姻緣，這事兒她還沒幹過。

她琢磨著，抬手一陣清風拂面，拂開了安書離拱著的手，笑著說：「書離公子今日遇到我，大約也是天意，既然你真不要這樁姻緣，那我便幫你化解了。」話落，她拿出一個瓶子，遞給他，「這是天不絕製的清心丹，能抵抗天下最烈的春藥嫵媚，公子今晚若是真遇到嫵媚，就吃了它。只要不失心智，以公子的聰明才智，定能化解了。」

安書離被花顏拂開手的力道微微一震，還沒回過神來，聞言面色一變：「天下無解的嫵媚？」

花顏搖頭，笑著說：「在天不絕的手裡，天下還沒有無解的藥，無論是毒藥，還是媚藥。」話落，她笑道，「說是劫，也就在這藥上了，若不是這藥，豈能奈何得了公子的武功和身手？但嫵媚不懼武功，越是高強的內力，越是發作的快，它的厲害，也就在此了。」

安書離聞言接過了花顏手裡的瓶子，抿了抿唇：「多謝太子妃！若躲過這一遭，別說十頓飯，就是赴湯蹈火，安書離也莫敢辭。」
花顏搖頭，笑著說：「書離公子嚴重了，我一時興起，為你卜卦而已，當不得重謝。我只求，你化了此劫，以後姻緣運途坎坷，別怪我就行。你說話算話，萬別讓王妃知道有一樁姻緣因我從中作梗而毀了，拿著刀殺進東宮找我算帳。」
安書離肯定地搖頭：「不會！你且放心，爛在我肚子裡。」
花顏知道安書離也是一言九鼎之人，頓時放下了心。
安書離收好了藥，看著花顏，不解地說：「我昔日曾見過德遠大師卜卦，但太子妃這卜卦之法，著實異於德遠大師，似比大師精妙高深得多，大師的一卦怕是也做不到能卜人大半生。」
花顏抿著嘴笑：「德遠大師的卦是因果卦，我的卦是乾坤卦、陰陽卦、天地卦，三者合一，自是不同。」
安書離讚歎：「我就在你面前，竟也看不出是何門道。」
花顏笑道：「你自是看不出來，這是天生傳承，不可解說。」
安書離想著臨安花家著實是個神祕的家族，既是家族傳承，他便不再追問，而是不由地尋思著他為何會中嫵媚的藥，而且就在今晚。
但不說他從不會讓人近身，只說趙清溪，也不是那等下作之人。
這嫵媚之藥，從何而來？
花顏看出了安書離在想什麼，但她不想管太多，短短時間，她也不過是窺探了一個畫面，一個結果而已。
安書離也沒有再問，而是琢磨片刻，對外低聲喊：「藍歌。」

「公子！」一名暗衛悄無聲息地出現在了馬車旁。

安書離壓低聲音吩咐：「命人盯緊趙宰輔府趙清溪，同時徹查我身邊一應所用所有物事兒。但有發現，立即稟告於我。」

「是！」藍歌微微訝異，不過很快就乾脆地應聲。

安書離吩咐完，看向花顏：「我只聽聞嫵媚是極厲害的藥，太子妃可對其有所瞭解，請告知一二。」

花顏道：「嫵媚此藥，之所以稱之為最霸道的春藥，在於它的無色無味不聲不響，不止沾者即中，且發作極快，還有一點，就是聞風也會中毒。毒發旦夕之間，令人神智有失，被藥物所控，別說身邊有個女人，就是母豬，也不在話下。」

安書離臉色一下子變得很難看。

花顏欣賞著安書離變臉，笑著說：「防不勝防。」

安書離抿唇，不再說話。

花顏笑著說：「我算到你是在入夜前後，方才我給你的藥，你可以提前服下，天不絕的厲害就在於，他這個藥，可保你三日內哪怕遇到嫵媚，也不會中毒。」

安書離聞言面色稍霽，再度道謝：「多謝太子妃。」

花顏笑了笑：「我幫你破了這姻緣卦，估計對你的一生也是會有影響的，將來是好是壞，還真不好說。書離公子謹慎決定吧！」

安書離點點頭。

馬車來到鹿香齋，車子停下，安書離先下了馬車，然後撐了傘，等候花顏。

花顏披好雨披，慢慢地下了車，接過安書離手中的青竹傘，隨著他進了鹿香齋。

安書離敏銳地發現，花顏的腳步極慢，想著她為他卜的那一卦，大約還是受傷了。只不過她面上雲淡風輕，他也不好再點破。

他尋思著，又喊來一人，低聲吩咐：「去議事殿知會太子殿下一聲，就說我偶遇了太子妃，做東請太子妃在鹿香齋用膳，問問殿下可有空隙過來一起用午膳？」

一人應是，立即去了。

花顏忽然回頭，含笑瞅了安書離一眼：「你是不是怕我忽然暈倒，惹麻煩上身，這才趕緊地命人去知會太子殿下？」

安書離啞然而笑：「你為我卜卦後身體不適，但一聲不吭，我不敢大意。」

花顏好笑地說：「歇一會兒就好了，沒那麼嚴重……」她話音未落，忽然打住，看向隨後駛來鹿香齋的馬車，眸光動了動，改了口，「是趙府的馬車。」

安書離瞳孔一縮，立即說：「我們進去。」

他話音剛落，那馬車簾幕已經掀起，露出了趙宰輔的臉，見到安書離和花顏似乎一怔，脫口說：「書離公子？太子妃？你們……」

花顏想著破壞人家姻緣的報應，是不是來得也太快了？趙宰輔這是什麼表情？替雲遲……捉姦？

看來，昨日賣給他的消息，他十分上心，是命人監視東宮了？她在街上上了安書離的馬車，他得到消息，立馬來了？還是……純屬巧合？

安書離眉心跳了一下，自也是看清了趙宰輔臉上的神色，一瞬間，面色分外地清冷。

花顏素來不是吃素的，消息還是她自己賣給人家的，搬石頭砸自己腳的事兒，她做不出來，不管是不是，無論如何，他要打消了他這個表情。

於是，她坦然地轉身迎視了過去，對上趙宰輔的目光，淺笑著說：「原來是趙宰輔，數月不見，您老看來容光煥發，是不是有什麼好事兒近了？」話落，她從袖中拿出玉壺，把玩著說，「小忠子昨日與我請罪，說不該一時見了好東西忍不住把我給賣了，我琢磨著不是多大的事兒，這東西我正巧也喜歡，正想問問宰輔手裡還有多少這樣的好東西？今日正巧遇到了。你若是對我的消息十分感興趣，我不會吝嗇說與你聽的，只要東西和這物件兒一樣夠好就行。」

花顏此言一出，安書離頓時一愣，顯然沒料到還有這樁事，他再看趙宰輔，他方才臉上的表情已經消失得無影無蹤，代替換上的是一副青白交加的神色。

他沒想到，昨日他讓人從小忠子口中打探消息，本以為可以好好利用，沒想到今日就被花顏當面給捅破了。花顏話裡話外的意思，說的雖然是打探她的消息，但是她和他心裡都清楚，他打探的是太子殿下的消息。

打探太子妃的消息不算什麼，但打探太子殿下的消息且被知曉張揚開，這干係可就大了。

雖然這麼多年，有不少人試圖打探太子殿下的消息，但東宮鐵板一塊，沒人能踢開。

昨日得到的消息太驚爆，他未及細想這一次小忠子怎麼就開口了，還以為是這前朝余華生巧雕的玉壺以及長隨的話打動了他的心思，沒想到，眼前出了這麼一樁麻煩事兒。

既然小忠子向花顏請了罪，那麼太子殿下自然也是知曉了。

趙宰輔看著花顏，好半晌說不出話來，一時間後悔方才不該一時衝動開口。

他活了大半輩子，從沒見過花顏這樣的，誰若是惹她不高興了，她就會當面戳穿誰，給人下不了台。顯然，他剛剛惹了她，如今，這是用刀在扎他的心窩子。

無論是花顏，還是安書離，都是聰明人，他此時再解釋也是枉然。

花顏欣賞著趙宰輔無話可說的神色，淺淺地笑了笑，邀請說：「宰輔獨自一人嗎？正巧，我與書離公子剛到，稍後太子殿下也會來，不如一起用膳？」

趙宰輔到底是縱橫朝野大半生的人，很快就恢復了神色：「老夫不是獨自一人，約了幾位大人一起，趕巧了遇到了太子妃和書離公子。」話落，他伸手指了指鹿香齋旁邊的祥雲坊，「不是鹿香齋，是祥雲坊，恐怕不能與太子殿下、太子妃、書離公子一起了。」

花顏微笑，可惜地說：「說巧是也巧，說不巧也不巧，原來不是一個地方，本來還想與宰輔喝幾杯的，看來只能改日了？」

趙宰輔笑著點頭：「改日，改日。」

花顏轉過身，笑著對安書離說：「我們進去吧！」

安書離微笑點頭，不再看趙宰輔，二人一起進了鹿香齋。

看著二人身影消失在鹿香齋門口，趙宰輔臉上強掛著的笑頓時消失了個無影無蹤，他一口氣憋在心口，不上不下許久，才沉著臉下了馬車，進了鹿香齋旁邊的祥雲坊。

祥雲坊的一間雅間內，有一位頭戴笠帽的年輕男子正在等候趙宰輔，這年輕男子大約二十多歲，雖戴著笠帽，但行骨風流，懶散坐著，頗有幾分隨意，見趙宰輔沉著臉進來，他挑了挑眉，聲音帶著幾分魅惑：「這是誰得罪了宰輔大人？令宰輔大人這番神色？」

趙宰輔不答，坐下身，對他伸手：「東西拿來。」

那年輕男子二話不說，將一包東西遞給了他，笑著風流地說：「這東西烈性得很，宰輔大人慎用啊！你一把年紀了，若是用不好，小心小命。」

趙宰輔接過東西：「老夫不用你操心。」

那年輕男子笑看著他：「宰輔大人看來不是給自己用了！也是，你一把年紀了，正是惜命的時候。這等要命的東西，不敢用的。」

趙宰輔收了東西：「你可以走了！」

那年輕男子笑著搖頭：「我第一次來京城，還不想走，據說鹿香齋的鹿肉很是好吃，這祥雲坊我吃膩了，正打算去鹿香齋，宰輔大人以為如何？」

趙宰輔臉色難看地說：「你如今最好別去，太子殿下稍後就會去鹿香齋。」

那年輕男子「哦？」了一聲，「川河谷水患嚴峻，據說太子殿下為治理水患之事，近日來十分焦頭爛額，如今竟還有閒情逸致去鹿香齋吃喝消遣？」

趙宰輔不答：「總之，你不能去。」

「若是我偏要去呢？」年輕男子看著趙宰輔。

趙宰輔緊盯著他：「以你的身分，最好還是不要與他打照面為好，一旦被他發現了你的蹤跡，當心你吃不了兜著走。」

那年輕男子哈哈一笑：「宰輔大人，在下是良民，一不犯法，二不犯罪，這京城又不是不准許我踏足之地，即便太子殿下知道我來了又怎樣，讓我吃不了兜著走？是你自己害怕吧？從我手裡拿了嫵媚，怕一旦我被盯上，你這背後裡的算計就不成了。是不是？」

趙宰輔沉著臉看著他：「總之，你如今不能去鹿香齋，去哪裡都好。」

那年輕男子瞧著他：「除了太子殿下，鹿香齋裡是不是還有別人？」話落，他隔著笠帽揚起眉梢，「讓我猜猜，是你要用嫵媚對付的人？你怕的不是太子殿下，而是那個人發現對不對？」

趙宰輔低怒，連名帶姓地警告：「程子笑！」

「宰輔怒了，看來是在下說到你心坎上了。」程子笑站起身，靠近趙宰輔，伸手拍拍他肩膀，「你放心，這些年，我北地的生意多靠你照拂，這情分在下是不會破壞的，你籌謀為何，在下自然不管。」

趙宰輔面色稍霽：「你多在京城待幾日可以，但是今日不准去鹿香齋，想吃鹿香齋的鹿肉，明日再去。」

程子笑看著他：「淮河鹽道撥一成給我，我今日就不去。要知道，除了銀子，我只愛美食，若是沒有美食，銀子來補。」

趙宰輔咬牙：「好。」

程子笑從趙宰輔肩膀撤回手，笑著風流地說：「不愧是宰輔大人，痛快。」話落，他正了正笠帽，邁出門檻，「不去鹿香齋，那我便去醉傾齋好了。」

趙宰輔皺眉：「醉傾齋是蘇子斬的地盤。」

程子笑回頭瞅了他一眼：「蘇子斬不是失蹤了嗎？是死是活還不知道呢。」

趙宰輔不再說話。

程子笑出了祥雲坊。

趙宰輔在程子笑離開後，眉頭皺緊，低喊：「擎符！」

「宰輔！」一人應聲而出。

趙宰輔吩咐：「你立即去打探，安書離為何與太子妃走得極近，儘快告訴我。」

「是。」擎符應聲，如出現一般，悄無聲息地退了下去。

趙宰輔拿出那一包程子笑遞給他的東西，暗暗揣摩了片刻，又收了起來。

安書離和花顏進了鹿香齋後，安書離已經訂好了廂房，一處二樓臨窗的位置。花顏解了雨披，便坐去了窗前。

小二隨後跟進來，拿著菜單，偷偷打量花顏，不識得，滿臉堆笑地問安書離：「公子難得來一回，要點什麼菜？」

安書離不看菜單，溫聲說：「最拿手的，都上來就是了。」

小二應是，立即去了。

不多時，小二端來了一壺茶，安書離親自給花顏斟滿，也坐下了身。

花顏端著茶盞，慢慢地品著茶，偶爾與安書離閒話兩句，目光不時地看向窗外，她知道安書離既派人去遞了話，雲遲是一定會來的。

她正看著，沒看到東宮的馬車，反而看到了一個熟悉的人影，那人披著雨披，戴著笠帽，全身上下遮擋得嚴實，但只一個背影，花顏還是認出了，不由得露出訝異之色。

安書離正與花顏說著話，見她神色有異，也轉頭看向窗外，看到了那個雨中的身影，他仔細瞧了兩眼，不認識，便問：「太子妃識得那個人？」

花顏點頭，看著窗外說：「他是程子笑，北地程家的一位庶出子弟。」

安書離訝異：「能讓你露出如此表情，這位北地程家的庶出子弟不一般了？」

花顏頷首：「他善於經商，北地的生意幾乎被他占全了，上到鹽道河運，下到衣食住行，但凡他所涉及之處，無往不利。」

安書離尋思說：「我只知北地程家少一輩子弟，唯程家二公子程顧之頗有才華，殊不知程子笑非同尋常。」

花顏笑道：「他在程家是庶出子弟，不受重視，連程家人也未必知道程子笑有這麼大的能耐，私下裡掌控著遍及北地的產業。他從不輕易露臉。」話落，她揣思，「他剛剛好像是從隔壁的祥雲坊走出來，趙宰輔進去，他走出來，這倒是有意思了，總不能又是巧合。」

花顏覺得巧合多了，便不是巧合了。她看著窗外慢悠悠地對安書離說：「程子笑最特別的產業是藥鋪，在他的藥鋪裡，沒有不賣的藥，無論是良藥，還是毒藥，亦或者……」她轉頭瞟了安書離一眼，吐出兩個字，「媚藥。」

安書離臉色頓時清冷一片。

花顏笑著說：「昔年，我為哥哥治病遍尋好藥到了北地，彼時，程子笑的產業才剛嶄露頭角，我曾以為他靠的是程家，後來發現不是，如今不必查了，原來他依靠的是當朝的趙宰輔。」

安書離臉色倏地有些寒了。

花顏隨意地說：「嫵媚之藥，獨霸天下，我早先還在想，這藥這幾年幾乎已經絕跡，還哪裡會有，倒是忘了程子笑了。他有嫵媚，不稀奇。」

安書離不說話。

花顏知道他心情不好，能讓素來溫潤平和的書離公子露出這等神色，也是難得一見。不過她十分好奇，趙宰輔為何要這般打安書離的主意，竟然要對他用嫵媚？按理說，他只一個女兒，若是好好地與安陽王府說親，這親事兒……

她想起安書離聽聞是趙清溪時，果斷地說不娶，便想著大約趙宰輔也是知曉的。所以，為了女兒，用上了這般法子？

趙清溪自小是依照太子妃皇后來培養的，趙宰輔大約覺得，她的女兒，不能嫁給太子，總要嫁四大公子之一。

安書離的一趟西南之行，讓趙宰輔看到了他的本事，即便他淡泊名利，如今不受封賞，但將來前途也不可限量。所以，他不惜用這個法子，來促成這一樁親事兒？

無論安書離多不想娶趙清溪，一旦中了嫵媚不能控制，對她做出些失禮之事，那……

她忽然很好奇，趙清溪可知道趙宰輔這一番算計？

他如此不惜手段地算計，是否也是因為坐在宰輔的位置上坐太久了，捨不得放出手中的權利？雲遲不選趙清溪而選她，讓他心下不踏實了，覺得雲遲對趙府沒那麼和善想拴住安陽王府？

她尋思著，便看到了程子笑進了醉傾齋，她心思一動，輕喊：「十六！」

安十六一直跟在暗處，聞言嘻嘻一笑，現出身影：「少主，您發現我了？」話落，對安書離拱了拱手，「書離公子！」

安書離在西南境地時自是識得他，微笑地點頭。

花顏看了他一眼，好笑地說：「你倒是謹遵哥哥的吩咐，寸步不離地看著我。」

安十六撓撓腦袋：「公子的命令，屬下可不敢不遵從。」

花顏隨手拿出一塊令牌，也不避諱安書離，扔給安十六：「你拿著它去春紅倌找鳳娘，就說我要查查進了醉傾齋的程子笑，能查到的資料，都儘快拿給我。」

安十六接過令牌，瞅了眼揣進了懷裡，點點頭，如進來時般，渺無聲息地出了鹿香齋。

蘇子斬雖沒回京，但知道花顏進京便將他的令牌給了花顏。說若是花顏有需要，只需要命人拿著令牌去找鳳娘，鳳娘見了令牌，定會照辦。

花顏痛快地接了，本以為應該用不到，沒想到如今真是派上了用場。

安書離看著花顏，她方才拿出的蘇子斬的那塊令牌，可以調令蘇子斬名下的所有產業和人手，無異於蘇子斬的身家性命，他微笑詢問：「子斬兄可好？他人何時會回京？」

花顏點頭：「還好，一時半刻無法回京，身體吃不消，總要待身體養好些了，再回來，京城畢竟不適合養身。」

安書離頷首，輕歎：「的確，京城繁華，千絲萬縷的網織繞，誰都做不到獨善其身。」

花顏有些理解了安書離，出身在偌大的家族，獨善其身的確不容易。

二人說著話，東宮的馬車緩緩地駛到了鹿香齋。

花顏看到雲遲下了車，撐著傘進了鹿香齋，她看著窗外的目光不由得柔了幾分。

安書離注意到了，溫和地笑了笑，起身，外出去迎雲遲。

花顏坐著沒動，不多時，雲遲與安書離一起走了進來，見到了她，雲遲仔細地打量了一眼她的面色，柔聲問：「書離說你因為他卜算了一卦，身體不適，可還好？」

花顏微笑：「好，無礙的，歇一會兒就活蹦亂跳了。」

雲遲眼中似有嗔怪之意，不過見她如此說，也不再說什麼，坐在了她身旁。

花顏動手，為他斟了一盞茶，見安書離坐下，她笑著問：「你可知道程子笑這個人？」

雲遲瞇了一下眼睛，說：「知道。」

花顏揚了揚眉。

雲遲目光現出涼色，容色也隨之溫涼：「他經商天賦驚人，北地一大半幾乎都是他的產業，這幾年，胃口大了，占了兩成鹽道和河運還嫌不夠，想要都吞了。」

花顏笑看著他：「所以，你知道他在朝中的靠山了？」

雲遲點頭：「他雖是庶出，卻有個了不得的奶娘，出自神醫谷，昔年曾救過趙宰輔夫人。這一層關係，沒多少人知曉，他成年後，利用上了。」

花顏敬佩地說：「程子笑的確是個人物。」

雲遲不置可否。

小二端著托盤進門，依次將飯菜擺上，雅間內頓時一陣濃郁的飯菜飄香。

花顏早上沒吃飯，早先飯菜沒端上來時，她還不覺得如何，如今飯菜端了上來，她頓時覺得一陣饑腸轆轆。

雲遲將筷子遞給她，溫聲笑問：「餓了吧？」

花顏接過筷子，點頭。

三人用膳十分安靜，哪怕雲遲為花顏加了不少菜，花顏也只是悶聲吃，沒多言語。

安書離早在西境時就見識到了雲遲待花顏好，如今更是覺得，一物降一物，太子殿下生性涼薄，但遇到了花顏，就不同了。

飯後，花顏精神好了很多，似也恢復了力氣，對雲遲問：「你還去議事殿？」

雲遲搖頭：「今日不去了，我已經讓人將奏摺都送回了宮。」

花顏點頭。

雲遲轉向安書離：「川河谷治水的方案，還差些地方不足，還需再商討些時日。本宮思來想去，川河谷一帶不放心交給別人，待治水方案真正敲定後，川河谷治水一事，打算交給你，你意下如何？」
安書離揉揉眉心：「太子殿下是不打算放過我了？」
雲遲淡笑：「左右你也不想待在安陽王府，既然如此，就出京好了，川河谷距離京城不近，你也免於王妃日日為你設宴議親不厭其煩，走一趟川河谷如何？」
安書離歎氣：「這差事兒不容易。」
「自然。」雲遲頷首，「若是容易，本宮也不會找到你。」
安書離無奈：「方案何時能妥善？」
雲遲搖頭：「我儘快，你提前有個準備。」
安書離琢磨片刻，說：「我今日便啟程吧！方案出來，殿下派人給我送去好了。」
雲遲一怔，失笑：「不必這麼急。這雨一連下了幾日，路上難走得很，這樣的日子你若是離開的話，王妃定然不放心。等天晴了再說吧！」
「總要提前去探探當地的情況。」安書離道。
雲遲搖頭：「不必，你離京時本宮會將川河谷一帶所有資料都給你。」話落，又笑道，「上一次去西南境地一趟，以為你出了事兒，王妃著急病了數日，在前幾日見了本宮好生埋怨了一番，如今你若是冒雨出京，王妃定然擔心，本宮可沒法對王妃交待。」
安書離聞言無奈：「這麼說我想提前出京也不行了？」
雲遲點頭：「王妃不會同意的。」
安書離想起他娘，似頭疼地又歎了口氣。
花顏好笑地看著安書離，想著她從來就沒見過比他更怕麻煩的人，明明有著不懼麻煩的本事，但見了麻煩就想遠遠地躲開，誠如當時她想拉他下水，他一下子躲得遠遠的，如今他犯桃花劫，不知該說他命好還是不好，今日偏偏遇到她給他卜算了一卦。

出了鹿香齋，雲遲和花顏撐著傘剛要上馬車，趙宰輔與幾位大人一起從祥雲坊走了出來，見了雲遲和花顏，連忙過來見禮。

除了趙宰輔由人撐著傘外，其餘人在雲遲面前，皆淋著雨見禮，未撐傘。

雲遲目光溫涼地掃了一眼趙宰輔和他身邊的幾人一眼，趙宰輔官重自不必說，其餘人的官職都不高。他淡笑：「宰輔和各位大人免禮，這般大雨，在這裡遇到，真是巧得很。」

趙宰輔連忙說：「老臣見太子殿下對川河谷一帶治水之事一直憂心，今日便喊了幾位對水患頗有研究的門生詢問商議一番，看看是否能幫得到殿下。」

雲遲「哦？」了一聲，笑道，「宰輔辛苦了。」

趙宰輔連連搖頭：「老臣老邁了，只能做些許小事兒，不及殿下十之一二的辛苦。」

雲遲微笑：「宰輔還年輕得很，萬不要如此說，本宮覺得這朝中上下諸事，自是離不開宰輔操勞的。」話落，他擺手，「雨下得很大，宰輔還是不要在雨中久站，免得傷身。」

趙宰輔得了雲遲這句話，心中一喜，看了花顏一眼：「殿下是回議事殿，還是……」

雲遲道：「本宮回宮。」

趙宰輔點頭：「老臣與幾位大人商議出了幾處要點，稍後老臣寫了摺子，親自送去東宮。」

雲遲笑著說：「宰輔不必親自冒雨前去，命人送來就好了，仔細身子。」

趙宰輔拱手：「多謝殿下體諒老臣，那老臣稍後就派人送去。」

雲遲頷首，不再多言，轉身幫花顏繫好雨披，拉著她上了馬車。

東宮的馬車離開，有人小聲說：「那位就是太子妃嗎？長得好美。」

有人接話：「是啊！太子妃原來真得好美，與太子殿下站在一起，很般配。」

趙宰輔目送雲遲馬車離開，回轉身，看了幾人一眼，目光望向鹿香齋，沒見安書離的身影，他收回視線，低聲說：「走吧！」

那幾人立即停止了討論，齊齊點頭。

安書離沒隨著雲遲和花顏下樓，而是坐在二樓的窗前，望著窗下，見趙宰輔目送雲遲離開後，目光向鹿香齋望來，他眉目倏地冷了。他倒是不曾料想過，趙宰輔會算計他。

他冷著眉目低聲喊：「來人！」

「公子！」有人應聲出現。

「傳信給在趙府的暗線，今日趙府和趙宰輔的任何動靜，即刻起，都稟告與我。」

那人應是，渺無聲息地又退了下去。

上了馬車後，花顏沒骨頭地枕著雲遲的腿，整個人都躺在了馬車上。

雲遲低頭看著她：「怎麼會給安書離卜卦？」

花顏閉著眼睛說：「一時興起。」

雲遲笑看著她：「你的卦，不輕易出手，當真是一時興起？」

花顏睜開眼睛，誠然地點頭：「是啊！就是一時興起，沒想到，卜算出來的東西，出乎了我意料。」

雲遲挑眉：「不可說？」

花顏笑著搖頭：「眼前這一樁事兒可說。」話落，將她給安書離卜算出的姻緣劫之事說了。

雲遲聽聞，又揚了揚眉，失笑：「怪不得我今日見書離臉色難看。」話落，他點花顏鼻尖，「安書離是聰明人，他是不會娶趙清溪的，趙宰輔聰明一世，如今也不糊塗，只是可惜，被你給卜算出來了。若是安書離真娶了趙清溪，趙府和安陽王府成了姻親，兩大家族，將來對我要做的事兒，也是極棘手的一大阻力。」

花顏點頭，正因為如此，安書離尋求破解之法時，她才沒拒絕。

雲遲看著她：「以後不要輕易為人卜卦了，洞徹天機，洩露天機，不是好事兒，你每卜一次卦都會受傷，對自身定然極不好。」

花顏點頭，她也不是誰都為其卜卦的，安書離較為特別，讓她忍不住為他卜了一卦。

馬車回到東宮，駛進宮門，福管家撐著傘迎上馬車，稟告：「殿下，宮裡的王公公來了，說皇上聽聞太子妃進京了，請太子妃進宮。」

雲遲知道自從花顏昨日對趙宰輔放出了消息後，她進宮的消息就瞞不住了，他挑開簾幕，向外看了一眼，說：「你去告訴王公公，就說讓他回去給父皇回話，雨停了，太子妃自會入宮拜見父皇和皇祖母。」

福管家點頭，立即去了。

雲遲落下簾幕。

花顏躺在他腿上的姿勢沒動，笑著說：「這雨若是停的話，還需兩日。」

雲遲不置可否：「那就讓他們等著好了，我本也沒想你太快進宮。你一旦進宮後，便沒有這般清閒了。」

花顏好笑地問：「太后給我準備了一大堆閨儀閨訓？」

雲遲失笑：「我也不知，但總歸事情會多些。」

花顏倒是不怕事情多，笑著說：「今日天色晚了，明日你上朝，我隨你進宮去拜見皇上和太后，我既賣給了趙宰輔消息，如今風聲傳出去，總拖延不進宮不好，又會讓人諸多揣測了。」

雲遲見她如此說，點頭：「也好，今日歇一晚，明日你氣色也會好些了。」

來到垂花門，二人下了馬車，撐著傘回到了鳳凰西苑。

西苑屋中的几案上，已經堆了滿滿的兩大摞奏摺，雲遲解了雨披後，對花顏溫聲說：「你先去歇著吧！」

花顏點頭，俐落地躺回了床上。

雲遲坐在桌前，動手批閱奏摺。

為安書離卜卦，花顏的確是損耗不小，她如今身體不禁折騰，不多時就睡了。

雲遲聽聞她均勻的呼吸聲傳出，停下筆，轉過頭看著她。片刻後，他放下了奏摺，起身又出了內室。

小忠子見雲遲出來，小聲問：「殿下？」

雲遲拿了雨披，披在了身上，對小忠子問：「天不絕在哪裡？帶路，本宮去見他。」

小忠子一愣，立即說：「這麼大的雨，殿下要見人，奴才去喊來就是了。您何必自己去？」

雲遲搖頭：「太子妃歇下了，別擾到她。」

小忠子意會，連忙撐了傘，前頭帶路，出了鳳凰西苑。

天不絕自昨日見了雲遲後，就在琢磨著雲遲為何能喊醒花顏之事，對於雲族的咒術，他知之不多，對於魂咒，更是無甚瞭解，而花顏又死活不讓告訴雲遲她中的是魂咒，所以，就目前來說，他什麼辦法也沒有。

他昨日半夜才睡，今日早早就醒了，一直在琢磨，依舊全無進展。不承想雲遲會親自來他住的地方，他在看到雲遲的身影後，頓時從懷中拿出一顆藥丸，扔進了嘴裡。

他知道雲遲天賦極聰明，太子殿下不可小視，所以，在他面前不敢有絲毫大意。

雲遲進了畫堂，天不絕趕忙見禮，雲遲溫和地擺了擺手：「神醫免禮，本宮來找你，是關於太子妃的病症。」

天不絕已經料到了，直起身，點點頭：「老夫從昨晚至今，一直在琢磨，目前也依舊百思不得其解。」

雲遲看著他：「本宮想知道她病症的真實境況，以及她身體目前是何種地步，還有，若是癔症不得解，她會如何？」

天不絕暗想太子殿下這三問，可算是問到了實處，可是他能實話實說嗎？不能！花顏已經嚴令地與他說了，他看著雲遲，拱了拱手，琢磨著模棱兩可地說：「太子妃的癔症實屬罕見，只要她癔症不發作，身體就不會有大礙，至於若是不得解會如何……老夫也說不好。」

雲遲聞言，目光盯著天不絕，幽暗深邃：「她不與本宮說也就罷了，本宮不敢也不能逼她，能得她相許，本宮在她面前，已經不敢再奢求太多。但是神醫你不同，本宮不喜歡除她之外的人，隱瞞搪塞糊弄本宮。」

天不絕一愣，看著雲遲溫涼的目光，那目光一涼到底，讓他也跟著透心涼。即便剛剛服了定心神的藥，在雲遲的目光下，他也覺得這藥不管用。

他咳嗽了一聲：「老夫若是知曉，早就為她解了癔症，也不會如今日夜冥思不得其法。」

雲遲瞇起眼睛：「按理說，花灼是不會同意她在我離開臨安這麼短的時間進京的，少說也要一兩個月，但是她偏偏這麼快就進京了，而且你也跟著來京，也就是說，在京城，有解她癔症需要的東西。或許在本宮身上，或許別的地方。」

天不絕看著雲遲，一時間沒了話。

雲遲盯著他，聲音更涼：「是她對你下了死命？定然是極不好之事。所以，你才對本宮有所隱瞞，搪塞不說？本宮說的對不對？」

天不絕知道雲遲極厲害，否則也不會僅僅監國四年，便將朝野上下把控在手。他做好了準備，但是依舊沒料到雲遲厲害至此，猜測得準確至此。

他看著雲遲，徹底地啞了聲。

雲遲盯著他不放鬆：「神醫谷一直在找你的下落，你離谷多年，進京後，易容偽裝，不露真顏，應該不想讓神醫谷的人找到你吧？只要你告訴本宮，哪怕你堂堂正正真容在京城大街上走，本宮也不會讓神醫谷的人找上你。」

天不絕想著太子殿下這許諾夠重，可是奈何，他不敢應。他無奈地拱手：「太子殿下恕罪，你若是想知道什麼，就問太子妃吧！別說被神醫谷找到，只要她不讓老夫說的事兒，老夫死也不敢說啊！」

雲遲眉目凝然：「這麼說，本宮猜對了？」

天不絕沉默等於默認。

雲遲看著他：「連你也沒有法子，讓她瞞我至此，定然是極難解，或者是無解，她不想讓本宮擔心，所以，一力瞞下。」

天不絕不說話，這話他沒法接。

雲遲也不為難他，站起身，出了天不絕的住處。

天不絕站在門口，看著雲遲撐著傘離開，灰白的天幕下，雨簾串串，打在青竹傘上，滾成豆大的玉珠，劈里啪啦地落在地面的玉石磚上。他的身影在傘下，如青山般俊秀高遠。

花容悄悄地探出頭，瞅著雲遲消失身影，小聲問：「怎麼辦？要不要告訴十七姐姐？」

天不絕咬牙說：「告訴什麼？她對誰好，就會一根筋地好，我什麼都沒說，但是阻止不了太子殿下猜測不是？」

花容點點頭，小臉上布滿憂心。

天不絕琢磨著說：「她昏迷，只有太子殿下能喊醒她，她的魂咒，若是說與太子殿下沒關係都不可能，偏偏她還想瞞著他！太子殿下聰明，瞞不住也好，靠我自己，救不了她。」

花容小聲說：「待十六哥哥回來，我與十六哥哥說說，也給公子傳信問問。」

天不絕點頭：「他寵妹妹寵得沒邊了，這事兒她求了他，他就答應。真是……」他說著，搖搖頭，進了裡屋。

雲遲回到西苑，花顏依舊在睡著，且睡得很熟，他解了雨披，待散掉了身上的涼氣，才來到床前，坐在床邊，看著她。

她眉心攏著一團青霧，似濃得化不開。

他想著什麼時候開始，她的眉心開始攏了一團青霧的呢，似乎就是在南疆使者行宮他第一次親眼見她癔症發作之後，起初，是輕輕淺淺，隱隱約約，如今是越發地濃郁了。

雖然，她對著他的時候，或嗔或惱，或笑或逗趣，整個人暖暖的，軟軟的，陽光明媚，但是內裡，他能感受得到，她似在與什麼對抗，每日都掙扎得十分艱辛。

他本以為，這麼久了，她會與他說的，但顯然，她沒有這個打算，堅決地要瞞著他了。

她隱藏的，塵封的，不可碰觸的，讓她沾了就會發作受傷的，到底是什麼？

他忽然記起，那一日，花顏對他說，讓他答應她，在她有生之年，她陪著他，若她有一天嘔血而亡，徹底長睡，叫也叫不醒的那種，讓他就別費心力了，屆時，他可能已經是皇帝，就再立一個皇后，她九泉之下，也同意的……

就是這樣的一番話，他當時怒極，至今卻是記得清清楚楚。

她說，她也許有朝一日，熬不過天命所歸。生而帶來的東西，就如打了的死結，能怎麼解？

他說誓死也要她陪著！她當時便又嘔了血。

在臨安花家時，他不想逼迫她將心底不想攤開的黑暗袒露，只等著她，等她準備好，願意告訴他。但今日見了天不絕後，他終於明白，她是想一直瞞著他。

她明白他娶她，要的不是一朝一夕，要的是長長久久，若她不能陪著他長長久久，他定會受不住的。

也就是說，能讓她瞞死他的，應該是癔症無解，命不久矣了。

他想到此，臉色一下子血色全無。

花顏睡著，似感受到了什麼，忽然睜開了眼睛，眼前，是雲遲蒼白的臉，她迷迷糊糊中一怔，睡意醒了三分，伸手摸摸他的臉，他的臉清涼：「怎麼了？發生了什麼事兒？」

雲遲握緊她的手，想說什麼，看著她的臉，又吞了回去，搖頭，溫聲暗啞地說：「沒事兒，看你睡得不安穩，我過來瞧瞧你，繼續睡吧！」

花顏疑惑地看著他：「你臉色很差。」

雲遲漸漸地恢復神色，淡笑：「川河口一帶水患問題一日不解決，總讓人心情不好。」

花顏聞言坐起身，對他說：「我昔日曾經在川河谷待過許久，也曾看過許多治水書籍，對川河谷地形也極瞭解，不如我幫你參謀一二？」

雲遲微笑：「好。」

花顏坐起身，伸手勾住他的脖子，撒嬌說：「你抱我過去，再砌一壺茶，我與你好好研討。」

雲遲輕笑，心底籠上的陰雲在她一顰一笑間竟奇跡地被撫平了。他抱著花顏下了床，坐去了桌前。

花顏注意到他一大摞奏摺只批閱了兩本，其餘的還整齊地放著，她不動聲色地看了一眼，笑著說：「你先批閱奏摺，我看看你的治水方案，等你批閱完奏摺後，我們一起商議。」

雲遲點頭，坐在了她身邊，將壓在最下面的治水方案抽了出來，遞給她。

花顏伸手接過。

雲遲拿起奏摺，翻開，見花顏已經認真地看了起來，她看東西極快，幾乎是一目十行地翻過。他收回視線，提筆批閱奏摺。

花顏很快就看完了治水方案，她琢磨了片刻，見雲遲硯臺裡沒有墨了，便挽起袖子，幫他磨墨。雲遲微微偏頭，停下筆看著她。

花顏淺笑：「我看你這奏摺裡，還有一部分是禮部呈上來的，說的是大婚議程之事，我來京前，哥哥與我說了，當初他只不過是想看看你的誠心，如今你的誠心他看到了，那些要求和議程就作罷了，你不用這麼辛苦了。」

雲遲搖頭：「娶你辛苦些不算什麼，是應該的，若是這些我都做不到，何談其它？」

花顏無奈地嗔了他一眼：「能省心省力何樂而不為？」

雲遲笑著搖頭：「你我一生只一次大婚，無論如何，也不能將就。」

花顏失笑：「隨你了。」

雲遲見她手腕濺上了墨汁，掏出帕子，為她擦掉，溫聲喊：「花顏？」

「嗯。」花顏應聲。

雲遲不說話，只是看著她。

花顏低著的頭抬起，對他淺笑：「怎麼了？」

雲遲搖搖頭，詢問：「你剛剛看了治水方案，可有見解？」

花顏笑著說：「不止有見解，我能將你的治水方案補充完善，待兩日後雨停，你就可以讓安書離出京去川河谷了。」

雲遲當即放下奏摺：「來，你與我說說。」

花顏笑著拿過他手中的筆，提筆在治水方案上修改了幾處，又添加了幾處，然後，她又取過一張宣紙，畫了川河谷一帶的簡易地勢圖，然後，標出治水點與疏通河道的點以及鑿山開道的點，然後，放下筆，對雲遲淺笑：「你看如何？」

雲遲眼眸清亮，如星辰般璀璨異常，他盯著花顏修動的地方看了片刻，然後站起身，一把將花顏拽進了懷裡。

花顏在他懷裡眨了眨眼睛。

雲遲在她頭頂上方輕歎：「花顏，你怎麼這麼……。」他頓住，意思不言而喻。

花顏抿著嘴笑：「你不是想誇我？」

雲遲抬手揉揉她的頭，有些用力，溫聲說：「我今日方知，有你在，勝滿朝文武。」

花顏失笑出聲：「嚴重了啊太子殿下！」

雲遲搖頭：「一點也不嚴重，你可知道這治水方案我研磨了多久？始終都覺得不妥善，如今被你隨意地修改添加幾處，不過盞茶時間，這等……讓我慚愧。」

花顏笑著伸手拍拍他的臉，動作輕柔地哄道，「你雖然去過川河谷，到底不如我待的時日長，瞭解川河谷更甚至，你沒進過田地，沒踏足過山谷，沒見過堤壩決堤，山洪暴發，也不如我走的地方多，有些東西，不是博覽群書就能行的，要切身體會。五年前川河谷大水，我體會得透澈，所以，在你這治水方案的基礎上，才能準確地提出不足之處，也不足為奇。」

雲遲搖頭，他本來想著，今年一定要動手治理川河谷水患問題，再過些時日，哪怕不完善也不能再拖延了，可沒想到，她給了他這麼大的一個驚喜。

這樣的治水方案，因地制宜，十分合宜，拿給誰看，都不會說出不好二字。決計不是她說的這般，因為她進過田地，踏足過山谷，見過堤壩決堤，山洪暴發，走的地方多，切身體會，才能想得出的。

她腹中有乾坤，心中有丘壑，不是一朝一夕養成的，更不是她說得這樣簡單。

他目光溫柔：「本宮的太子妃，何其聰明？是我和南楚千萬百姓的福氣。」

花顏笑了一下，瞬間有絲恍惚，不過轉瞬，她便將頭埋在他懷裡，環抱住他的腰，輕聲說：「但願是福氣，不是禍國殃民就好。」

雲遲搖頭，也懷抱住她纖細的腰：「怎麼會呢。」

花顏不再說話，聽著他的心跳，一下一下，強勁有力，她恍惚的心漸漸心安。

雲遲也不再說話，只抱著她。

片刻後，忽然伸手推他：「快批閱奏摺吧！還這麼多呢，做太子也太辛苦了。」

雲遲低笑：「好！要不然，你幫我一起？我的筆跡，你定然能仿造的。」

花顏面色一變，斷然地搖頭：「不要，女子涉政亂國，批閱奏摺這等事情，怎麼能假以我手？你是想做昏君嗎？」

雲遲敏感地抓住她變了的臉色，不動聲色地笑著說：「本宮的太子妃，有一顆仁善之心，雖不拘小節，但也有天下大義，即便讓你涉政，也不會胡來的。」

花顏敬謝不敏地看著他：「不要，你才認識我多久？怎麼知道我不會胡來？」話落，她看著雲遲含笑的臉，意識到自己一時聲音有些大，慢慢地坐回椅子上，趴在桌子上，恢復神色，語調懶洋洋地說，「有時候，我為了私心，是會胡來的。」

雲遲聽她語氣中隱隱透著蒼涼，他笑道：「我認識你雖然不久，但私以為，讓本宮千方百計娶的太子妃，是不會為了私心胡來的。」

花顏笑了笑，不再接話，催促他：「快點兒吧！這麼多，慢的話什麼時候批閱完？」話落，她嘟囔，「些許小事兒，就不必上摺子了嘛，就比如大婚事宜，禮部的人也太慎重了，小事兒也稟……」

雲遲微笑：「大婚不是小事兒，本宮警告他們，一定慎重，絲毫差錯出不得。」

花顏無語地瞅著他：「原來是你自己找的啊！我說禮部官員怎麼連雞毛蒜皮的事兒也寫摺子呢。」

雲遲含笑點頭：「嗯，我自己找的。」

花顏在一旁陪著他，墨沒了，她便動手磨墨，茶沒了，她便給雲遲斟滿。

小忠子在外面覺得，他要失職了，這樣下去，指不定殿下哪天忘了他的存在。

安十六回到東宮，悄悄地探頭往裡瞅了一眼，又將頭縮了回去。

花顏起身，走出門口，看著安十六問：「如何？」

安十六從袖中拿出一卷冊子，遞給花顏，敬佩地壓低聲音說：「不愧是子斬公子的人，十分有效率，我帶著令牌找到鳳娘之後，她聽聞要查程子笑，便立即吩咐了下去，不過一個時辰，便拿出了這麼一卷資料交給了我。」

花顏點頭，打開那卷冊子，一目十行，不多時便看完了，對安十六說：「這程子笑，果然是聰明人，哪怕依靠趙宰輔做靠山，也未碰觸南楚法律，只擦了邊緣。」

安十六嘻嘻一笑：「這個人屬下覺得十分對胃口。」

花顏失笑：「是挺對人胃口的。」話落，看著他挑眉，「要不然你去會會他？」

安十六看著花顏，也跟著挑起眉毛：「少主讓我去會他，有什麼打算不成？」

花顏壓低聲音說：「太子殿下早晚要對天下洗牌，如今除了西南境地，首先就是北地，程子笑的生意遍及北地，京中趙府勢大，而他與趙宰輔關係斐然，如今又牽扯了安書離，程子笑這個人嘛，總有用處。」

安十六明瞭：「屬下懂了，我這就去。」話落立刻又出了西苑。

花顏在安書離離開後，站在門口，沒立即進屋，而是看著房檐落雨，雨勢一會兒大一會兒小，天際灰白一片，蒼茫得很，她思緒不由得放空。

采青在身後小聲說：「太子妃，這裡風雨寒氣重，您還是回屋吧！」

花顏點頭，回轉身，進了屋。

雲遲見她回來，笑著伸手拉住她的手，溫聲問：「怎麼在外面站了這麼久？」

花顏笑著說：「下雨時站在屋簷下，別有一番風景，欣賞了片刻。」

雲遲抱著她入懷，一手批閱奏摺，一手幫她暖手：「再欣賞風景時，記得多披一件衣服。」

花顏「嗯」了一聲，目光略過他手裡的奏摺，安靜地待在他懷中，不再言聲。

一室安寧，只有雲遲批閱奏摺聲。花顏覺得安心，不多時，竟在雲遲的懷裡睡著了。

雲遲停下筆，低頭瞅著她，清瘦單薄的身子，嬌軟柔軟的人兒，在他懷裡似沒多少重量，十分得安靜乖覺，很難想像，她心裡到底裝了什麼樣不可翻越的大山，讓她辛苦至此。

淺笑柔軟的背後，塵封的滿室塵埃和心底蔓延的蒼涼和荒蕪，是怎樣累積而成。

他想問她，但又捨不得傷了她。

第六十七章 費盡心機一場空

寂靜中，福管家撐著傘來到院中，小忠子見了，迎了出去，二人小聲低語了兩句，小忠子來到門口，小聲稟告：「殿下，趙宰輔派人送了摺子來。」

雲遲低聲開口：「拿進來。」

小忠子應了一聲，將一本奏摺拿了進來，見雲遲抱著花顏坐著，而花顏在他懷裡睡著了，他愣了一下，將奏摺輕輕地放在了雲遲面前的案桌上，退了出去。

雲遲隨手翻開奏摺，看了兩眼，面無表情地合上，對小忠子吩咐：「去請書離來東宮。」

「是。」小忠子應了一聲，立即親自去了。

安書離在雲遲和花顏離開鹿香齋後，便一直坐在雅間內，直到安陽王府來人，說王妃請公子立即回去，他詢問什麼事兒，那人卻搖頭說不知，只說王妃讓公子立即回去，他看了一眼天色，才起身，出了鹿香齋。

回到安陽王府，安陽王妃笑著對安書離說：「你快來看看，這是趙府議親的帖子，已經核對了生辰八字，真沒想到啊，原來趙府小姐與你，真真是天作之合。娘還一直為你左挑右選，眼前就有這麼一個合心合意的……」

安書離面色微變，雖然他相信花顏卜那一卦絕非尋常卦，但也沒想到，這般靈驗得很，他不動聲色地站在門口，看著安陽王妃：「娘何時收了趙府議親的帖子？」

安陽王妃看著生辰八字帖眉眼帶笑：「前兩日，趙宰輔與你父親提過此事，你父親回來與我提了提，娘就琢磨著，也許你與趙小姐還真是姻緣。便讓你父親昨日遞了個話，今日趙府就將這帖子送過來了，你看看，這八字何其相合？可不真是天賜良緣？」

安書離深吸一口氣，斷然地說：「娘，這親事兒我不同意，您就不必操心了。」話落，他轉身就走。

「站住！」安陽王妃瞪眼，「你也不過來看一眼，就不同意，這個不同意，那個不同意，你到底同意哪個？趙小姐哪裡不好了？你若是不同意，這帖子，你自己送回去。」

若是往日，安書離看著為他張羅親事兒的娘親，他頂多無奈一笑置之，或者在她瞪眼生氣下，安撫寬慰哄她幾句，頂多無奈地會依照她所言，將議親帖子和氣地送還給趙府，再賠禮一番。

但是今日，他心情極差，對著安陽王妃，首次沒了好臉色。

他可以想像到，若不是花顏卜算那一卦，讓他提前知曉了嫵媚，就算他不同意親事，但會依照娘親所說，親自將帖子送去還給趙府，全無準備地去趙府，趙宰輔一定拿著嫵媚在等著他，若是再遇到趙清溪，可以想像會有什麼樣的後果。

誠如花顏卦象顯示，他遭遇姻緣劫，這姻緣，哪怕他不同意，也會成的。

這樣的趙府，不說別的，只說如此算計他，讓他如何娶趙清溪？

他停住腳步，臉色極差地看著安陽王妃：「娘，您是開明聰透之人，難道就不明白，姻緣強求不得？當年，您與父王兩情相悅，兒子目前沒尋到心儀之人，您急什麼？」

安陽王妃生氣地走到他身邊，此時也發現了安書離臉色比尋常時候差多了，她壓下生氣，不解地看著他：「你這是怎麼了？往常你不曾這般對娘甩臉色，不同意就不同意，娘也沒死命地強求你，只不過你們八字相合，天作姻緣，讓你來瞧瞧，你不瞧就不瞧，我讓你親自將帖子送回去，也算是賠禮了，畢竟趙宰輔心誠，這接了帖子又還回去，總歸有些對不住人家。」

安書離臉色冷然：「是父親接的帖子？讓父親親自送去好了，也算是咱們府心誠。」話落，他補說了一句，「不過娘要小心了，父親送帖子去趙府，可別給我帶回一個小娘回來。」

安陽王妃猛地睜大眼睛：「離兒，你說什麼呢？」

安書離看著安陽王妃：「我說了什麼，娘聽得清楚，您就別再操心兒子的事兒了。趙府的親，我不議。」說完，他轉身邁出了門檻。

安陽王妃傻了半晌，從沒見過這樣對她說話的安書離，她不明白他的意思，一時回不過神來，待回過神來時，安書離已經撐著傘走到了院中。她本是爽快的性子，一時也顧不得淋雨，追著衝了出去，一把拽住他：「離兒，你把話跟娘說清楚。」

安書離回轉身，立即拿著傘為安陽王妃遮擋住雨，嗓音不再溫和，如雨水一般清涼，四下無人，他壓低聲音，一字一句地說：「趙宰輔一把年紀，卻千方百計尋人求了嫵媚之藥，娘知道嫵媚是什麼嗎？那是媚藥之最，一旦沾染，人會連畜生都不如，您讓我去趙府送還帖子，誰知道趙府等著我的是什麼？」

安陽王妃聽明白了，目瞪口呆：「這……不會吧？他……誠心議親……」

安書離聲音沉了沉：「娘難道就不知道孩兒不會同意此事？您不過是想先斬後奏抱著姑且一試的想法罷了，趙宰輔縱橫朝堂一生，比娘看得更明白，他明知道孩兒不會同意，還來議親，再想法子促成此事，若法子下作，孩兒如何聲張討回公道？豈不是任由趙宰輔拿捏？娘素來聰明，如今可別糊塗，趙府樹大招風，咱們安陽王府屹立至今也不易。」

安陽王妃臉白了白，看著安書離，心驚膽顫，一時沒了話。

「我送娘進屋，您仔細想想。」安書離話說到此，不願再多說了。

安陽王妃點點頭，由安書離拿傘送著回了屋。

到了屋門口，安書離撤回傘，轉身就走。

安陽王妃又一把抓住他：「離兒，你要去哪裡？」

安書離剛要答話，王府的管家帶著小忠子匆匆來到，小忠子先笑呵呵地給安陽王妃見禮，然後轉向安書離：「書離公子，太子殿下請您去東宮走一趟。」

安書離點頭，轉向安陽王妃：「我去東宮。」

安陽王妃看看小忠子，又看看安書離，頷首，囑咐：「大雨路滑，你小心些。」

安書離應聲，撐著傘與小忠子一起，出了安陽王府。

安陽王妃在安書離離開後，進了屋，坐在椅子上半晌，左思右想，覺得安書離說話從來不是無的放矢，趙宰輔定有其事兒，才會讓他聽聞此事後大怒。

她心中也氣怒，若不是他兒子警醒，她險些害了他。看著那天作姻緣的帖子，想著安書離的話，她越看越鬧心，左思右想，咬牙叫來管家，對他吩咐：「去請世子過來。」

管家應是，琢磨著今日王妃是怎麼了？先叫了書離公子，如今又叫世子。

安陽王妃一共生了兩子一女，世子安書燁出生後不久，她得了一女，十年後，才有了次子安書離。安書離自小聰明乖巧，安陽王妃對他極盡疼寵，安書燁由安陽王身邊教養長大，安書離卻是由她一手帶大，較之安書燁，她對安書離更是偏心些。

安書燁隨了安陽王的性情，待人溫和，風流多情，年紀輕輕，婢妾便一大院子。

安陽王妃早些年對安陽王很是傷心了幾年，後來也看開了，索性放手不管了，只一心教導安書離，為他拜請名師，隨著他長大，她越看越喜歡。

安書離的脾性雖溫和，但是真正瞭解他的人清楚，他異常不好親近，她頭疼他親事兒的同時，卻又驕傲不已。最起碼，她這個小兒子沒隨了安陽王和安書燁，懂得潔身自好，雖然這潔身自好有些過了頭。

隨著年歲大，安陽王漸漸地修身養性了，對安陽王妃越發地好了，鮮少去婢妾處，安陽王妃對於如今的日子滿足，才不會給自己添堵讓安陽王送帖子去趙府，於是，她讓管家喊來安書燁。

安書燁娶的世子妃是昔日安陽王定下的，安陽王妃不甚滿意，再加上因安書燁風流多情，所以，世子妃隔三差五便找安陽王妃哭訴，安陽王妃不厭其煩。因了這個原因，安書離的妻子人選，她才這般地費腦筋想選個合心意的，識大體的，有腦子的，不能亂鬧騰沒能耐的。

她沒想到選來選去，今日選出了事端。但他相信兒子，此時覺得趙宰輔著實可恨，暗暗想著，若是他想結親，不如就將女兒嫁來安陽王府做安書燁的平妻好了。

安陽王妃厲害是出了名的，從來沒有誰在她手裡討過便宜，這麼多年，無論是太后，還是皇上，她都說得上話，有三分薄面，京中鮮少有人敢惹她。

安陽王府一大家子，她穩坐著王妃的位置，無論是安陽王的婢妾庶子庶女，亦或者是安書燁的婢妾，無一人敢在她面前扎刺。

如今她險些吃了趙宰輔的虧，還是出在她最疼愛的兒子的終身大事上，她焉能不怒？這事兒又不能聲張，她惱怒之下，便也想讓趙宰輔吃個啞巴虧。

安書燁很快就來了，給安陽王妃請安，同時打量安陽王妃神色。

安陽王妃早已調整好情緒，不露聲色地與安書燁笑著說話：「下這麼大的雨，還累得我兒跑一趟。」

安書燁連忙笑著說：「連日大雨，孩兒這兩日清閒得很，來娘這裡一趟也不累。」

安陽王妃笑著搖頭：「不是來我這裡一趟，是娘想託你一件事兒，這事兒得累你跑一趟。」

安書燁立即打起精神，小心翼翼地試探地問：「娘請說。」

安陽王妃笑著將趙府的帖子遞給他，歎氣說：「是為你弟弟的事兒，你也知道，娘為他的親事兒，真是愁白了頭髮，如今書離都快二十了，這婚事兒還沒個影子，娘為他相看了多少人家，你也知道，他哪個都不同意。今日議親趙府小姐，也是不同意，趙府不是等閒人家，隨便派個人將帖子送回去就行，少不得要讓咱們自己人走一趟。你父親如今不在府中，離兒剛剛被太子叫去了東宮，少不得要勞頓你一趟。否則別人也不夠資格踏趙府的門檻不是？」

安書燁聞言鬆了一口氣，早先他還以為娘又要訓他內院之事，如今一聽不是，頓時放鬆了緊繃的心，笑著接過帖子：「這事兒簡單，娘放心，我這就去趙府走一趟。」

安陽王妃露出笑意：「多準備些賠禮。」

安書燁點頭：「孩兒曉得。」話落，拿著帖子說，「弟弟也真是，趙小姐才貌雙全，滿京城難挑，他竟然都不同意，真不知將來要娶個什麼樣的。」

安陽王妃本來對趙清溪印象評價都極好，但經過了今日之事，惱了趙宰輔算計，自然也連帶著惱了趙清溪，聞言心裡冷哼了一聲，暗想著名門府邸裡的閨秀，未必心地有多純淨乾淨，不要也罷。

安書燁不明白安陽王妃心中所想，對她試探地問：「娘，二弟心中是不是有心儀之人了？否則為何這個也不同意，那個也不同意，連趙府小姐也不同意呢？」

安陽王妃疑惑地說：「不可能吧？他有心儀之人？」

安書燁搖頭：「那可說不準，二弟聰明，凡事都不聲不響地藏得嚴實，娘別忘了，他前往西南境地，與太子殿下做了齣好戲，害得娘哭暈了幾次，病了多久？瞞過了天下人不說，連家裡也瞞著，若是有了心儀之人，藏著掖著，也符合他的脾性。」

「哎呦。」安陽王妃扶住額頭，「趕明兒我問問他。」

安書燁道：「明著問他，不見得問得出來，娘不妨派人跟著，多注意些他與什麼人暗中來往才是。」

安陽王妃嗔了安書燁一眼：「你也知道他聰明，娘派多少人跟著，能管什麼用？他第一時間就發現了。」

安書燁頗有些嫉妒地說：「誰叫娘將二弟教導得這般聰明呢！我這個做長兄的在他面前，如今是半句話都說不上。我不是可造之才，早就說將我這世子位置給他，偏偏他不要……」

安陽王妃瞪眼：「說什麼呢？你們倆都是我的兒子，只不過你長他十歲，是長兄，他年少，我自然要多操心些。你也不要妄自菲薄，你父親聽了，又該訓你了。世子的位置是你的就是你的，你也不必跟娘說這個，離兒在西南境地立了大功，連封賞都不要，王府都不想待，更遑論你的位置了，他不會稀罕的。」

安書燁歎氣：「就是他不稀罕，才累得兒子肩上扛著這麼重的擔子，總覺得擔不起來。」

安陽王妃勸慰：「離你父親退下來還要幾年，你也不必日日緊著心，多與你父親學學。」

安書燁點頭：「若是二弟幫我就好了，偏偏他明明住在安陽王府，卻等同於分府而居。」話落，又問，「這樣的雨天，太子殿下讓二弟去東宮何事兒？」

安陽王妃搖頭：「娘也不知，小忠子命人來喊的。」話落，她不想再多說了，擺手，「天色不早了，你快去趙府吧，記得備禮。」

安書燁也打住話，點頭，站起身：「孩兒這就去，娘歇著吧！」

安陽王妃頷首。

安書燁出了正院，立即吩咐管家備禮，拿了帖子，去了趙府。

趙宰輔回府後，寫了奏摺，派人送去了東宮，然後便坐在書房，等著安書離上門。他算準了安陽王會接他的帖子，算準了安陽王妃看到八字相合的帖子會喜得眉開眼笑，也算準了安書離應該會推拒，前來趙府送還帖子，但是他沒料到，趕巧不巧地在他動作之前，安書離遇到了花顏，偏偏不惜損耗身體為他卜算了一卦，讓安書離提前卜知了此事。

他一切的謀劃都掐在剛剛好的點子上，不聲不響地，打算要促成這親事兒。

這些日子以來，他琢磨來琢磨去，雖然覺得安書離太淡泊名利，這也是他之前斷了東宮的路後，先考慮了蘇子斬的原因，如今沒了蘇子斬，放眼京城，將各大世家的公子都過了一遍後，只覺得唯安書離合適。

無論是家世，還是脾性，安書離都無可挑剔。

但是他也知道，安書離對女子和婚事兒上，素來不熱衷，放眼京城，似沒他中意之人，他的女兒雖好，但是對他來說，不見得會娶，所以，他前思後想後，想出了個法子，無論如何，也要促成這親事兒。他只有一個女兒，不能嫁得差了。同時也是為了趙府的未來著想。

所以，早已經將安書離當作了自家女婿的他，今日突然見到花顏和安書離一起從安書離的馬車上下來，著實驚訝不已，才露出了一副捉姦的表情，一時沒能夠隱藏，不承想惹了花顏不高興，不客氣地戳穿了他打探太子殿下收買小忠子之事，在他臉上狠狠地用話語搧了幾巴掌，讓他一時間連反駁也做不到，畢竟，他心中藏了更深的鬼。

趙府的管家匆匆來報：「老爺，安陽王府來人了，備了厚禮。」

趙宰輔一喜，連忙說：「快請。」

管家應是，連忙去了。

不多時，管家領著安書燁來到了書房，趙宰輔準備妥當，等著見安書離，當看到安書燁，他臉上的笑容霎時沒了，險些脫口便說出怎麼是你？到底被他狠狠地壓下了，看著安書燁，面色有些僵硬，話語也僵硬：「世子怎麼來了？」

他想說，怎麼來的人是安書燁不是安書離？

安書燁注意到趙宰輔面容僵硬，臉色不好，想著趙宰輔誠心求娶，趙府小姐是極好的女子，多少人都娶不到的好女子，二弟就是不開竅，竟然推拒這門親事兒。如今知道他來送還帖子，顯然不高興的。

他拱手對趙宰輔一禮，遞上帖子：「母親讓我來送還帖子，二弟沒福氣，宰輔見諒了！」

趙宰輔不接帖子，問：「安書離呢？他怎麼沒來？」

安書燁笑著說：「二弟恰巧被太子殿下叫去東宮了。」

趙宰輔想著真是不巧，也太不巧了。他臉色不好看：「書離公子不中意小女？」

安書燁連忙笑著說：「趙小姐知書達理，溫婉端莊，賢淑可人，是京中萬里挑一的女兒家，是二弟被我娘親慣壞了，至今對女色之事不開竅……」

趙宰輔深吸一口氣，想著此事不成，也只能白忙一場了，他如今即便為難安書燁，也於事無補，伸手接了帖子：「是小女沒福氣，世子請回吧！告訴王爺和王妃，雖不能結兩性之好，但兩府也該時常走動。」

「自然，自然。」安書燁連連點頭。

趙宰輔吩咐管家送客。

安書燁出了趙宰輔書房，剛走出不遠，迎面碰到了趙清溪。

趙清溪身穿一件藕荷色蓮花羅裙，纖腰曼妙，玲瓏有致，容貌姣好如月華，隨著她蓮步移動，捲起楚楚香風，甚是嬌人可憐。偏偏她眉眼色正目純，看起來甚是端方，讓人見她如見出水蓮花，不可褻玩。

安書燁見了趙清溪，目光癡了癡。

趙清溪見了安書燁，先是一愣隨即用傘擋住臉，微微福了福身，端莊地見禮：「安世子！」

安書燁一時回不過神，看不到佳人面容，不由得大為歎息，歎息自己不是安書離，否則一定會同意這門親事兒，又歎息自己年長了她十幾歲，已到三十了，這一輩子都與佳人無緣了。

趙清溪身邊的婢女早先得了趙宰輔吩咐，一旦安陽王府的人上門，她便立即請趙清溪來書房，當趙清溪見到了安書離時，她就將手中的帕子抖一抖。如今見到的人是安書燁，那婢女也愣了，不明白這帕子還該不該抖，仔細地想著老爺吩咐時，她是沒聽清還是怎地，難道不是書離公子？而是安世子？

她猶豫時，不小心被趙清溪的傘碰到了胳膊，手中的帕子脫手飄了出去。

安書燁見一方香帕對著他飄來，他不自主地伸手一接，便接到手裡。

趙宰輔這時想起了什麼，連忙推門走了出來，正巧見到安書燁接了帕子，當即面色一變，對管家厲聲吩咐：「還不快送安世子出府！」

管家從來沒聽過趙宰輔這般嚴厲的聲音，當即點頭，大聲對安書燁說：「安世子，請。」

安書燁將帕子攥到手中後，只感覺香氣襲人，頭目暈眩了一下，然後，一股火熱瞬間從他身體裡迸發出，他霎時忘了所有的思考，大踏步對趙清溪走去。

趙宰輔大喝：「快，攔住他，打暈他！」

暗處立即出了一名暗衛，當即現身，在安書燁衝到了趙清溪面前一把扯掉她手中的傘時，一掌劈在了他脖頸上，安書燁身子一軟，眼前一黑，霎時暈了過去。

趙宰輔臉色青白交加，對管家吩咐：「快，請太醫。」話落，想到嫵媚除了女人無解，一時冒了冷汗，咬著牙改口說，「扶到客房去。」說完，對趙清溪身邊的婢女說，「玲兒，你去服侍安世子。」

趙清溪從來沒受過這般待遇，一時間也嚇傻了，不明白安書燁怎麼突然就對她這般失禮。她怔怔地站在原地，淋了雨，也不自知。

那叫玲兒的婢女唰地白了臉色，呆呆地站在原地，挪不動腳步。

趙府管家聽從趙宰輔的吩咐，將安書燁送去了客房。

趙宰輔凌厲地看著玲兒：「還不快跟去！」

趙清溪猛地驚醒，一把護住玲兒在她身後，白著臉說：「爹，玲兒她自小跟著我，不能讓玲兒去服侍安世子。」

她雖然不知道個中內情，但是聰明地察覺出，此事不簡單。

趙宰輔怒道：「如今不讓她去，能找誰去？安世子若是在咱們趙府出事兒，你讓為父如何對安陽王府交代？」

趙清溪白著臉搖頭：「換一個人去。」

趙宰輔怒道：「如今哪裡找現成的人？這裡是爹的書房，內院距離這有些路程，來來去去耽擱多少時候？溪兒聽話，安世子如今耽擱不得，一旦稍晚，性命堪憂。」話落，嚴厲地說，「不能因為一個婢女，而毀了我們趙府。」

趙清溪身子發顫，一時間說不出話來。

「玲兒！我是如何告訴你的？可是你呢？毛手毛腳，如今出了事情，還傻站著幹什麼？還不快去！事成之後，我認你為義女，定不會委屈你，你放心。」趙宰輔許諾。

玲兒知道這禍是她闖出來的，她白著臉點點頭，容不得多想什麼，從趙清溪身後出來，連忙跑去了客房。

趙清溪站在原地，看著玲兒跑遠，任雨水淋濕了她的頭臉身子，早先如出水芙蓉，如今如雨打嬌花。

趙宰輔見玲兒去了，放心下來，暗暗地鬆了一口氣，走到趙清溪身邊，撿起地上的傘，為她遮住雨，和藹地說：「溪兒，回去吧！」

趙清溪看著趙宰輔，輕聲問：「爹，這到底是怎麼回事兒？您叫女兒來書房，為了什麼？」

趙宰輔搖頭：「沒什麼事兒，你先回去吧！」

趙清溪盯著趙宰輔：「爹不告訴我，我便不回去。」

趙宰輔看著趙清溪緊緊地盯著他，一臉的倔強，他點頭：「你跟我進書房說話吧！」

趙清溪點頭，跟著趙宰輔進了書房。

趙宰輔簡略地將他選中了安書離，為著她的婚事兒，謀劃之事說了。雖然他說得隱晦，但趙清溪聰明，還是聽明白了，她漸漸地，臉上血色全無，不敢置信地看著趙宰輔。

趙宰輔歎氣：「爹也是為你好，這普天之下，何人能配得上我的女兒？自然是非四大公子莫屬。如今書離公子最為適合。」

趙清溪不由得落下淚來：「爹，您這樣做，就沒有想過女兒掉不掉價？書離公子何其聰明，哪怕中了父親的算計，但事後也會明白的，您讓女兒這般做低自己，真的是為女兒好嗎？即便成了親事兒，他也會看低女兒，女兒又不是嫁不出去，爹這是何苦？」

趙宰輔沉聲說：「爹不會讓他真正輕薄了你，只不過是讓他神志不清對你做些非禮之事罷了。書離公子武功高絕，除了嫵媚，別的藥物對他不見得管用。爹既然這般算計，就是做好了萬全之策，不會讓他明白嫵媚是出自我手的。」

趙清溪搖頭：「爹該事先問過女兒，女兒若是知道，一定不會同意您這樣。從今以後，女兒婚事兒，爹不必操心了。女兒尋不到嫁娶之人，便去尼姑庵做姑子去。」她轉身跑出了書房。

「溪兒！」趙宰輔面色一變，大喊了一聲。

趙清溪頭也不回，頂著雨哭著回了自己的住處。

趙宰輔看著她身影消失，一時間也是又惱又恨！他準備了這麼久，沒想到今日安書離恰巧去了東宮，更沒想到安陽王妃派了安書燁來，更沒想到往日機靈的玲兒，今日這般笨手笨腳。

趙清溪心裡難受，回到房後，一直在哭。

她心中委屈無人知曉，自小就被作為太子妃未來皇后培養的她，為了追隨太子雲遲的腳步，她讓自己每日都刻苦地學閨儀學禮數學女子該學的，更是仿效皇后，賢良淑德，為將來母儀天下做典範。她從來沒想過雲遲會不娶她，也從來沒想過嫁給別人，更沒想到自己的婚姻竟然需要父母靠手段謀取，偷雞不成蝕把米，弄得她也跟著一身腥。

雲遲將花顏放去了床上，隱約察覺她要醒，便輕輕地拍了拍她後背，柔聲說：「你繼續睡，我讓人喊了書離過來，這便將治水方案拿給他研討一番。」

花顏剛要睜開的眼睛又閉上，睏意濃濃地應了一聲：「好。」

雲遲出了內室，撐著傘去了書房。

安書離來到東宮後，在書房見到雲遲時，臉色依舊冷清得不太好。

雲遲含笑看了他一眼：「我尋思著，治水方案方才已經完善妥當了，不如今日就叫你過來，讓你瞧瞧，可有把握具體實施下去。」

安書離訝然：「治水方案妥了？這麼快？可是趙宰輔今日的功勞？」

雲遲搖頭：「不是。」

安書離疑惑地看著他。

雲遲也不隱瞞：「是太子妃！她改動了幾處，本宮看了覺得完善妥當得很，來，你也看看。」

話落，將治水方案遞給了安書離。

安書離聽說是花顏所為，好奇地伸手接過，過目了一遍後，讚歎不已：「太子妃大才，令人敬佩，這樣的治水方案，若是實施得好，川河谷一帶的百姓們今後有福澤了。」

雲遲點頭：「是啊！本宮也沒想到，若是早知道，早拿給她看了。」

安書離又翻著宣紙看了片刻，說：「工程雖不小，但哪些地方該修整或維持不動，一目了然。尤其是，哪處需要什麼材料，需要多少銀兩，竟然都做了估算，這樣的治水方案，普天之下，除了太子妃，怕是誰也做不到。」

雲遲頷首：「也算得上是前無古人後無來者了。」

安書離放下治水方案，笑道：「怪不得殿下無論如何也要選她為太子妃。」

雲遲微笑：「本宮選她時，不知道她會給本宮這麼多驚喜。」

安書離又感慨了一句。

二人閒聊了片刻，便就著治水方案，以及跟隨安書離前往川河谷得用的官員名單商討了一番，將一切事宜都敲定後，天也黑了。

雲遲看了一眼天色，說：「留下來用膳吧！」

安書離不想回府，也不推辭，點頭：「好。」

二人出了書房，雲影現身，附耳在雲遲耳邊說了幾句，雲遲微微揚眉，瞧了安書離一眼，見他容色比來時好看多了，不再清冷得難看，他點點頭。

雲影稟告完事情，悄無聲息地退了下去。

雲遲站在房檐下，對安書離笑著說：「王妃派安書燁去了趙府送還帖子，安書燁出了趙府書房便遇到了趙清溪，中了嫵媚後便留在了趙府客房歇息，趙清溪的婢女玲兒奉了趙宰輔之命前去侍候了。如今人還在趙府。」

安書離臉色倏地一下子又冷了，他素來溫和含笑，難得見他冷臉，也難得見他冷笑，對雲遲說：「我不同意，我娘攔著我，我便與她提了一句，沒想到，她把大哥派了去。」

雲遲失笑：「王妃從來就不是善茬，你告訴了她，她自然會想法子對付趙宰輔。」話落，好笑地說，「女人的手段若是狠起來，男人不是對手。」

安書離本來心情極差，聞言也氣笑了，扶額：「我娘她……哎……」

雲遲淡笑：「王妃聽聞後，如今已經去了趙府，今日這戲，趙府是熱鬧極了。安世子送還帖子，卻在趙府倒下出不來了，王妃心裡存了氣，到了趙府後，她是不會善罷甘休的。」

安書燁本就生性風流，安陽王妃就利用了這一點，派他去了趙府。

安陽王妃雖然相信安書離，但到底是有些疑惑，覺得趙宰輔只這一個獨生女兒，應該不會這般算計委屈她，可她沒想到，趙宰輔還真做得出來。

安陽王妃臉色極難看，帶著世子妃上了門，豎起眉頭，對著趙宰輔冷笑：「宰輔都做了什麼好事兒。我好好的兒子，來送還帖子，怎麼就倒在了你趙府的溫柔鄉裡出不來了？」

這話著實難聽，趙宰輔面色一變。

世子妃張氏頓時哭著上前，藉著趙宰輔的話，不客氣地指責：「我家世子爺雖然待女人和氣溫柔，也不是那等見到女人就拔不動腿的，會在別人的府邸做出什麼荒唐事兒的人，你們趙府到底對他做了什麼？」

安陽王妃惱怒地說：「我的兒子我清楚，這麼多年，他喜歡哪個女子往自家府裡抬就是了，還不至於在別人的府邸弄出什麼事兒來。我已經命人去太醫院請太醫了，我倒要看看，你們趙府是怎麼回事兒？難道議親不成，宰輔就懷恨在心，奈何不了我小兒子，便拿我大兒子出氣！」

趙宰輔有苦難言，青白著一張臉說：「王妃和世子妃請裡面說，這裡面有誤會。」

安陽王妃冷笑：「哼，誤會？我倒要看看宰輔以你的十寸不爛之舌怎樣地口吐蓮花來顛倒黑白。」話落，她不客氣地踏進了趙府的大門。

趙宰輔臉青了白了又紅了黑了，但他的確說不出什麼來。本來他謀劃的不是這般，卻沒想到，如今兩個女人打上了門，她們哪怕說再難聽的話，讓他顏面無光，他也只能受著聽著。

安陽王妃邁進府門口後，對趙宰輔說：「宰輔，帶路吧！我去看看我兒子如何了？」

世子妃張氏一路哭著，隨著趙宰輔來到了客院。

客院內的客房裡，玲兒已經暈死了過去，但是安書燁依舊不滿足，玲兒是初次，已然被折磨得不成模樣。

安陽王妃來到屋門口，便聽到屋中偌大的動靜，皺了皺眉。

世子妃張氏一把推開門，闖了進去。

張氏進來後，大喊了一聲：「書燁！」

安書燁彷彿聽不到。

張氏幾步衝到床前，一把挑開帷幔，不由得呆怔在原地：「書燁？」

安書燁似乎什麼也聽不到。

安陽王妃在門口向裡面看了一眼，依稀隱約地能看到裡面的情形，她臉色更難看了幾分，也不進去了，回轉身，看著趙宰輔，寒著臉說：「若是我大兒子出什麼事兒，你賠得起嗎？」

趙宰輔一時無言。

趙夫人聽聞安陽王妃來了的消息匆匆而來，聽到了這句話，立即辯解說：「王妃息怒，這……也不知是怎麼回事兒。這……安世子來了府內，正要離開時，便突然成了這個樣子……」

安陽王妃對上趙夫人歉意的臉，冷笑：「不知是怎麼回事兒？趙夫人別揣著明白裝糊塗，我大兒子分明中了媚藥，且這媚藥十分厲害霸道。」話落，她嘲諷地說，「趙府可真是厲害啊！這府邸竟然會有這等下作的虎狼之藥，真是讓人今日大開了眼界。」

趙夫人臉色一白，也沒了聲。

安陽王妃惱怒地對身邊的婢女說：「去看看，太醫怎麼還沒來？」

那婢女立即向外跑去。

那婢女剛離開，張氏從裡面「啊！」地驚呼一聲，被安書燁一把拽上了床，她驚恐地看著安書燁，忍不住大喊，「母妃救命……啊……」

安陽王妃心下一緊，又向裡面看了一眼，面對張氏的求救，她猶豫了一下，畢竟二人是夫妻，最終沒言聲，伸手關上了門。

她關上門後，臉色更難看了，沉著臉說：「派人去東宮一趟，請太子殿下過來，本王妃今日就請太子殿下主持公道。」

趙宰輔急喊了一聲：「王妃。」

趙夫人也大急。

安陽王妃看著二人，怒不可止：「我好好的兒子，到了趙府，怎麼就成到了龍潭虎穴了？進得來，出不去。自此若是傷了身子，怎麼辦？他可是安陽王府的世子。」話落，也不待二人說，立即對另一名婢女吩咐，「去東宮，就說本王妃煩請太子殿下辛苦過來一趟。」

那婢女脆生生地應是，立即去了。

趙宰輔和夫人對看一眼，頗有些後悔，他們不應該算計安書離，是以至此，安陽王妃斷然不會善罷甘休，這一次，趙府不止賠了名聲，恐怕還會賠得更多東西。

趙宰輔和夫人無論說什麼，此時的安陽王妃也聽不進去，她只要一想到若不是安書離提前知曉，如今裡面的人可能會是她那素來潔身自好的兒子，就憤怒得恨不得殺了趙宰輔和夫人。

做親做到這個地步的，她從來沒有見過，一直以來，她為安書離張羅著選親，大家都心照不宣，成則和美，不成也和氣，但沒想到到了趙府這裡，就算計至此，造成了這般模樣。

雖然安書燁素來風流，像極了年輕時的安陽王，不得她疼愛，不及安書離得她的心，但畢竟也是她身上掉下來的肉，如今見到他被這般嚴重厲害的虎狼之藥所傷，也是心疼不已，生怕自此落了病根。

以一個兒子換另一個兒子，她為了對付趙宰輔，此時也頗有些後悔。

她心中暗暗地磨著牙，今日這事兒，她說什麼也不能饒了趙宰輔。

報信的人很快就去了東宮。

雲遲得了消息後，對安書離道：「看來十分嚴重，王妃請我走一趟。」

安書離摸出懷裡花顏給他的藥遞給雲遲：「這是太子妃交給我嫵媚的解藥，說是天不絕配製的。還是交由太子殿下一會兒讓人給我大哥服了為好，我不方便拿出來。」

雲遲意會，接過他手中的藥：「她雖為你卜卦有些損傷，睡了半日至今未醒，但能保得你如今安然無虞，這傷也值得了。」

安書離感慨，眉目暗沉：「是啊！還要多謝太子妃，否則如今中了算計的人就是我了。太子妃的卦象可真是靈驗，我親眼所見，只三枚銅錢，匪夷所思。」

雲遲輕歎：「是啊！匪夷所思。」

安書離感覺到雲遲語氣裡有些異樣的歎息和悵然，有些訝異地看向他：「連太子殿下也不能破解看透嗎？」

「不能。」雲遲搖頭，「我若是能看透就好了。」

雲遲不欲多說花顏如今的狀況，思忖著改了話題：「天不絕如今就在東宮，我請他隨著本宮一起走一趟吧！有他在，一眼就能看出是嫵媚，趙宰輔也不能糊弄過去。況且這解藥是他配出的，就由他拿出來，最為妥當。」

安書離頷首：「天不絕竟然在東宮？那是最好不過了。」

雲遲吩咐小忠子：「去請天不絕，隨本宮去一趟趙府。」

小忠子應是，立即去了。

天不絕聽聞雲遲請他隨他去趙府，立即想到了估計是有什麼事情需要他出頭，他猶豫了一下，想著有太子殿下和花家，神醫谷的人即便知道他就在東宮，也奈何不得他，便隨著小忠子去了。

不多時，雲遲與安書離一起帶著天不絕到了趙府。

彼時，趙府客院客房內，世子妃張氏也承受不住暈死了過去，太醫院的太醫到了之後，也沒有法子。安陽王妃急得不行，見到雲遲和安書離一起來了，她當即衝上前，剛要開口，安書離上前一步，扶住安陽王妃，溫聲說：「娘別急，太子殿下帶了神醫過來。」

安陽王妃一聽，大喜，激動地看著雲遲。

雲遲頷首：「恰巧太子妃進京，帶了天不絕一起，本宮如今將他帶了來。」

天不絕的名字一出，眾人都驚訝不已，天不絕成名極早，十年前絕跡天下，所有人都找不到他，沒想到今日竟然被雲遲帶了來。

天不絕見眾人看來，他笑了笑：「不錯，老夫就是天不絕。」

安陽王妃一聽，立即說：「煩勞神醫，快進去救救我兒子！」

天不絕拱了拱手：「老夫既然隨太子殿下而來，就是來救人的。」話落，他走了進去。

天不絕見慣了生老病死無數場面，也還是被裡面的情形給驚了個夠嗆。他抬手劈暈了安書燁，給他號脈，安書燁的藥效剛解了一半，若是只依靠女人，自此之後，他估計就不舉了。幸好他早就研製出了嫵媚的解藥。

他喂安書燁吃了藥，又開了一副溫補的方子，走出了房門。

房門外，眾人都等著，趙宰輔和夫人自雲遲出現後，更是一聲不吭，如今安書燁栽在趙府，他們無論怎麼辯駁都自知脫不開關係。

天不絕出來後，安陽王妃立即上前，緊張地問，「神醫，怎麼樣？」

天不絕看了一眼眾人，心下清楚雲遲既然讓他出面，那就是向著安陽王府了，他面色難看地說：「幸好老夫昔年對嫵媚之藥頗有些研究，否則安世子實在不好說啊！」

「怎麼不好說？」安陽王妃立即問。

天不絕道：「自此不舉是輕的，終身殘廢也有可能，畢竟嫵媚是天下最厲害的媚藥，這等虎狼之藥中得如此之多，十頭牛都會累死，更何況一個人？」

安陽王妃面色大變：「那……如今呢？」

天不絕自傲地說：「有老夫在，安世子自然會安然無恙，王妃放心，我已經為他服用了老夫的獨門祕藥。另外開了一張藥方。」話落，將藥方遞給安陽王妃，「這是養身溫補的方子，王妃仔細收好，連服半個月，安世子就會養好受損的身子。」

安陽王妃深吸一口氣，伸手接過藥方，道謝：「多謝神醫。」

天不絕搖頭：「王妃不必謝，老夫是跟隨太子妃進京，若不是太子殿下有請，老夫是不會來的。」

安陽王妃頓時記了花顏和雲遲一個人情。

太醫院的一位太醫此時激動地上前：「師叔，這些年，您老都在哪裡？我們遍尋天下都找不到您，還以為……」

天不絕看了那人一眼，哼道：「還以為我死了是不是？」

那人連忙搖頭。

天不絕對那人道：「你不必叫我師叔，老夫與神醫谷在十年前就已經沒了關係。」話落，不再理會那人，也不答那人的問話，對雲遲拱手，「太子殿下，老夫先回去了。」

雲遲頷首：「煩勞神醫了。」話落，吩咐，「來人，送神醫回府。」

有人應聲現身。

天不絕不再耽擱，似片刻也不想留在趙府，當即便離開了。

太醫院的那人眼看著天不絕離開，而雲遲派人相送，他再追上去糾纏詢問估計也討不到好處，只能暗想著要立即傳信給神醫谷的長者們，就說師叔天不絕如今在京城東宮。

安陽王妃將藥方交給婢女，轉頭對雲遲說：「太子殿下，我兒子來趙府送還帖子，卻遭遇了虎狼之藥，險些殘廢，這件事兒，你怎麼看？」

雲遲聞言看向趙宰輔，目光是他慣有的溫涼：「宰輔，你如何說？」

趙宰輔自然不能承認嫵媚之藥是他弄到手準備對付安書離的：「太子殿下明察，老臣府裡，怎麼會有這等虎狼之藥？若是老臣知曉誰有，定然打殺了，這，老臣也不知怎麼……」

「一定是玲兒那賤婢不知從哪裡淘弄得的。」趙夫人接過話。

「玲兒？」安陽王妃轉向趙夫人，冷笑，「這等嫵媚之藥，豈能是區區一個小婢女就能淘弄到的？趙夫人莫要當我是傻子。」

趙夫人一噎。

安陽王妃不饒過她，繼續說：「玲兒是你女兒的貼身婢女吧？趙夫人的意思是趙小姐也有份了？」

趙夫人面色一變，斷然說：「自然不是，怎麼會跟我家溪兒有關！」

安陽王妃冷哼一聲：「不是素來有一句話叫有其主必有其僕嗎？」

趙夫人頓時急了：「王妃慎言。」

安陽王妃惱怒不已：「你們趙府做得出害我兒子之事，還能怨得著我這般說？」

趙夫人一噎。

趙宰輔一見不好，立即對雲遲拱手：「太子殿下明察，老臣真是不知……」

雲遲看著趙宰輔，沉默片刻，轉身對安陽王妃說：「王妃先讓人將安世子帶回府中休養吧！如今人無事兒便好，你放心，此事本宮一定讓人徹查清楚。」

安陽王妃買雲遲的帳，既然雲遲這樣說，她也就不盯著趙宰輔和夫人不依不饒了，點頭：「有太子殿下這句話，我就等著你徹查清楚了，否則，我好好的兒子出了這等事情，落下病根，我就要他拿女兒來賠。」

趙宰輔和夫人聞言面色齊齊一變看向雲遲。趙宰輔的獨女趙清溪無異於是趙宰輔和夫人的命根子。若是依照安陽王妃所說，那麼趙清溪的一輩子就毀了。

嫁不成安書離，也不能折在安書燁的身上。

雲遲目光溫涼：「待本宮查清，孰是孰非，定會秉公論斷。」

安陽王妃點頭：「我相信太子殿下，一定能秉公論斷。」話落，她吩咐人，「抬了世子和世子妃，還有那個婢女，回府！」

趙夫人一聽，立即說：「玲兒那丫頭是我府上的家奴，王妃怎麼能一起帶走？」

安陽王妃理直氣壯地說：「她已經是我兒子的女人了，我帶走有何不可？方才趙夫人也說了，既然是她弄出的么蛾子，我就要回去問問她事實，若是將她留在趙府，誰知道你不會殺人滅口？」

趙夫人一噎，看向趙宰輔。

趙宰輔轉向雲遲，拱手：「太子殿下要查清此事，這玲兒便是關鍵，老臣懇請殿下暫且安置這個婢女，已便查實。」

雲遲頷首：「也好，就依宰輔所言吧！」話落，他吩咐，「來人，將那名婢女暫且帶去東宮，仔細看管。」

有人應是，立即帶了那名婢女送去了東宮。

安陽王妃無異議，帶著安書燁、世子妃張氏離開了趙府。

安書離沒隨著安陽王妃離開，他看著趙宰輔，嗓音透著冷情：「宰輔好算計，但是可惜，我素來不喜歡別人算計我。程子笑是個挺有意思的人，今晚我就去會會他，宰輔以為如何？」

趙宰輔心下驚懼，一時說不出話來。

安書離不再理會趙宰輔，轉向雲遲：「太子殿下，你說在東宮留我晚膳的。」

雲遲微笑：「自然，太子妃大約睡醒了，走吧！」

趙宰輔一路無言送二人到府外，在雲遲上馬車時：「太子殿下慢走！書離公子慢走！」

雲遲淡淡地點了點頭，落下了簾幕。

趙宰輔頂著雨目送馬車離開，待馬車消失蹤影後，他的臉一下子變得灰白，轉向趙夫人：「我們趙府完了！」

趙夫人聞言臉也白了，看著趙宰輔：「老爺，不……至於吧？你不要嚇我，這麼一件小事兒……」

趙宰輔看著趙夫人搖頭：「小事兒？夫人啊！這怎麼能是一件小事兒？一步錯，步步錯。棋差一招，滿盤皆輸啊！安書離的意思很明顯，他知道了。」

「安書離可是個不聲不響厲害的。」趙夫人抓住趙宰輔的袖子，「老爺，你快想辦法啊！」

趙宰輔歎息：「只能看太子殿下了，今晚安書離去東宮了，明日我去東宮求求太子殿下。至於以後如何，真不好說，夫人心裡最好有個準備。」

趙夫人急得紅了眼睛：「都怪我不好，給老爺亂出主意，溪兒怪我們不說，還惹出了這等事兒，否則也不至於……」

「也有我的責任，是我考慮欠妥。」趙宰輔拍拍趙夫人肩膀。

趙夫人定了定神，立即說：「老爺，安書離說會會程子笑，你趕緊將程子笑……」

趙宰輔截住她的話：「安書離既然說出程子笑，想必是已經在監視他了，太子殿下也不會准許我對程子笑動手腳的。」

「那真的一點兒辦法也沒有了？」趙夫人問。

趙宰輔搖頭：「走吧！我們去看看溪兒，事已至此，明日看太子殿下怎麼論斷。我這麼多年，對朝廷，對社稷，沒有功勞總有些苦勞，但願太子殿下能給我幾分薄面，從中調和了此事。」

趙夫人只能點頭，二人一起去了趙清溪處。

趙清溪見二人來到，一臉的平靜，不等二人開口，堅決地說：「父親，母親，明日我啟程去半月庵住一陣子。」

趙夫人聞言大驚，立即說，「溪兒，半月庵距離京城數百里啊！」

趙宰輔也道：「是爹娘的錯，與你無關，你好生待著。」

趙清溪堅決地說：「我不想留在京城了，我明日離京去半月庵住一陣子，爹娘放心，我多帶些人看護就是了。」

趙宰輔和夫人見趙清溪神色堅決，無言了片刻，還是趙宰輔先點頭：「也罷，出了這等事情，你心裡怨爹娘，出去住一陣子也好。」

當日晚，趙清溪收拾行囊，準備第二日離京。

第六十八章　進宮拜見收人心

雲遲和安書離從趙府出來後，安書離對雲遲道：「明日趙宰輔定會去求殿下，殿下打算如何處理此事？」

雲遲淡笑說：「趙宰輔素來是個能屈能伸的人，即便老了，有些糊塗，但也不算糊塗的徹底。王妃想藉此讓他賠了女兒，他是無論如何也不會同意的。」

安書離笑道：「那就讓他付出些代價。」

雲遲偏頭詢問安書離：「你想讓他付出什麼代價？」

安書離平和地說：「治理川河谷水患，需要動用的銀兩數百萬，趙宰輔為國為民，捐獻私庫為社稷功臣，川河谷百姓會感謝他的。」

雲遲失笑：「你與太子妃都想打趙府私庫的主意，這是想到一起了。能不動用國庫，便治理了川河谷水患，本宮還要感謝王妃這一番安排了。」

安書離微笑：「殿下派我去監督治理川河谷水患，若是讓趙府以此賠償，且銀兩順利到達川河谷，我娘也會同意的。」

雲遲含笑：「自然，王妃心向你，為了讓你治水順利，少些辛苦，她會不遺餘力的。」

安書離笑著不再多言。

馬車回到東宮，福管家稟告：「太子妃已醒，備好了酒菜，在前廳等著太子殿下和書離公子了。」

雲遲點頭，與安書離一起去了前廳。

花顏坐在桌前一邊喝著茶一邊等著二人，見二人來到，她放下茶盞，笑著迎上雲遲。

雲遲停住腳步，笑看著她，睡了半日的人兒精神氣極好，氣色也紅潤了許多，他眉眼暖了暖，嗓音低柔了幾分：「我身上涼。」話落，拂了拂衣袖上的寒氣。

花顏笑著搖頭，伸手挽住他：「不涼。」

安書離隨後邁進門檻，看著二人言笑，也溫和地笑了笑。

三人落坐，福管家帶著人將飯菜擺上桌。

用過飯後，雲遲與花顏說起了今日趙府之事。

花顏聽罷，抿著嘴笑：「趙宰輔這一回可要大放血了，我本來還在想什麼法子可以掏空趙府的私庫，沒想到王妃倒成了一大助力。」

雲遲淡笑：「正是。」

花顏揣測說：「以趙清溪的性子，頗有些高傲，不見得知曉此事，如今想必知曉了又折了貼身婢女，極為難受，大約她明日會離京。」

「離京？」雲遲點頭，「是她會做出的事兒。」

花顏轉頭笑著對安書離說：「今日晚上回去與王妃提一提，讓王妃明日在城門攔了趙清溪，不讓她出京，這代價才好談。」

安書離笑著頷首：「我娘如今一肚子火氣，若是知曉，一定會強硬地攔下趙清溪。」

花顏佩服地說：「王妃真厲害！」話落，問安書離，「你命人挾持了程子笑？」

安書離搖頭：「不用我挾持他，趙宰輔知曉我已知道了嫵媚出自他之手，不會動他的。他唯一的法子，就是求太子殿下調停了。」

花顏轉向雲遲，對他淺笑：「能夠不動用國庫，治理了川河谷一帶水患，這回你可要好好的感謝安陽王妃。」

雲遲轉向她笑著說：「王妃最大的心願是書離早日娶妻。」

花顏眨眨眼睛，她卜了一卦，破壞了安書離的命定姻緣，這早日娶妻怕是……一時沒了話。

用過晚膳，天已經徹底黑了。

安書離出了東宮，沒有回安陽王府，而是去了程子笑的下榻之處。

花顏睡了半日，全無睏意，坐在桌前看著窗外落雨，對雲遲笑著問：「你累不累？」

雲遲搖搖頭，溫聲說：「不累。」

花顏支著下巴，歪著頭似是琢磨了一會兒，說：「不累也早些睡吧！明日你要應付趙宰輔，還要安排書離離京去川河谷一帶治水諸多事宜，夠你累的。」

雲遲伸手環住她，將她纖細的身子擁在身前，下巴擱在她肩膀上，低聲說：「你給安書離卜那一卦，是為了我吧？」

花顏眨了眨眼睛：「我都說了，是閒來無事，好奇而已，動了卜卦之念。」

雲遲搖頭：「你休要糊弄我，無論是蘇子斬，還是陸之凌，他們的路是已經鋪設好了的，唯獨安書離，他身處安陽王府，族業極大，會有諸多變化，你怕他影響我，才為他卜了一卦，看看運數。」

花顏不由好笑，微微偏頭，伸手輕柔地拍了拍雲遲的臉，笑著說：「好吧！我承認我為他卜卦目的不純，太子殿下這麼聰明，我實在是有恐慌感。」

雲遲伸手握住她的手，看著她淺笑嫣然的側臉，忍不住低頭吻了吻：「我的太子妃比我更聰明，我也有恐慌感。」

花顏大樂：「太子殿下啊，話還可以這樣說嗎？」

雲遲微笑：「自然可以。」

花顏笑看著他，沒了話。

雲遲臉輕柔地挨著她一邊的側臉，柔聲問：「你這卜卦之術玄妙得很，就連我也破解不了。若非對你身體有損傷，我倒也想讓你為我卜一卦。」

花顏睫毛動了動，搖頭：「我卜不了你的卦。」

「嗯？」雲遲看著她詢問，「為何？」

花顏淺笑：「太尊貴了。」

雲遲失笑。

安十六正在程子笑的住處，與程子笑把酒言歡，聽聞安書離來了，安十六一拍大腿：「書離公子可不是好相與的，程兄你的麻煩來了。」

程子笑挑了挑眉梢，低笑了一聲：「看來這一次進京之行，沒看好黃道吉日。」

安十六不置可否：「京城裡的渾水難蹚，程兄敢此時來，膽量的確不小。」

程子笑看著安十六，忽然笑著說：「十六兄當初帶著人截了太后的悔婚懿旨，威風得很。」

安十六哈哈大笑：「當時是出了一口氣，但沒想到兜兜轉轉，還是做太子妃的命。」

程子笑晃動杯盞，聲音意味不明：「我倒是極想拜會太子妃，賜教一番。」

安十六看著他，揶揄的笑：「我勸你還是不拜見為好，她那樣的人，誰見了，誰悔恨終生。」

「嗯？」程子笑斜睨著安十六，「怎麼説？」

安十六笑著道：「有朝一日，你見了就知道了。」

程子笑眸光動了動，不再多問。

安書離撐著傘進了會客廳，便見到了程子笑和安十六坐著的桌前擺了幾個酒罈子。

程子笑放下杯盞，站起身，拱手，嗓音帶著天生的魅惑：「書離公子，久仰！」

安書離收了傘，拂了拂身上的涼氣，也拱手，溫和有禮：「程公子！」

二人見禮後落坐，程子笑吩咐人拿了新的酒盞，為安書離滿了一盞酒，開門見山：「書離公子夜晚冒雨前來找在下，敢問有何指教？」

安書離搖頭：「指教不敢，就是問問程公子的手裡，可還有嫵媚？這種害人的東西，還是絕跡了為好。」

程子笑仔細打量了一眼安書離的神色，似笑非笑地説：「嫵媚這種好東西，書離公子不愛，有的是人愛的，毀了絕跡了可惜。」

安書離揚眉：「這麼説程公子的手裡還有了？」

程子笑點頭：「是有一些，不過如今不在我手裡，在北地。」

安書離頷首：「既然程公子不願毀去，就好好收著吧！可別因嫵媚傾家蕩產。」

程子笑瞇起眼睛：「此言怎講？」

安書離淡淡地一笑，目光疏離溫和：「趙宰輔會因嫵媚損失多少，程公子等著看就是了。」

程子笑頓時覺得室內的風似乎涼了幾分，但他面上笑得好不魅惑：「這樣啊！那我還真要等著看了。」

安書離不置可否。

第二日清早，天還未亮，趙清溪的馬車冒雨駛出趙府。因下了幾日雨，又因天色過早，街道上無甚行人，一路十分安靜地來到了城門口。

安陽王妃昨晚聽了安書離的暗示，今日天剛三更便早早地起了，帶著安陽王府上千府衛，候在城門口，足足等候了一個時辰，就為了等趙清溪。

安陽王妃是發了狠，誓要讓趙府好看。

趙清溪昨日一晚沒睡，趙夫人捨不得女兒出京去那麼遠的地方，一邊流著淚一邊幫她收拾行囊，又安排人跟隨，同時囑咐了一大堆話。

趙清溪雖然對父母有許多怨言，但看著趙夫人忙碌的身影也就消散了，為了女兒好，做到這個地步，她也不能怨他們，她從來沒想過她趙清溪有朝一日與誰議親，誰都不娶。

先是雲遲不娶，再是蘇子斬不娶，如今是安書離不娶。

議親不成也就罷了，偏偏她爹娘還弄出了這等事兒，讓她自覺顏面掃地，羞愧不已。

趙夫人為趙清溪安排了三百護衛護送，數十家僕跟隨，一行人來到城門口，見到了安陽王府黑壓壓堵住城門口的上千府衛，頓時人人變了臉。

趙清溪得人稟告，臉色唰地一下子變了，她定了定神，挑開簾幕，看向外面。

安陽王妃坐在車裡，由人護衛著，婢女打著簾子，她冷著一張臉，看著趙清溪的馬車，見趙清溪露面，她冷聲說：「趙小姐這大清早的要去哪裡？」

趙清溪認識的安陽王妃雖然厲害潑辣，但是別人不惹她的時候，待人是極和善的，她從小到大每逢宴席，見過安陽王妃數次，可是從沒有一次，見過她寒著一張臉。

她抿了抿嘴角，手用力地攥了一下車廂簾幕，豆蔻指甲摳進肉裡，才勉強笑著開口：「王妃有禮了！我想去半月庵住一陣子。」

安陽王妃冷笑：「昨日之事還沒解決，太子殿下那裡還未論斷，趙小姐便想逃之夭夭嗎？」

趙清溪臉色一白，搖頭：「王妃體察，不關清溪的事兒。」

安陽王妃看著她：「趙府的事兒，就是關你的事兒。有我在，趙小姐出不了這個城門，去不了半月庵！你是折回趙府，還是跟我去安陽王府做客，我給你半柱香時間，仔細考慮一番。」

趙清溪沒想到安陽王妃會等在這裡，她昨日一時氣火攻心，又一時心灰意冷，再一時難受至極不想留在家裡，往日的聰明才智在這一刻瓦解崩塌，哪有心思想她即便說通了趙宰輔和夫人，安陽王妃會不讓她離開？

她看著安陽王妃，白著臉沉默了半晌，今日她是無論如何也走不了了。

她無奈之下，閉了閉眼睛：「我這便折回趙府，辛苦王妃這一趟了。」

安陽王妃滿意：「事情一日不解決，趙小姐就要做好了做我安陽王府的女人的準備吧！我的大兒子尚且需要一個平妻。」

趙清溪臉色霎時血色全無，一時再也說不出話來。

安陽王妃看著她，想著是她眼拙了，這趙清溪雖自小得趙宰輔培養，卻是個不頂事兒的，遇事只知一味躲避，所學所知，雖端莊知禮是大家閨秀，但眼界到底小了些，怪不得太子殿下不娶，她兒子也不要，也沒有臨安花顏厲害，淺笑盈盈間就鬧得京城雞飛狗跳，誰也莫可奈何。

這般一對比，她更是覺得花顏好，不由地想著可惜，當初花顏與他兒子有私情傳的沸沸揚揚時，她不該因為臨安路途遠門第小而不上心，否則，未必不能和太子殿下爭上一爭。

說到底，當初也是她目光狹隘了，哪知花顏不同尋常。

趙清溪慢慢地落下簾幕，聲音有一種虛軟無力，對護衛吩咐：「折返回府吧！」

趙府的護衛們應是，趕著馬車，又折返了回去。

安陽王妃雖然攔了趙清溪，心情也不太好，見趙清溪折回去了，也疲憊地對府衛擺擺手：「走吧，我們也回府吧！」

趙清溪回府，趙宰輔和趙夫人聽聞是安陽王妃將人給截了回來，又驚又怒。

驚的是安陽王妃竟然料準了趙清溪會走，等在城門口，怒的是看來安陽王妃半絲情面不講，勢必要找趙府討個說法到底了！看這姿態，還是謀算著趙清溪來的。

趙清溪紅著眼睛灰白著臉將安陽王妃說讓她做安書燁平妻之事說了。

趙宰輔幾乎咬碎了一口牙，跺腳說：「我這便去東宮。」

趙夫人恨聲道：「安陽王妃欺人太甚，安書燁不是沒出什麼大事兒嗎？她何至於鬧成仇人的地步？」

趙清溪低聲說：「娘，這筆帳雖是安書燁替了身，但你們算計的人是安書離，安書離是她一手帶大的兒子，疼寵至極，王妃豈能善罷甘休？」

趙夫人一時沒了話，後悔不已，眼看著趙宰輔要前往東宮，連聲說：「老爺，你一定要求太子殿下，咱們的女兒花一樣的年紀，豈能嫁給安書燁做平妻？無論安陽王妃有什麼要求，只要不是賠上清溪，其餘的您……」

「我知道了，只要不是賠上女兒，其餘的無論什麼我都答應。」趙宰輔接過話。

趙夫人連連點頭。

趙宰輔看了一眼天色，距離上早朝還有半個時辰，便立馬去了東宮。

雲遲往常會在早朝前早起一個時辰，但自從花顏此次來了東宮後，他便改了習慣，每日掐著上早朝的點才醒轉。

昨日料定趙宰輔今日一早便會來，於是，他早起了半個時辰，等候趙宰輔。

花顏跟著他醒轉，看著他慢條斯理地穿戴，豐姿傾世，容顏如玉，舉手投足間尊貴清華，她一顆心跳慢了一拍，忽然生出一種捨不得的感覺來。

這種感覺帶著澀澀的甜意和抽緊的疼痛。

五年！

若是找不到破解魂咒的法子，她勉勉強強也只有五年的壽命了。

雲遲見她神色似有恍惚，心下一緊，止住了穿衣的動作，微微探身，握住了她搭在床上的手，溫聲詢問：「怎麼了？醒了一句話也不說。」

花顏打住思緒，對他微笑，輕聲說：「沒什麼，就是在想今日進宮，太后若是為難我，我是該不客氣地頂撞呢，還是順著她給我一堆女戒女訓的書研讀學習規矩呢。」

雲遲知道她不是想的這個，但也不點破，失笑：「皇祖母收了你的禮，駐容丹有奇效，她白髮都少了些，應該不會為難你的。若是為難你，你不愛聽，只管頂撞上去。」

花顏眨眨眼，好笑地看著他：「不會吧太子殿下，你這般護妻可是會傷了老人家的心的。」

雲遲微笑：「皇祖母早已經被我傷了，她素來強勢慣了，不能慣著，否則你今日在她面前弱了，來日她就會得寸進尺一分。不如一開始就寸步不讓，免了後顧之憂。」

花顏伸手摟住他的脖子，笑吟吟地說：「好，那我聽你的，今日就寸步不讓，免得來日她讓你納側妃小妾，從你那裡走不通跑來走我的路，不如就一下子堵死了。」

雲遲輕笑：「這麼早便擔心起這個來了。」

花顏煞有介事地點頭：「自然該早擔心，人無遠慮必有近憂嘛！」

雲遲失笑。

二人閒話間，福管家前來稟告說趙宰輔來了。

花顏對雲遲囑咐：「狠點兒，別捨不得下手。」

雲遲頷首：「他雖是我半個老師，但為了將來天下海晏河清，這一腳勢必要踩上去。」

花顏深以為然，對他擺擺手。

雲遲收拾妥當，出了西苑。

花顏站在窗前，看著雲遲撐著傘出了西苑，想著這雨再下這一日，也該停了。否則再下下去，不止川河谷一帶的水患問題了。

趙宰輔刻意沒打傘，一路進了東宮，不止失儀，還有著顯而易見的狼狽。

雲遲在會客廳見了趙宰輔，見他一身狼狽模樣，微怔了一下，嗓音慣有的溫涼：「宰輔怎麼沒撐傘？這般淋雨，萬一生病了，可怎生是好？朝堂上一日可離不得你。」

趙宰輔抹了一把臉上的雨水，拱手，「太子殿下，老臣失儀了。老臣實在是顧不得了，特意前來求殿下。」

「嗯？」雲遲看著趙宰輔，眉目如常，「宰輔請說，你是兩朝老臣，對社稷有大功，本宮是曉得的，你只管說吧！」

趙宰輔連忙說：「是昨日之事，老臣向殿下請罪，是老臣的錯。殿下您知曉，老臣只溪兒一個女兒，疼若掌上明珠，著實想為她選一門好親事兒，沒想到弄巧成拙，如今安陽王妃口口聲聲讓老臣將女兒賠給她兒子安世子做平妻。此事不關溪兒的事兒，是老臣糊塗，還望殿下相助。」

話落，趙宰輔一揖到底。

雲遲負手而立，看著趙宰輔，昔年，他年少時，立足朝堂，處處受各大世家重臣掣肘，十分艱難。父皇孱弱，時常病倒在榻，朝事兒幾乎是趙宰輔與一眾朝臣撐著，多數時候，是趙宰輔一言九鼎。對於教導他，趙宰輔雖盡心盡力，但多也是為將來做他的岳丈，將女兒培養成為他的太子妃，倒是明面上從不做讓他反感震怒之事。

對於趙宰輔，雲遲雖覺得他不可再用，但也沒想著一下子將他卸甲。

他沉默了片刻，歎了口氣，揉揉眉心說：「此事本宮也甚是為難，宰輔知曉王妃的脾性，她不是個吃虧的性子，更何況昨日吃了那般大虧。即便她不甚疼寵安世子，安世子到底也是她懷胎十月生下的兒子，昨日若非天不絕在，解了嫵媚，安世子怕就沒命了，王妃這股火不好消啊！」

趙宰輔不抬頭，深深地垂著，拱手求道：「老臣明白，老臣厚顏求太子殿下周旋一二。」

雲遲又歎了口氣：「安陽王府什麼都不缺，王妃也什麼都不缺，數月前，西南境地之事，本宮與安書離合計瞞了天下人，安書離失蹤一事，王妃哭傷了眼睛，本宮也是被她記上了一帳，如今王妃讓本宮秉公徹查，本宮也不好糊弄王妃。」

趙宰輔立即說：「只要保住溪兒，老臣不惜代價，求殿下了！老臣只溪兒這一個女兒。她……

怎麼能去給安書燁做平妻，若是老臣真允了，實在是逼死她。以她的性情，殿下……想必是知曉幾分的……」

雲遲神色淡淡地點點頭，不鹹不淡地說：「趙小姐品行不錯，頗有傲骨。」

趙宰輔老臉發燙發熱，他的女兒品行不錯，可惜他這個為人父者，算計她的親事兒不擇手段了些。他深深求道：「老臣求殿下了！老臣知道殿下為難，但是安陽王妃實在是潑辣，老臣知錯，如何懲罰老臣都行，但溪兒是無辜的受了我的牽連，殿下明鑒。」

雲遲又沉默片刻，道：「容我想想。」

趙宰輔得了雲遲這一句話，頓時放下了一半的心。

他知道只要雲遲答應的事兒，一定就能做到。他以縱橫朝堂大半生的敏感度私下裡覺得，太子殿下將來定然是要肅清朝堂的，他首當其衝，所以，一時才失了分寸，不擇手段地算計安書離，想拉著安陽王府一起，立穩位置，不承想偷雞不成蝕把米。如今迫於無奈來求雲遲，也是想看看太子殿下的態度，如今雖只四個字，但也說明太子殿下沒想徹底對他動手。

趙宰輔心下大喜，連忙深深一禮：「老臣多謝殿下周旋了。」

雲遲頷首：「無論是宰輔，還是安陽王，都是朝中棟梁，肱骨重臣。本宮也不希望因為此事兩府自此結仇。本宮盡力吧！」

趙宰輔連聲道：「有勞殿下了，老臣深深反省，再不做此等事兒。」

雲遲輕歎：「趙小姐品貌俱佳，何愁難嫁？宰輔不必憂心，這樣的事情還是不要做了，有損趙府門面。」話落，又說，「本宮的太子妃十分喜歡趙小姐，來日讓她幫趙小姐選一門親事兒，以她的眼光，定會讓趙小姐合心合意的。」

趙宰輔聞言臉色變幻：「老臣糊塗，再不為之了。」話落，順著臺階說，「將來，溪兒婚事兒就有勞太子妃了。」

此一事，趙府即便有心想瞞，也無法隻手遮天瞞得徹底而嚴實，將來對趙清溪再選親一事，別人因此會看低她幾分，定然是極難，路途多阻。

所以，在雲遲說出這句話時，趙宰輔無力地順著臺階應下了。

此時此刻，由不得他不應。花顏是板上釘釘雲遲的太子妃，而趙清溪將來的歸宿還不知在何方，總之不會是東宮，也不會是安陽王府。

小忠子提醒上朝的時辰到了，雲遲對趙宰輔說：「宰輔今日就休沐一日吧！」

趙宰輔看看自己淋了一身的雨，狼狽不堪是為博取雲遲同情，但讓同僚看笑話他自然是不想，加上昨晚他也未睡好，索性就爽快地應下，再次道謝：「多謝殿下體恤老臣。」

趙宰輔一身沉重地來東宮，腳步略顯輕便地出了東宮。

花顏讓采青幫著穿戴收拾妥當後，撐著傘來到前院，便看到了趙宰輔離去的身影，她在青竹傘下對走出會客廳的雲遲淺笑：「太子殿下不會做那個掏空趙府私庫的惡人，今日早朝後，是不是就該交給安陽王妃與安書離再次上趙府的門了？」

雲遲微笑點頭：「趙宰輔這些年，的確沒有功勞還有苦勞，我剛收服了西南境地，便回京拾掇趙宰輔，未免讓朝野人心惶惶，趙宰輔掏空私庫就罷了，還有用處，不能一刀殺了。」

花顏點頭，感慨：「只是可惜了趙小姐，如此一來，姻緣更是難求了。」

雲遲走到她近前，伸手接過她手中的青竹傘，罩住自己和她，笑著說：「我對趙宰輔說，日後你為趙小姐選一門合適的親事兒，他覺得甚好。」

花顏眨眨眼睛，失笑不已：「這一下，趙小姐若是知道，怕是要傷心欲絕了。」

雲遲不以為然。

花顏尋思著說：「梅舒毓喜歡趙清溪，回頭我去信探探他口風，若是他還想娶，我就幫幫他好了。」

雲遲頷首：「也無不可。」

二人說著話，上了馬車。

馬車出了東宮，來到皇宮後，天色已亮。

雲遲對花顏說：「我先送你去帝正殿見父皇。」

花顏瞅著他笑，揶揄地說：「早朝的時辰到了，滿朝文武都在等著呢，你不放心什麼？不必你送，我自己去就好了。我可不想因這短短的一段路，被人說你寵我沒邊了。」

雲遲失笑：「還不至於。」

花顏對他擺手：「你快去吧！不必你送，拜見完皇上，我就去甯和宮見太后。若是太后待我還算和善，中午我就厚臉皮在甯和宮留飯了。」

雲遲瞅著她，見她一臉的淺笑吟吟，他笑著點頭：「也好，我讓小忠子陪著你。」話落，吩咐小忠子，「仔細著些。」

小忠子立即應是：「太子殿下放心，奴才一定好好照看太子妃，但有個不妥，定會派人知會殿下來救場。」

雲遲頷首。

花顏聞言啼笑皆非，她此次進宮又不是找皇上太后打架的。

雲遲去了金殿，花顏轉了路，去了帝正殿。

小忠子寸步不離地跟著花顏，介紹皇宮景緻，以及皇上和太后的喜好等。

花顏漫不經心地走著，不時地開口說上一兩句話，作為詢問和應答。

小忠子伺候雲遲多年，從小就察言觀色，他覺得太子妃自太子殿下離開後，似乎有些不對勁，但見她臉色尋常淺淺淡淡地笑著與他偶爾說一句話，又說不上哪裡不對，不由得用胳膊碰了碰采青。

二人對看一眼，不由得提起十二分精神。

小忠子試探地小聲開口：「太子妃？您……可有不適？」

花顏停住腳步，撐著青竹傘，站在雨簾下，玉石磚上，望著皇宮的一處，目光淺淡而幽遠，淺淺而笑：「沒有不適。」

小忠子連忙說：「你但有不適，一定要告訴奴才，殿下對您重視至極，若是出了絲毫差錯，奴才萬死莫辭啊！」

花顏收回視線，對小忠子搖頭：「的確沒有不適，你且放寬心。」

小忠子覺得自花顏身上莫名地散出的那種不對勁感似在這句話話瞬間消失了，他微微寬了些心：「太子妃，您慢些走，路上積水多，小心地面滑。」

花顏「嗯」了一聲。

小忠子前頭帶路，采青陪著花顏向前走去。

花顏一步一步，走得極輕，但只有她知道，腳下如萬鈞。

四百年前，這皇宮，一磚一瓦，一草一木，她走過了不知道多少遍。如今人非物非，太祖爺建朝後，重新翻修了前朝皇宮，除了某一處，再不見一絲一毫的痕跡。

她心底的滄桑感縈繞了滿腹滿心，卻無處安放，無處消散，喉嚨隱隱約約有些腥甜，她克制著，壓制著，在小忠子和采青不注意的時候，隨手丟了一顆藥在嘴裡，將翻湧的氣血給壓了回去。

一路來到帝正殿，途中遇到了不少宮女太監，都規規矩矩地見禮。

昨日花顏來京的消息已經傳開，一時間驚了不少人，都一臉懵地不知太子妃是何時進京的，紛紛懷疑自家眼線府衛的能力。

既驚又喜的只有敬國公夫人，琢磨著日子去東宮見花顏，又怕突然去唐突了。

帝正殿門前，立著王公公，見到花顏，眉開眼笑地躬身見禮：「老奴拜見太子妃，皇上昨日聽聞殿下回話說雨停了您再進宮，沒想到今日雨未停，您就來了。」

花顏笑看著他：「公公免禮！」又俏皮地笑著說，「我怕皇上怪罪，這不冒著雨就來了。」

王公公笑呵呵地說：「皇上哪裡會怪罪您呢？方才聽人稟告說您已進宮，一下子就笑了，說您比殿下強多了，人未娶進門，就疼得不將父皇看在眼裡了。」

花顏失笑：「皇上這樣說，可是我的罪過了。」

王公公笑著連忙說：「您快請，皇上在裡面等著您了。」

花顏將青竹傘交給采青，抬步進了帝正殿。

皇帝身體本就不好，早先雲遲離京，他一連上朝理事數月，已經筋疲力竭，好不容易盼到雲遲回來，鬆了一口氣，一下子就垮了，再加上連日來的大雨，讓他又纏綿病榻了。

花顏邁進門檻後，便聞到了一股濃郁的藥味。她抬眼看去，只見皇上半靠在外殿的長椅上，身上披了一件厚厚的明黃色袍子，氣色不太好，帶著濃郁的病態，顯然是因為她前來，他才從床上支撐著爬起來。

花顏對皇帝的印象不錯，笑著上前行拜見之禮。

皇帝乍見花顏，發現她不如初見靈動有生氣，似是瘦了極多，整個人呈現一種弱不禁風之態，他一時愣了愣，直到她走上前，盈盈淺笑地福禮，嗓音含著笑意，如初見一般不拘謹，他才回過神來，笑著說：「免禮！怎麼瘦了這麼多？讓朕險些認不出你。」

花顏直起身，笑著說：「大約是去了西南境地水土不服的緣故。」

皇帝對這個答案覺得合情合理，笑著招手：「過來坐。」

花顏從善如流地坐在了一旁的椅子上。

皇帝瞧著她，雖不若趙清溪一般端莊得一板一眼，但是舉止嫻雅怡人，賞心悅目，他笑著道：「怎樣？兜兜轉轉，你還是要嫁給太子，如今可心甘情願了？」

花顏好笑：「折騰來折騰去，我自然是不及太子殿下的。皇上這話說的我慚愧。」

皇帝似被這句話給愉悅了，不由得哈哈大笑：「朕的太子，從小到大，無論求什麼，沒有他做不到的。你敗在他手裡，也不丟臉。」

花顏抿著嘴笑：「太子殿下待我一片赤誠，丟臉就成為小事兒了。」話落，她笑著說，「自我答應他之日起，自然是心甘情願的，皇上放心吧！」

皇帝聞言，極滿意地點了點頭。

花顏看著皇帝，雖然體格孱弱，氣色不大好，眉宇疲乏，一身湯藥氣，但一雙眼睛貴在清明，可以算得上豁達睿智了。她不由得想起四百年前，她初次隨太子懷玉進宮拜見他父皇時，那一雙渾濁的眼，與如今何其天差地別。

南楚傳承四百年，從沒出現過昏君，哪怕如今皇上孱弱，一年有大半年纏綿病榻，但依舊心念社稷，固穩江山。
雲遲遇到這樣的父皇，是極幸運的。
太子懷玉沒有他這麼幸運，他的一切，都不幸運，包括遇到她……
花顏不由得氣血又湧了湧，抬手按住心口，將翻湧的氣血壓了下去。
「怎麼了？」皇帝發現她神色不對，似突然十分蒼白，不由得開口詢問。
花顏定下神，慢慢地放下捂在心口的手，面色倏地恢復如常，淺笑著說：「沒事。」
皇帝看著她，有些懷疑剛剛是自己看花眼了，他抬手揉揉眼睛，再看花顏，依舊如來時一般，淺笑嫣然，他笑著歎了口氣：「朕老了，體虛力乏，近年來越發力不從心，老眼昏花了，只盼著你和太子別再出差錯，順利大婚，你們大婚後，朕就將這皇位傳給他，退位頤養天年。」
花顏看著皇帝：「皇上尚年輕得很，天不絕就在東宮，改日讓他進宮為您把把脈。」
皇帝笑道：「朕聽聞天不絕這些年一直在花家？」
花顏搖頭：「不算是在花家，是我為了哥哥治病，給他尋了一處清靜的地方，早先是我強求了他，後來他習慣了與世無爭，便不想出去了。」
皇帝點頭：「朕倒是極想見見他，朕這副身體，太醫早說是生來弱症，只能將養，根治不得。不知若是他診脈，能有什麼不同。」
花顏笑著道：「改日讓他診診就知道了。」
皇帝頷首，道：「上次，朕與你對弈，你說不懂棋藝，故意糊弄朕。來，今日你好好與朕下一局。」話落，吩咐，「來人，擺棋。」
花顏一怔，沒想到皇上還記著這事，連忙笑著說：「不敢糊弄您，我是真不能下棋。」

皇帝蹙眉：「早先你一味退婚，凡事都做出不通無術的樣子來，朕不知你能耐，太子能順利平復西南，別人不知，朕曉得有你的功勞。如今你還說不能下棋？顏丫頭，你是怕贏了朕，朕治罪於你不成？」

花顏無奈地笑著說：「不是，是真不能下棋。」話落，她琢磨著說，「琴棋書畫上，我唯獨書法拿得出手，太子殿下見了我的書法，是稱讚不已的，皇上您身子不好，下棋費神，不如我就寫兩張字帖，給您品鑒一番？」

皇帝聽聞雲遲都誇讚，頓時將對弈之事丟在了一旁，立即說：「行，這個也好，那就這個。」話落，吩咐王公公，「快，給太子妃備筆墨紙硯。」

王公公連忙應了一聲去了。

不多時，筆墨紙硯備好，擺上桌，王公公為花顏磨墨。

花顏伸手挽起袖子，站起身，走去了桌前。

皇帝注意到她手腕的手鐲，驚訝地說：「顏丫頭，你手腕的鐲子，可有什麼來頭？」

花顏腳步一頓，動作一僵，隨意地晃了晃手腕的鐲子，不當回事兒地笑著說：「家傳的物事兒。」

皇帝仔細打量了一眼：「這鐲子是個好物兒，難得一見，稀罕得很，是個傳世的珍品。」

花顏笑著說：「的確是挺難得的。」

皇帝不再糾纏鐲子，好奇她的字帖，催促：「快寫吧！朕瞧瞧，何等的書法讓朕的太子讚不絕口？當世名帖他都不稀罕，別是他說好話為了哄你開心。」

花顏抿著嘴笑，想著雲遲的確是個會哄人的，明明看著是性情溫涼的那麼一個人，偏偏哄起人來，令人能感受到他濃濃的熱情和滿腔的心意。

想到雲遲，她心中不由得暖了起來，落筆行雲流水，一氣呵成地寫了兩張字帖。兩張不一樣的字帖，一張是正楷，一張是草書。

寫完後，她輕輕抬手揮乾了墨，將字帖遞給了早已按捺不住看過來的皇帝。

皇帝拿過字帖，眼睛一亮，連聲大讚：「好好好！不愧是太子也稱讚的書法，果然是……當世名帖也不及你這字帖，風骨天成。」

花顏笑著放下筆：「得您誇獎了！」

皇帝看著兩張字帖，仔細地逐字品鑒了一番，愛不釋手地說：「的確是好字。」話落，好奇地問花顏，「你這字，是如何練成的？」

花顏自然不能對皇帝說天生就會的話，笑著道：「自小陪我哥哥一起練的，他在病中時，每日無事兒，我多數時候陪著他，拘著性子，也就練成了。」

皇帝笑道：「原來如此，朕就說嘛，你這丫頭是個好玩的性子，怎麼會耐得住性子練成這麼好的字帖，原來是你哥哥的功勞。」

花顏笑著點頭。

皇帝精神大好：「這字帖，朕真應該叫那幾個當世大儒來看看，免得他們眼高於頂，連朕求他們一幅字帖，都難得很。」

花顏重新坐下身，笑道：「這兩張字帖就送給皇上了！」

皇帝不客氣地點頭：「自然要送給朕，朕要留著，好好品鑒。」話落，對花顏問，「你還會什麼？有什麼如這字帖一般的本事，也讓朕再見識見識。」

花顏笑著說：「都不及這字帖精透。」

皇帝懷疑地看著她，剛要說什麼，外面有人稟告：「皇上，太后身邊的周嬤嬤來傳話，說請太子妃早些過去甯和宮。」

皇帝聞言打住話，笑著道：「母后就是個急性子，這人才在朕這裡坐多久？她就等不及了？」話落，拿著字帖對花顏說，「罷了，太后早就想與你好好說說話了，你快去吧！」

花顏點頭，笑著站起身，王公公連忙打開門，她走出了帝正殿。

周嬤嬤撐著傘等在外面，見花顏出來，連忙見禮：「太子妃！」

花顏打開青竹傘，罩住自己，笑著對周嬤嬤點頭：「辛苦嬤嬤跑一趟了，我本是拜見完了皇上，也要去甯和宮拜見太后的。」

周嬤嬤眉眼笑開：「太后聽聞您進京，歡喜得很。」

花顏淺笑：「走吧！」

周嬤嬤連連點頭，前頭帶路，走了幾步後，回頭瞅花顏，花顏撐著傘，由小忠子和采青陪著，緩步走著，舉步如蓮，清雅素淡，在煙雨中，人兒如畫一般美好。她回轉過頭，想著太子妃真是一個怎麼看都讓人覺得賞心悅目舒服至極的人兒。

去甯和宮的路上，途經鳳凰殿，花顏停住腳步，偏頭瞅向鳳凰殿。

小忠子連忙開口：「太子妃，這是皇后娘娘生前的居所，自從皇后娘娘薨了之後，皇上再沒立后，這鳳凰殿便一直空置著，有十五年了。」

花顏點頭，收回視線。

一路來到甯和宮，門口有宮女太監齊齊見禮，甚是恭敬：「太子妃！」

花顏笑著點點頭，宮裡奴才們的態度代表了太后的態度，可見她送的那兩瓶駐容丹真是對太后有效。

周嬤嬤挑開珠簾，花顏將傘遞給采青，抬步邁進了門檻。

太后倚靠在榻上，什麼也沒做，顯然是在專程等她。

花顏瞅了太后一眼，似駐容丹的確有效，太后看起來年輕了些，精神勁兒也很好，她淺笑著福禮：「太后萬安！」

太后自從花顏邁進門檻，眼睛就不錯眼珠地看著她，見她彎身福禮，姿態標準，絲毫不落於大家閨秀的做派，她倒是愣了愣。

周嬤嬤見太后看著花顏發愣，連忙提醒：「太后！」

太后醒過神，輕咳了一聲，擺手說：「免禮吧！幾個月不見，哀家乍然看到你，竟有些認不出了。」

花顏直起身，笑著說：「數月前是我不對，鬧騰了些，驚到了您，太后見諒。」

太后想起數月前她前往東宮，她跳高閣，將她嚇得驚厥了過去，一時又心有餘悸，唏噓地說：「你可真是個膽子大的，那時的確將哀家嚇死了。」

花顏抿著嘴笑。

太后歎了口氣：「過去的事兒了，就不必再提了。」話落，對她招手，「來，你過來坐，我們好好說說話。」

花顏笑著坐去了太后身邊的榻上。

周嬤嬤連忙吩咐人沏最好的清茶，放在了花顏面前。

花顏端起茶盞喝了一口，笑著說：「這是今年產自雲霧山的新茶，一共也沒收幾盒。」

周嬤嬤笑著接過話：「這還是太子殿下從臨安回京時帶回來的，太后說喝了一輩子的茶，竟不知臨安的清茶最是好喝。」

太后笑著點頭：「可不是嘛！」

花顏抿著嘴笑：「雲霧山常年霧氣繚繞，山茶自長出到發芽再到開花，都會每日經過霧氣洗禮，天然的生長環境造就了與別的茶不同。不過產量極少，茶也比尋常茶難採。」

太后連聲說：「怪不得了，這茶喝著入口綿香，回味無窮，真是好喝。」

花顏笑著道：「您喜歡喝，以後每年我都讓人送您些。」

太后笑著轉向她，看了她片刻，見花顏嘴角含笑，容色明明極盛，卻不刺目逼人，淡雅至極，姿態不甚端莊，但讓人看著閒適舒服，她點點頭：「好，你送的駐容丹也極好，我都生出黑髮了。」

花顏笑著道：「回頭我再從天不絕那裡討些給您。」

太后目光又暖了暖，伸手拉過她的手，慈和地說：「以前是哀家對你有些偏見，你也別怪哀家。哀家自小就心疼太子，皇后早薨，哀家對太子，可謂是含辛茹苦，怕他長歪了，又怕他太淡薄。如今他好不容易長大成人，哀家又怕他娶個不像樣子的太子妃誤了他。」

花顏暗歎，她就是那個不像樣子的太子妃了，她笑著說：「我以前確實有些不知事兒，以後定萬事穩妥些，不給太子殿下生出麻煩來。」

太后面上現出明顯的笑容，整個人也溫暖起來，伸手拍拍她的手：「哀家老了，目光短淺了，其實哀家該相信太子，他選的人兒，一定合他脾性，極好的。也是哀家眼拙了，未曾好好瞭解你，便胡亂地鬧了一通，也是給太子添了麻煩了。」

花顏沒想到太后這般直接地與她說出這番話來，她淺淺地笑著說：「太子未曾怪我，也未曾怪您。」

太后聽了這話大樂起來：「你這孩子，也是個會逗趣的，是是，我是他皇祖母，你是他千方百計要求娶的太子妃，除了皇上，如今最近他的人，就是你我了。他即便怪，也沒法子不是？」

花顏也大樂：「正是呢！」

周嬤嬤等侍候的人也都笑了起來。

第六十九章 性命之憂

這一番說笑，氣氛更融洽了些。

太后與花顏又說了半晌閒話，太后問了臨安地貌，又問了花家長輩一眾人等，然後又說起了西南境地之事，這一聊，半日就過去了。

花顏撿能說的說了，說起西南境地時，每一句都稱讚太子英明，手段厲害，如何收服了西南，讓一眾官員服服帖帖的，將太后聽得心花怒放。

花顏知道她最喜歡聽這個，教導雲遲如此有本事，也有她的功勞，為之驕傲。

花顏若是當真哄起人來，是極會哄人的，話語說出來，會讓人通體舒暢，不止太后眉開眼笑，就是甯和宮的宮女太監嬤嬤們也都人人帶著笑。

小忠子和采青站在門口對看了一眼，齊齊暗暗想著，哪裡還用得著殿下操心太后難為太子妃？照這樣的情形，太后被太子妃哄了個團團轉。

花顏覺得老人家其實最是好哄，尤其是太后這種老人家，素來剛硬性子要強又身處在太后之位，想必在她面前敢放肆與她說真心話與她天南地北閒聊的人幾乎沒有，她是寂寞的，如今在她也努力地接納她，和她和氣說話修復關係時，她趁機略略地用心哄一哄，她也就喜笑顏開了。

到晌午時，周嬤嬤見太后還一副神采奕奕沒與花顏聊夠的模樣，心中歡喜地提醒：「太后，到午時了，該用午膳了。」

太后笑著連聲說：「哎呦，哀家都忘了時辰了，可別餓著顏兒，快快，擺午膳。」

周嬤嬤笑著應是，立即吩咐人去了。

去御膳房通傳的人剛走到門口，便遇到了撐著傘來甯和宮的雲遲，連忙見禮。

雲遲含笑吩咐：「告訴御膳房，我今日也在皇祖母這裡用午膳了，多加兩個菜。」

那人連忙應是，一溜煙地去了。

周嬤嬤聽聞雲遲來了，大為高興地通傳：「太后，太子殿下來了。」

太后先是愣了一下，隨即又笑起來，對花顏說：「你瞧瞧，他是有多在乎你，他有多久沒來哀家這裡用午膳了？你一來，他就來了，大約是生怕哀家欺負了你，派了小忠子跟著你還不夠，自己竟然來瞧了。」

花顏輕笑：「他是議事殿的飯菜吃膩了，才來您這裡蹭飯的，不關我的事兒呢。要不然他進來後，您問問他，看看是不是這樣？」

「嗯？」，太后笑呵呵地說，「好好，哀家待他進來，就問問他，看看是你說的對，還有哀家說的對。」

花顏笑著點頭，見雲遲來到殿外，便用傳音入密與他將剛剛的話說了。

雲遲腳步在門口頓了頓，瞬即啞然失笑，然後將傘遞給小忠子，邁進了門檻。

太后果然好哄，當真在雲遲見了禮後，對他詢問起來。

雲遲依照花顏傳音入密所說，將花顏說的話說了一遍。

「哎呦！」太后驚奇不已，納悶地看看雲遲，又瞅瞅花顏，「你們兩個心有靈犀嗎？」話落，她問周嬤嬤，「你們誰給太子傳話了？」

周嬤嬤等人也驚奇不已，齊齊搖頭。

太后一拍大腿，稀罕不已地對花顏笑著說：「怪不得太子非你不娶，早知你們這般心意相通，哀家以前何必做那個惡人？得罪了這個，又得罪那個，裡外不討好。」

花顏抿著嘴笑。

雲遲含笑瞅了花顏一眼，見她眉眼笑開，極清麗奪目，見他看來，對他眨了一下眼睛，頗帶有幾分調皮，似整個人靈動極多，又如以前一樣了，他也跟著心情極好，愉悅地笑著說：「我跟太子妃是極心有靈犀的，皇祖母考驗這個，難不住我們。」

太后笑呵呵地說：「好好好，哀家吃一次虧就夠了，以後不拿這個考你們了。」話落，對他笑著招手，「快坐下，哀家見你都瘦了，川河谷治水一事兒還沒定下來嗎？」

雲遲坐在了花顏身邊，微笑著說：「今日早朝已經定下來了。」

周嬤嬤上前斟了杯茶，不等端過去，花顏伸手端了過來，轉手遞給了雲遲。她做得隨意，倒叫周嬤嬤愣了一下。

雲遲伸手接過，喝了一口，眉梢眼角都是笑意。

太后明眼看著，面上的笑容也深了深，如今她是經過今日半日與花顏說話，越看花顏越喜歡，她發現花顏沒有傳言中所說的小世家的小家子氣，心胸十分的開闊大氣，言談笑語間妙語如珠，出口成章，眼界十分開闊，有時候她問起某一件事兒的見解，她竟然能夠引經據典分毫不輸當世大儒，胸有丘壑。

她又驚又訝又暗暗地歡喜不已，早先若是還覺得有不妥貼不如意之處，如今早已經煙消雲散了。她自詡做姑娘時，看過無數典籍，學過無數道理，做了皇后太后更是每日習慣要讀些書，但是也不及花顏，天下諸事，從她口中說來，比說書先生說的還要好，令人聽著便暗暗佩服她年紀輕輕，如此見高識遠。

太后笑著說：「定下來讓誰去了？」

雲遲笑著道：「安書離帶著工部的幾名官員過去，明日啟程。」

太后點頭：「我聽聞昨日安世子在趙府出了事兒？驚動你去了趙府？什麼事兒這般嚴重？今日一早，安陽王妃竟然攔了出城的趙小姐？」

雲遲淡笑：「小事兒，皇祖母不必費神，您身體不好，要靜心安養。」

太后一聽氣笑，轉向花顏說：「你看看他，這是嫌棄哀家老呢。」

花顏抿著嘴笑：「太子殿下孝順，俗話說萬事不愁，百歲無憂。」

太后愛聽這話，指著花顏笑著說：「就你這張巧嘴啊，真是會哄個人。」話落，對雲遲說，「好好，哀家不問就是了。今日兒你就將顏兒留在甯和宮吧，讓她陪著哀家。」

雲遲搖頭：「皇祖母若是喜歡她，明日我再將她帶進宮就是了，您總不能扣了她，讓孫兒孤枕難眠。」

花顏臉騰地一紅，轉頭瞪了雲遲一眼：「說什麼呢！也不害臊。」

雲遲低笑：「說的是事實。」

太后大笑，伸手指著雲遲：「哀家以前可真是沒看出來，罷了，罷了，聽你的。」

御膳房精心做了一大桌子菜，送到了甯和宮。

雲遲陪著太后和花顏用了午膳後，坐在甯和宮裡不走，等著太后鬆口，讓他帶走花顏。

太后本來還想留花顏再說話，一見雲遲的做派，只能笑著作罷，擺手：「行了，哀家算是看出來了，哀家不放人，你也耗在這裡了。你們趕緊走吧，你們走了，哀家也好歇著。」

雲遲聞言笑著起身：「皇祖母累了半日，是該趕緊午睡了。」

太后忍不住瞪了他一眼：「哀家其實一點兒也不累，精神得很。」

雲遲微笑：「皇祖母與太子妃說話的時間多得是，來日方長。」

太后笑哼了一聲，對花顏說：「外面下了幾日的雨了，寒氣重。」說完，對周嬤嬤說，「去拿一件披風來，給太子妃披上，這般清瘦，也要好好地仔細照看著。」

周嬤嬤應是，連忙取了一件嶄新的披風給了花顏。

花顏伸手接過，披在了身上，笑著道謝：「多謝太后。」

太后擺擺手：「路滑，小心些。」

雲遲笑著牽了花顏的手，一起撐著傘出了甯和宮。

二人離開後，太后探頭往窗外瞅，面上帶著笑意說：「真是般配。」

周嬤嬤笑呵呵地說：「可不是嗎？老奴一輩子，從來沒見過如太子殿下和太子妃這樣站在一起這樣般配的人，真是天造地設的一對。」

太后連連點頭：「哀家今日方才知曉，花顏真是不錯，不說趙府小姐差她一截，這京城裡的閨秀，怕是沒一個能比得上她的。」

周嬤嬤笑著說：「依老奴看來，太子妃也是個知禮守禮的，這半日來，真沒半分逾矩。」

太后感慨：「哀家本想著為了太子，她有什麼不妥之處，哀家要忍著多包容些，慢慢教導。如今這一看啊，倒是都不必了。哀家與她這半日相處，也是受益良多，這般豁達聰透，世間少有的女子了，不愧是臨安出來的，人傑地靈之地，就是不一樣。」

周嬤嬤笑著點頭：「太后說得對。」

太后又道：「哀家就是不太明白，早先她一味地要退婚，是為著什麼，太子人品樣貌，身分尊貴，任哪個女子見了，無不傾心愛慕，偏偏她就是不喜。」

周嬤嬤道：「臨安有不與皇室牽扯的規矩。」

太后道：「這倒是個理由，但哀家總覺得，若只為這個理由，不至於鬧騰到那個驚天動地的地步。」話落，她揉揉眉心，「罷了，哀家老了，誠如太子所說，多操心做什麼？不想了，他們如今能好好相處，便是極好，哀家也就放心了。」

周嬤嬤點頭：「太后您寬心，您所操心的事兒，殿下都明白，定會都處理妥當的。」

太后又樂起來：「正是，哀家的這個孫子啊！腹中有乾坤，萬事都胸有成竹。」

一連下了幾日的雨，漸漸地一時比一時小了。

雲遲和花顏撐著傘出了甯和宮，淅淅瀝瀝的雨打在二人四周，不再是劈里啪啦的聲響，而是清清潤潤的細響，帶著煙雨的纏綿和柔軟。

雲遲放慢腳步，對花顏含笑說：「倒是我白擔心一場了，就該知道你有法子對付皇祖母的，不管是誰，只要你一心投其所好，便沒有不說你好的。」

花顏輕笑，睫毛抬了抬，如兩把蝶扇，清水的眸子清澈地含著笑意地望著雲遲：「太后其實很好哄的，也十分不易，尤其是在你身上，用心至極，有些地方可能做得對你來說不太妥當，但人無完人，端看其心就夠了。」

雲遲抬手，輕點花顏眉心，失笑說：「本宮的太子妃，豁達明智，聰透坦蕩，隨性平和，與你相處，皇祖母哪怕有些偏執彆扭，也都被你解開了。」

花顏好笑：「你這是在誇我？」

「嗯，誇你呢。」雲遲撤回手，輕柔地捏了捏花顏面頰。

花顏心中泛起漣漪，忽然伸手挽住了他的胳膊，笑著問：「今日你不是該很忙嗎？怎麼看起來還這般悠閒？」

雲遲腳步頓了一下，停住，偏頭瞅著她，見她挽著他手臂，與他親密自不必言說，他笑意濃郁，嗓音也不自覺地柔和了：「川河谷一事在早朝上商定後，安書離便回了安陽王府。王妃聽聞安書離要去川河谷治水，便又去了趙府議談，讓趙宰輔答應捐獻興修川河谷水利的銀兩一力承擔了，她就既往不咎昨日之事。」

花顏挑眉：「趙宰輔今日一早求了你後，你就反手推給安書離讓他去說動安陽王妃了？」

雲遲「嗯」了一聲，「我派了福管家跟著安書離，又陪著安陽王妃，前去趙府，作個見證。也算是我東宮出面調停了此事。」

花顏笑著說：「怪不得你清閒了，竟然跑來甯和宮找我，大約朝臣們如今都盯著趙宰輔和安陽王妃了。」

雲遲笑著點頭，對她問：「陪了皇祖母半日，累不累？」

花顏搖頭：「不累，太后也有許多讓人學習之處，與長者言談，總有受益之處。」

雲遲伸手輕柔地為她理了理髮絲，詢問：「既然不累，我陪你在皇宮走走？御花園裡，景緻也有可觀之處。」

花顏點頭：「好啊！」

雲遲陪著花顏轉道走向御花園。

煙雨中的御花園，大雨下了幾日，不染一塵，草木清新掛著水珠，水濛濛，霧濛濛的，鮮花被雨水滋養，開得盛華，嬌豔欲滴，或如火如荼，或十分俏麗。
有一處山石，堆壘成軒台，上面坐落著高閣，四周掛著輕紗的幔帳，是一處觀景台。
雲遲見花顏望向那處，對她說：「昔日，我母后就喜歡登上那處高臺，欣賞景緻。要不要登上去看看？」
花顏點頭：「好啊！」
雲遲握著花顏的手，一步步走上高閣。
說是高閣，其實不算高，最起碼不及東宮那處高閣的一半高，所以，二人很輕易地登了上去。
高閣內設有桌椅矮凳，小忠子帶著人在二人上來之前已經收拾停當，鋪了軟墊，又沏了茶，擺了瓜果糕點等物。
花顏站在高閣上，舉目下望，便看到了她昔日最熟悉的風景，臉色有些清透。
雲遲隨手一指，說：「那處就是我與你說的皇宮禁地，是幾百年前前朝留下的，太祖建朝後，重修了皇宮，大變了模樣，獨留了那處溫泉池。有詔曰，子孫永生永世，南楚朝在一日，子孫都不准用那處溫泉池，所以，幾百年來，一直封著。」
花顏輕聲說：「真的成為禁地了嗎？沒有誰偷偷地溜進去過？比如說，你呢？」
雲遲搖頭：「迄今為止，沒有一人進去過，我也沒進去過。」
花顏笑了笑，眸光幽遠，聲音更輕：「南楚的子孫真聽話。」
雲遲仔細地注意她神色，握著她的手感受到她指尖在一點點兒地變涼，不知是高閣上高處有風的緣故，還是因為什麼，他用力地握了握，將她的手全部包攏在自己手中，溫暖她的指尖，微笑著說：「是啊！太祖爺下了死命令，那處溫泉池，如蠱王宮一樣，有太祖爺留下的一支暗人守著。」

花顏訝異了一下，輕輕地笑了笑：「一個溫泉池而已，太祖爺這是何必呢？」

雲遲低聲說：「據說，淑靜皇后的骸骨未入前朝陵寢與懷玉帝一起安葬，而是被太祖爺安置在了那一處禁地的溫泉宮內，用千年寒冰棺鎮著的，淑靜皇后是太祖爺一生摯愛，自不准許誰碰觸踏足那處。」

花顏面色唰地一白，整個人輕顫地抖了抖。

雲遲本就敏銳，早就發現了她的異常，立即伸手抱住她，將她整個人抱在懷裡，用平和的嗓音柔和地說：「怎麼了？可是高臺上風大，冷了？」

花顏不說話，這一刻，雲遲的懷抱也不能溫暖她。

她腦中滿是雲遲的話在迴響，原來，在她死後，沒有與懷玉一起安葬，而是被放在溫泉宮裡以千年寒冰棺鎮著，由暗人看護，封成了禁地？

怪不得，她無黃泉路可走，無彼岸花可踏，無跡可尋懷玉。

她心口血海湧了湧，這一刻，無論如何也壓制不住，一口鮮血又「哇」地吐了出來，噴灑了雲遲一身。

雲遲面色大變，喊了一聲：「花顏！」

花顏頭腦昏沉，魔魔怔怔地看了一眼雲遲，想說什麼，眼前一黑，暈厥了過去。

鮮紅的血染了雲遲滿身，花顏在嘔血後，眼前一黑，身子隨即軟倒。

雲遲本是半抱著花顏，大驚失色下急喊了幾聲，花顏如風中的殘葉一般，無聲無息地倒在了雲遲的懷裡。

小忠子和采青本來躲遠了些，此時聞聲立即奔了過來，見此情況，也一下子白了臉。

小忠子急聲問：「殿下？是喊太醫還是？」

雲遲抱著花顏，青白著臉沉默了一瞬，似讓自己冷靜下來，沉聲吩咐：「不得聲張，給我拿一件衣服來，我換上，立刻回東宮。」

小忠子心神一醒，知道太子殿下這副渾身是血的樣子不能被人看見，幸好這處高閣無人，只他和采青跟著，他當即應是，連忙去取衣袍。

不多時，小忠子取來衣袍，雲遲脱下染血的外衣，換上了乾淨的衣服，然後用披風裹了昏迷不醒的花顏，下了高閣。

小忠子命人抬來了一頂軟轎，雲遲抱著花顏坐進了軟轎裡。

太子殿下的轎子經過，宮女太監紛紛避讓一旁跪地行禮。

軟轎不聲張地一路出了御花園，向宮門走去。

未到宮門口，遇到了幾名大臣，見到了雲遲的轎子，連忙上前見禮，詢問太子殿下可是去議事殿，雲遲在轎子中，淡聲說：「本宮回東宮一趟，今日不去議事殿了。」

幾名大臣一怔，有一人試探地問：「那殿下早先所説的讓我等去議事殿商議……」

雲遲截住他的話：「明日再議。」

那人聽出雲遲嗓音低沉，連忙後退了一步應是。

幾人讓開路，軟轎出了宮門。

出了宮門，雲遲抱著花顏上了馬車，馬車駛向東宮。

回到東宮，雲遲對小忠子吩咐：「去請天不絕到西苑。」

小忠子應是，也顧不得打傘，一溜煙地向天不絕的住處跑去。

雲遲抱著花顏下了馬車，將她用雨披裹了個嚴實，自己則冒著雨一路回了鳳凰西苑。

天不絕聽小忠子說花顏在皇宮又嘔血了，面色也變了，本要午睡，聞言連鞋也顧不得穿，便衝出了院落。安十六與安十七、花容聽聞後，也都齊齊地趕去了鳳凰西苑。

雲遲將花顏放在榻上，看著她的臉蒼白得沒有一絲血色，嘴角卻刺目的鮮紅，幾乎灼燒他的眼睛，他掏出絹帕，為她擦了擦嘴角，然後無聲地坐在床邊，看著她。

一直以來，他隱約有一種感覺，花顏的癥結大約是因他的身分，或者是在皇宮，因為，上一次她踏入京城，半絲也沒有去皇宮的打算，極力地避開。

可是他沒想到，原來她的癥結，是在皇宮的那一處禁地。

他即便聰明絕頂，也不敢去想，關於她與那一處禁地有著怎樣的糾葛？因為他清楚地知道，南楚建朝四百年，那處禁地的的確確已經封死了四百年，歷代南楚皇室子孫，無一人踏進去過，他也不曾，更遑論其他人了。

天不絕冒著雨衝進了西苑，雲遲在聽到他腳步聲時，便立即對外面喊：「快進來！」

天不絕衝進了內室，便見花顏躺在床上，雲遲坐在床前，花顏如往次發作一般，昏迷不醒，眉心隱約青氣濃郁，他奔到床前，顧不得喘口氣，伸手為花顏把脈。

這一把脈，他面色大變，驚駭道：「怎麼會這樣？」

雲遲心下一緊，脫口問：「怎樣？」

天不絕翹著鬍子，抖著嘴角，半晌才說出一句完整的話來：「氣傷五臟，弩傷六腹，心血嘔急，息弱惡斷，有性命之憂。」

雲遲臉色一時間血色盡褪，騰地站起了身，沉聲問：「你說有性命之憂？」

天不絕點頭：「短短時間，她嘔了心血數次，這一次，最為嚴重，太子殿下，你探探她鼻息，這般氣若遊絲，豈不是要命？」

雲遲白著臉說：「你該怎麼治她？本宮能做什麼？」

天不絕灰白著臉說：「老夫窮極一生醫術，於她身上，也是沒有法子啊！如今只能再開一副藥，喂她服下了。」話落，對雲遲說，「老夫觀她這脈象，一時比一時淺。太子殿下既然在每次她昏迷時喊她管用，便喊喊她吧！能喊醒她，便無性命之憂，若是喊不醒她，便是真真正正地危險了。」

雲遲頷首：「本宮曉得了，你快開藥方。」

天不絕應是，立即去了。

安十六和安十七、花容早也跟著天不絕衝了進來，一直沒靠前，如今見天不絕去開藥方子，三人都圍上前來看花顏。

花顏的模樣，令人見了實在是觸目驚心，如紙人一般，蒼白虛弱得很。

安十六忍不住問雲遲：「太子殿下，少主為何又發作嘔血了？她知道自己的症狀，不是克制不住的情況下，不該嘔血才是，發生了什麼事兒嗎？」

雲遲慢慢地坐下身，伸手握住了花顏的手，冰涼入骨，他盯著花顏看了一會兒，目光低暗，嗓音低沉：「本宮帶她逛御花園，登上了高閣，正與她說起皇宮的一處禁地時，她便發作了。」

安十六立即問：「殿下能否說說，是什麼禁地嗎？」

雲遲沉聲說：「是四百年前太祖爺大修了皇宮，獨獨留下的一處溫泉池，命暗人看護，後世子孫，南楚在朝一日，都不得闖入打擾的禁地。」

安十六聞言心下一驚，已然是明白了，安十七和花容自然也是明白了，一時間，安十六不再言語，安十七和花容也不再作聲。

雲遲偏過頭，看著三人：「你們是不是知道她癔症發作的原因？告訴本宮，她因何如此？」

安十六、安十七、花容對看一眼，安十六拱手，無奈地垂下頭說：「太子殿下恕罪，少主和公子都下了死令，花家任何人等，都不可妄議少主癔症之事。」

雲遲瞇起眼睛：「花灼是寧可妹妹有事兒，也不願本宮知曉嗎？他的死命，是針對本宮了？」

安十六立即說：「公子也是應少主所求，太子殿下見諒，您該知道公子是十分疼寵少主的，除了自逐家門，但又所求，莫不應允。」話落，他看向花顏，面上現出揪心之色地說，「太子殿下問少主吧！從小到大，少主不准的事情，除了公子，花家任何人都不敢不應，少主之事，我等不能說。」

雲遲面色凝重：「她是要瞞死本宮，若是此次本宮喊不醒她，你們覺得，本宮當如何？」

安十六三人頓時一震，面上也齊齊不見血色。

「行了，你們下去吧！」雲遲擺手，不再與三人多說。

安十六看著雲遲，掙扎了片刻，但想到魂咒無解，少主也是一番苦心為太子殿下，還是將話狠狠地憋在了肚子裡，咬著牙走了出去。

安十七與花容也掙扎了片刻，見安十六走出去，也一起跟著走了出去。

室內安靜下來後，雲遲攥緊花顏的手，低聲說：「不愧是臨安花家的人，都這般時候了，有你和花灼的死命，說什麼也不告訴我。」

花顏自然不能接他的話，靜靜地躺著，氣息微乎其微。

雲遲沒像往日一樣喊她，而是緊緊地握著她的手，與她說話：「花顏，有一件事兒，我本想在你我大婚，洞房花燭之夜，我再告訴你的。如今我便與你說了吧！」

雲遲看著她，輕聲說：「你可還記得，在南疆時，你讓我實話告訴你，說我也許沒那麼喜歡你，只不過是為了我要的天下，你才是那個最適合你的人，你說除了你，也許無人能勝任我身邊的位置……」

雲遲搖搖頭，低聲說：「沒遇到你之前，我起初是這樣想的，但遇到你後，我便不這樣想了，我心悅你，喜你，慕你，甚至一腔心意，都傾在了你身上。你見我之初，是在臨安花家，我見你之初，也是在臨安花家，可是我慕你時，卻是在五年前的川河谷，未見你人，傾心不已，日日累積，不可收拾。」

雲遲目光凝視著花顏，一手輕輕地摩挲她的臉，手下觸感也是冰涼的，他將手移到她心口處，若非這裡有絲溫熱，他幾乎要懷疑她已絕了氣息，他眼睛不由得發紅，啞聲說：「五年，一千八百二十五個日夜，我從不懷疑自己能把你娶到，成為我的太子妃。可是如今，你應了我，卻是這般頻繁癔症發作，我……真是不知怎麼做才是對你好了……」

雲遲一番話落，便是長久的沉默。

花顏一動不動地躺著，沒有醒來，也沒有應答，睫毛也不曾顫一下，誠如天不絕說，這一次，是真真的十分凶險到有性命之憂的地步了。

天不絕開了藥方子，小忠子連忙去熬藥，天不絕沒走，便在房中的一處窗前坐著，一邊思索著，一邊聽著雲遲的話，不時地瞅床上躺著的花顏和床邊坐著的雲遲一眼，心中是綿延不絕的歎息。

他一生鑽營醫術，看慣了生生死死，於情愛一事，年輕時，嫌棄麻煩敬而遠之，一年復一年，孤僻地便這樣到了半百之齡。這一刻，他卻著實地體會到了，人人都說太子雲遲胸中裝著天下，生性涼薄，不近女色，可是如今，他不過是千萬凡夫俗子中的一個罷了。

為了花顏，他著實是丟了太子殿下的身分以及不該因情愛而有的失控表情。

小忠子端來湯藥，喊了雲遲一聲，然後小心翼翼地端到了他面前。

雲遲伸手接過，湯藥溫熱，他含了一口，俯下身，以唇哺喂花顏，她牙關緊咬，一時不鬆開，他費了好大的力氣，才撬開她的貝齒，將藥喂了進去。

一碗藥喂下後，雲遲將空碗放下，用帕子擦了一下嘴角，看著花顏，低聲說：「是不是，我若是與你悔婚，還你自由，你就不會再犯癔症了？就不會克制不住自己每每出事兒了？是不是在南疆時，我若是不以條件相換，做低自己，用蠱王換你做我的太子妃，你順心順意地救了蘇子斬，與他雙宿雙棲，就不會如此了？」

小忠子聽的心驚膽顫：「殿下萬萬不要想不開。」

雲遲不理會小忠子，繼續低聲說：「你從不怪我，一日待我比一日好，花顏，你知道不知道你自己是毒藥？讓我恨不得飛蛾撲火，也莫可奈何。」

小忠子幾乎要哭了：「殿下，太子妃待您不可謂不心誠，您可不要想著悔婚，太子妃可是您千方百計費勁無數心力要娶的人啊！若您悔婚，還上哪裡去找您喜歡極了的太子妃呢？萬萬不要啊！」

雲遲話語頓住，又沉默下來。

小忠子心裡急得不行，看向遠處坐著的天不絕：「神醫，你倒是說句話啊！」

天不絕看看雲遲，又看看小忠子，然後對小忠子搖搖頭。

小忠子擰著鼻子，忍著難受，不吭聲了。

雲遲揉搓著花顏的手，感受不到半絲溫熱，對天不絕和小忠子說：「你們都出去吧！」

天不絕站起身，對雲遲道：「老夫就在外面畫堂等著，太子殿下有事兒就喊老夫。若是她醒了，也立即喊老夫。」

雲遲點點頭。

天不絕走了出去，小忠子也跟了出去。

外間，安十六、安十七、花容三人沒走，一直聽著裡面的動靜。見天不絕和小忠子出來了，三人都看向天不絕和小忠子。

天不絕歎了口氣：「我就沒見過這麼倔強的丫頭，從小到大，認準一條道走到黑。這道坎，是怎麼也過不去了。」

安十六、安十七、花容三人面色憂急，皆無話。

雲遲又沉默了許久，脫了靴子，上了床，將花顏抱在懷裡，附在她耳邊，低聲喊：「花顏，花顏，花顏……」

一聲又一聲，低低沉沉，柔柔緩緩，千迴百轉。

喊了一會兒，花顏依舊沒動靜，雲遲在她耳邊說：「花顏你醒來，你若是醒來，我便……」他咬了一下牙，「只要是為你好，我便可以與你悔婚，不再娶你……」

他話落，花顏的手忽然動了一下，沒力道地撓了他手心一下。

雲遲一喜，低頭看花顏，她依舊昏迷著，似乎手心只是無意識的蜷縮動作，但這已經足夠他心喜，他立即對外面喊：「天不絕！」

天不絕聞聲立即衝了進來：「太子殿下？」

雲遲啞聲說：「她的手動了，你再診脈。」

天不絕聞言立即為花顏診脈，須臾，大喜：「是有甦醒的跡象，奈何沉脈太沉，如高山壓著她，醒不來，待我再拿出些藥助助她，必須讓她儘快醒來，這般昏迷下去對她不利，恐長睡不醒而被困氣絕。」

雲遲點頭。

天不絕從懷中掏出一堆瓶瓶罐罐，從中選出三瓶，分別倒出三顆，一共九顆藥，遞給雲遲：「都給她服下。」

雲遲接過，一顆顆地塞進花顏的嘴裡，待最後一顆化在她嘴裡後，他靜靜地看著她，低聲說：「你是不是希望我與你悔婚，若是你希望，也是為你好，那我……」

「渾說……什麼……呢……」花顏嘴角動了動，極低地斷續地吐出幾個字。

雲遲看著她，見她雖然開口了，但是並沒有睜開眼睛，臉色不知是被氣的，還是如何，腮幫子微微氣鼓，眉頭擰成了一根繩，似掙扎著要醒來，奈何無論如何也睜不開眼睛。

天不絕在一旁加勁兒：「你若是再不醒，太子殿下當真悔婚了，你又待如何？你這般一次一次地嚇人，縱然是太子殿下，也是受不住的。」

花顏動了動嘴角，沒再發出聲來。

天不絕又上前給花顏把脈，此時徹底地鬆了一口氣：「心脈不再是沉脈了，總算是有生機了。太子殿下放心吧！無性命之憂了，你只等著她自己睜開眼睛就好。」

雲遲微微地點了點頭：「本宮知曉了。」

天不絕長舒一口氣：「我老頭子一把年紀了，也是個不禁嚇的。」話落，他摸摸身上的冷汗，又走了出去。

雲遲在天不絕出去後，輕輕攏了一縷花顏散亂的青絲說：「我的確是有些受不住了，你醒來告訴我到底是何原因好不好？若是你不告訴我，我便不敢再籌備你我大婚事宜了。」話落，他俯下臉，貼著她的臉說，「哪怕心悅你成癡，也不敢言娶一字了。」

花顏睫毛猛地顫了幾顫，嘴角微張了幾下，片刻後，還是沒說出一句話來。

雲遲低聲說：「不急，我就在你身邊，哪裡也不去，你慢慢地醒來，我等著你。」

花顏動了動手指，似有了些力氣，反而緊緊地握住了雲遲的手。

雲遲看著她，似被萬千的絲網和魔障困住，她要掙脫，無論如何也掙脫不出，雖然閉著眼睛，但眼簾處似都急紅了，他伸手一把撈起她，抱在懷裡，讓她的身子緊緊貼在他胸前，靜靜地等著她醒來。

似過了許久，大約一個時辰，花顏才慢慢地睜開了眼睛，眼底攏著一層濃濃的雲霧，看著雲遲。

雲遲低頭瞧著她，溫柔淺笑：「終於醒了。」

花顏點點頭，慢慢地伸手摸他的臉，指尖比早先的冷入骨髓多了些暖意，她輕輕地在雲遲的臉上流連了片刻，又閉上了眼睛，對雲遲說：「我不同意悔婚，你別想了，我生是花家的人，死就做你雲家的鬼，早已經說定了的事兒，你若是撇下我，放棄我，不如我現在就死了算了，也免得你氣我。」

她剛醒來，一口氣說的話有點兒多，不由得氣虛地咳嗽起來。

雲遲立即對外面喊：「來人，太子妃醒了，倒一杯清水。」

小忠子和采青從外面奔了進來。

天不絕、安十六、安十七、花容四人也不約而同地衝了進來。

天不絕最快來到床前，看著花顏，連聲說：「醒了就好。」話落，伸手給花顏把脈，然後徹底鬆了一口氣，對花顏訓斥道，「你說說你，此回有多凶險，你可知道？你真是不想活了還是怎地？怎麼就依舊入了魔障控制不住自己呢？有什麼事情大不了的，讓你至此地步？」

花顏想起雲遲在皇宮高閣處對她說的話，剛醒來恢復了幾分的臉色又倏地血色盡褪。

「打住，打住，我不說了，你別想了。」天不絕一見又要不好，立即出聲。

雲遲低聲開口：「是我不對，不該與你說那些話……」

花顏咬著唇，沉默了許多，似極疲乏地說：「我沒事兒，閻王爺不會收我的，若是收我，早就收了，你們不必擔心。」話落，對雲遲說，「不怪你，是我自己的魔障。」

花顏只說了兩句話，又閉上了眼睛。

雲遲低聲喊她：「花顏！」

花顏「嗯」了一聲，眼皮沉重，似十分沒力氣再說話。

雲遲抬頭，看向天不絕。

天不絕又為花顏把脈，片刻後，對雲遲說：「無礙的太子殿下，她既醒來，就再無性命之憂，她疲憊乏累至極，讓她睡吧！」

雲遲點頭，慢慢地放下花顏讓她躺在床上，為她蓋好被子。安十六、安十七、花容見花顏沒事兒，悄悄退了出去。

天不絕對小忠子招了招手，小忠子連忙跟著天不絕走了出去。

天不絕來到畫堂，提筆又開了一個方子，遞給小忠子。

小忠子伸手接過，試探地問：「神醫，這方子……」

天不絕看著他說：「我觀太子殿下面色，他隱有鬱症，內積有滯，舊傷未根除殆盡，恐時日一長於身體不利，這是方子，讓太子殿下連服七日。」

小忠子一驚：「多謝神醫。」

天不絕擺擺手，出了鳳凰西苑。

小忠子連忙拿了藥方子又走了進去，見雲遲倚在床邊，閉著眼睛，眼底一片暗影，他心悸地悄聲說：「殿下，神醫給您開了個方子，說您……」

雲遲截住他的話：「本宮聽到了，拿去煎吧！」

小忠子試探地問：「您可否看一眼？」

雲遲搖頭：「不必。」

小忠子應是，拿著藥方子退了出去。

室內安靜下來，窗外的雨越下越小，幾乎聽不到落雨聲。

她的手自從醒來，就一直反握著雲遲的手，指尖從寒入骨到微涼再到柔軟溫暖，從手心指尖一直傳遞到雲遲的心裡，緊緊地握著，就如同握住了他的心。

讓他的心又暖又疼，從未有過的體會。

半個時辰後，小忠子端來藥，小聲說：「殿下，喝藥了。」

雲遲睜開眼睛，緩緩起身，接過藥碗，一口氣喝了。

小忠子接過空碗，小聲說：「殿下，書離公子來了，您見不見？」

雲遲頷首：「請他到玉湖軒。」

小忠子應是，立即去了。

雲遲看了看花顏，見她睡得熟，起身，整了整衣袍，出了花顏苑。

安書離來到玉湖軒時，面色含笑，但見雲遲臉色雖尋常，但隱約氣息沉重，他不由得收了笑意：「殿下可有了什麼難事兒？」

雲遲揉揉眉心：「無事兒。」話落，坐下身，對他詢問，「事情可順利？」

安書離點頭：「順利，趙宰輔十分痛快，一口就應了，傾趙府全力甚至趙家全族之力助我治理川河谷一帶水患，我娘十分滿意他的爽快，昨日之事就這般揭過去了。」

雲遲淡笑：「這便好，雖一時糊塗，但總歸是明白人。」

安書離點頭，笑著道：「趙宰輔明白太子殿下的態度，自然不敢不應允。」

雲遲笑了笑：「安世子可醒了？」

安書離歎了口氣：「醒了，我哥哥……哎，他醒來以為是趙小姐，歡喜不已，我嫂子氣得狠，如今倆人又鬧起來了。」

雲遲不意外地點頭，失笑：「安陽王和安世子都是毀在了風流上。怪不得王妃最喜歡你。」

安書離扶額：「我娘聽聞我要去川河谷，這一次，非要跟了我去，我如今也是頭疼不已，勸不住她。」

雲遲含笑看著他：「所以，你沒法子了，來找本宮，是想讓本宮幫你想想法子？」

安書離點頭，誠然地說：「殿下知道，我拿我娘沒法子的，昨日對她翻了一回臉，已是不孝。如今因為此事，我不能再與她翻臉。」

雲遲聞言琢磨了一下，想到安陽王妃的厲害勁兒，他也頭疼地說：「本宮也想不到什麼好法子，怕是也幫不了你。本宮雖是太子，但王妃是長輩。」

安書離看著雲遲：「我是沒打算指望殿下，是想請太子妃幫忙，看看有什麼好法子，能讓我娘不跟著我。」

雲遲挑了挑眉梢，似笑非笑地看著安書離：「你是用本宮的太子妃幫忙用順手了嗎？大事小事兒都想著找她。」

安書離啞然失笑，看著雲遲，拱了拱手：「書離慚愧，實在是沒法子了，但凡有法子，也不會在太子妃剛幫了我一個大忙後，又來打擾她，殿下諒解。」

雲遲微哼了聲：「她因為你卜卦，受了傷，今日早起進宮，陪父皇皇祖母說話了大半日，又染了風寒，如今病了正昏昏欲睡，你以為她還能爬起來再幫你去處理你那理不清的家事兒？」

安書離一愣，立即說：「昨日我觀太子妃為我卜卦後，面色極差，便覺得她是傷著了。」話落。他慚愧地說，「是書離的錯，如今再來叨擾太子妃，著實不對。」

雲遲見他聽他言語後當真是覺得慚愧，心中舒服了些：「她如今確實病了，這樣吧！明日一早，她若是好些了，本宮和她去一趟安陽王府，勸勸王妃，畢竟你是為朝廷辦事兒，本宮也不能真不管你。只有讓王妃安心了，你才能無後顧之憂。」

安書離看著雲遲，搖頭：「既然太子妃病著，還是好好修養不得勞神，我還是自己回去想法子勸住我娘吧！」

雲遲瞧著他：「本宮瞭解你，若是有法子也不會找來了，你先回去，太子妃醒來本宮問問她，她聰明，確實會的法子多些。」

安書離見雲遲話已至此，也就不再推脫，站起身，拱手：「那我就不打擾殿下了。」

雲遲頷首：「嗯，你先回去。」

安書離告辭，出了玉湖軒。

雲遲在安書離離開後在玉湖軒內坐了片刻，湖風夾雜著細細的零星的飄雨，吹得他本就溫涼的面色越發的清涼，如晨光前夕天邊青白的雲霧，濃地化不開。

小忠子捧著件披風站在雲遲身後，小心翼翼地說：「殿下，天氣涼寒，您披一件衣服吧！」

雲遲搖頭，緩緩站起身：「本宮這便回西苑。」

小忠子只能將披風收了起來。

雲遲抬步走向西苑。

回到房間，花顏依舊在靜靜地睡著。他拂了拂衣袖，拂去一身寒氣，腳步放輕，走到床邊，褪去了外袍，挨著她躺下，將她嬌軟的身子攬在懷裡。

無論如何他也是捨不得退婚和放手的，可是不放手，難道便眼看著她生命一點點消失嗎？

花顏再醒來時，已經是深夜，她睜開眼睛，四周黑漆漆的，她睜著眼睛適應了一會兒，才漸漸地看清自己躺在床上，雲遲擁著她，她枕著雲遲的胳膊，她睡姿舒適，雲遲為了遷就她，睡姿卻顯而易見的不太舒服。

她藉著黑暗裡從窗外細微透進來的光，看著雲遲的睡顏。眉目如畫，豐姿靜好。

睡著的他，看不到他眉眼對別人的溫涼涼薄以及對她的溫柔，也看不到他常年不怒自威的威嚴冷清以及對她的含笑溫暖。

她忍不住伸手，指尖去碰觸雲遲的臉，還沒觸到時，便回過神，指尖縮了回去。

她剛縮回去，雲遲突然伸手攥住了她的手，驀地睜開了眼睛，嗓音含笑低潤：「我竟不知，你喜歡偷偷摸摸的親近我。」

花顏臉一紅，被他抓了個正著，羞惱地說：「誰偷偷摸摸了？我是怕擾醒你。」

雲遲低笑：「如今我醒來了，你想摸哪裡，我不怕你擾醒了。」

花顏氣笑：「我調戲你，倒反被你調戲了。」話落，伸手摟住他的脖子，軟軟地說，「我的好殿下，我餓了，你若是想被我摸，也得先餵飽了我才是。」

雲遲笑著點頭：「好，先餵飽你。」

小忠子和采青一直守在外面，得了雲遲的吩咐，小忠子立即跑去了廚房。

花顏沒醒，雲遲連晚膳也沒吃，廚房一直有人當值等著，早已經備著飯菜了，得了小忠子傳話，立即起灶，很快就做了一桌子菜送去了房間。

花顏得雲遲伺候漱了口，喝了兩杯水，然後摟著他的脖子賴在他懷裡，讓他抱著去了桌前。

雲遲將花顏抱到桌前後，見她依舊摟著他的脖子，沒有鬆手的打算，似乎就打算賴在他的懷裡了。他啞然而笑，抱著她在桌前坐了下來。

花顏在他懷裡，連手也懶得伸，雲遲見此，只能夾了她愛吃的菜餵她。

花顏十分乖覺，雲遲餵一口。她吃一口，片刻後，她鼓著腮幫子對他努嘴：「你也與我一起吃啊！」

雲遲看著花顏，忽然愛極了她這個樣子，忍不住低頭吻了她一下，微笑：「好。」

於是，雲遲夾了菜吃一口，再夾了菜餵花顏一口，二人安靜的吃著飯，靜謐而溫馨。

小忠子探頭瞅了一眼，偷偷地笑了一下，悄悄地縮回了脖子。

一頓飯吃的時間很長，桌子上的飯菜被消滅了大半。

直到花顏再也吃不下了。對著雲遲搖頭，雲遲才放下了筷子。

花顏依舊賴在雲遲懷裡，看了一眼窗外，雨早已經停了，陰雲散去，滿天星辰，她摟著雲遲的脖子，撒嬌：「吃了這麼多，你抱著我出去消消食吧！」

雲遲自然應允，隨手拿起了外衣，裹住花顏，抱著她出了房門。

花顏伸手一指房頂上：「去上面。」

雲遲點頭，足尖輕點，抱著花顏上了房頂，抱著花顏坐了下來。

花顏靠在雲遲的懷裡，看著滿天星辰。雨後的天空，每一顆星辰似乎都比往日明亮，如一顆顆小夜明珠，璀璨亮眼。

花顏看了一會兒，對雲遲說：「我有沒有告訴過你我會觀星辰？」

雲遲點頭：「嗯，你說過一次。」

花顏認真地想了想，似乎在花家時，她對他確實說過，不過那次她提到熬不過天命，惹得他大怒。她抿了一下嘴角：「每個人，都有一顆星辰石，你的星辰石……」她伸手一指星空中間最亮的那顆星，「喏，是那顆，最亮的。」

雲遲順著花顏手指方向看去，果然有一顆最亮的星，璀璨閃耀，周圍群星聚攏，他對觀星象所知不多，但也能看出那顆是帝王星。

花顏笑著說：「你是天生的命定的帝王星，四海臣服，周遭星辰因你而變。」

雲遲看了一會兒周圍星辰，圍繞在那顆星周圍的星辰太多，哪一顆都很明亮，雖蓋不過那顆星，但也十分奪目，他問：「你呢？你是哪顆星？」

花顏笑著搖頭：「這些星辰裡，都沒有我那顆星。」

雲遲猛地收了笑意，低頭盯緊花顏：「怎麼說？」

花顏對他笑著說：「我從出生後被抱出房門之日起，觀星象，便沒有我的那顆星，每年，我的星辰只有在我生辰之日才能顯露。不過今年，與往年不同，顯露了兩次，一次是三月初三，我生辰之日，一次是奪蠱王之夜。」

雲遲眉頭擰緊，抱著花顏的手臂收緊，聲音驀地低啞：「這是為什麼？」

花顏聽到雲遲語氣變了，感受到他心裡也因她的話而揪緊，她搖搖頭，輕聲說：「我也不知為什麼。」

雲遲看著她，見她面上帶著清風般的淺淡，聲音輕若一縷雲煙，他忽然感受不到她的重量，懷裡的人兒忽也輕得如風似雲，他忍不住將臉貼在她臉上，低沉著聲音說：「你我雖然還未曾大婚，但誠然已是夫妻一體，花顏，你告訴我吧！禁錮你的癔症，到底是什麼？我想等你對我開口，但時至今日，你卻想死死地瞞著我，是不是，我還沒能入你的心？讓你對我信任不過？」

第七十章 坦白

花顏的心猛地縮了縮，她就知道，醒來逃避不了，躲避不開的事情，便是這一樁了。

怪她克制不住自己，在他面前嘔血暈厥，雲遲是何等聰明的人，有些東西，豈能瞞得住？

可是「魂咒」二字，她無論如何也不能讓他曉得。

她扣緊貝齒，內心掙扎片刻，然後在他的盯視下，垂下眼睫，低聲說：「我昏迷時，聽你說，想要與我悔婚？」

雲遲面色唰地一變，嗓音驀地一啞到底：「你……想我與你悔婚？」

花顏沉默，手臂勾緊他脖頸，與雲遲悔婚，以前她百般願意，如今自是千般不願的，但若是與他悔婚，對他也許是極好的事兒，畢竟，她能感受到自己的生命似在一點點的流逝，她以最強大的抑制力，都不能控制住一旦發生不可預知之事時心血翻湧不嘔血，那麼，五年都是奢侈。

雲遲還這麼年輕，年僅弱冠，五年後，他也才二十五而已。若是因為她，他的漫漫一生孤寂到老，實非她所願。

所以，若是此刻，就此打住，她不再言嫁，他也不再言娶，是否，對他是好事兒？是否還來得及，他再選一位太子妃，與他並看山河？

大概是她沉默的時間過長，使得雲遲的臉一白再白，在夜色裡，幾乎不見了血色，但他依舊沒吭聲，等著她。

他也在想，是否悔婚了，對她便是最好。她不再時不時癔症發作，也不再時不時因他而嘔血受傷，興許，也不會有性命之憂。

他猶記得，沒應允他婚事兒前，她是極好的，活蹦亂跳，明媚而有活力，皎皎如月，肆意灑脫。因為要嫁給他，如今她飽受折磨，風雨侵蝕，而他無能為力。

也許如今，他唯一能做的事情，便是與她悔婚，自此，再無相連糾纏的軌跡，對她便是最好。可是悔婚，只想想，便如用刀子在剜他的心，他能清晰地感受到鮮血直流。

他閉上眼睛，周身不可抑制地迸發出一種無言的傷痛，傷痛蔓延，讓他鮮血淋漓。

他千方百計，汲汲營營，不惜一切代價，要娶她，到頭來他卻發現，也許是他錯了。他強求的結果，便是她的命。

這樣的代價，讓他還怎能接受執著下去？

花顏感受到雲遲氣息變化，心也揪疼不已，痛徹心扉，但又想著，是否短暫的忍住，過那麼一年半載，也許就會治癒？

一年半載與漫長的一生相比，孰輕孰重，自然傻子都能明白。

她咬緊牙關，又嘗到了心血翻湧的滋味，頓時伸手捂住心口。

雲遲第一時間察覺，立即睜開眼睛，緊張地看著花顏問：「怎麼了？可是不適？」

花顏搖搖頭，夜色下，清晰地看到雲遲白如紙的臉，在他漆黑的眸光裡，倒映著她也頗顯蒼白剔透的臉，她難言了片刻，心血慢慢地抑制住，低聲說：「雲遲，悔婚之事……」

雲遲緊緊地盯著她，那一瞬間，呼吸也不聞了。

花顏想說聽你的悔婚也好，但看到雲遲的臉，又吞了回去，輕聲改口：「容我思量思量。」

雲遲想讓花顏應允，但是又怕她真說出那我們就悔婚吧的話，他覺得，他一定承受不住，他的心不可克制地提起來，又隨著花顏的話降落了半截，似冷熱水裡滾了一遭一般，短短時間，後背衣衫已經濕透。

他摟緊花顏，啞聲開口：「思量多久？」

花顏暗暗地想著多久呢，若是以前，她行事乾脆果斷，不必仔仔細細地思量的，就誠如她乾脆果斷地答應他嫁給他，可是如今，她卻揪疼得連自己也不知道了。

她搖搖頭，低聲說：「我也不知道，你且等些時日。」

雲遲又閉上眼睛，低聲暗啞地說：「好。」

花顏靠在他懷裡，想著江山帝業，盛世華歌，她大約是要食言而肥陪不了他看了。若是今日不知曉皇宮禁地的祕密，也許，她尚且能克制住，但一旦想到四百年前她屍骨未入南楚皇陵，未與懷玉一起安葬，她就……

她也閉上眼睛，第一次覺得自己活不長了，何必累及雲遲，毀了他一生？

四百年前，她做了後樑的罪人，四百年後，她又怎麼能做南楚的罪人？

夜空靜靜，東宮靜靜，整個南楚皇城十分安靜。

夜深人靜中，依稀可以看到幾處府邸亮著燈，貓頭鷹立在一處枝頭，瞪著黑溜溜的眼睛，看著房頂的二人。

花顏低聲說：「走吧，我們下去回屋吧！明早你還要上早朝呢。」

雲遲搖頭：「明日免朝。」

花顏一怔：「為何？」

雲遲輕聲說：「安陽王妃聽聞書離要去川河谷一帶治水，非要跟著，書離勸說不了，今日過府請我幫他想想辦法。川河谷一帶艱苦，王妃若是去了以她的身子怎麼受得住？去了，書離少不了要多分出心思來照看她，更何況，他前往川河谷一帶治水，治的不止是水。五年前層層隱瞞之事也勢必要重提徹查，勢必傷了誰的筋骨，有些人會坐不住的，他要應付的事情很多。」

花顏眸光動了動，忽然福至心靈地說：「上一次你與書離制定的計策，瞞了安陽王妃，王妃對你頗有成見，似乎是在你回京見到你後找了一回場子，你此回也幫不上什麼忙吧？大約不等你開口，王妃就斷然回絕了。安書離應該也能想到，他來找的人是我吧？想請我幫忙？」

雲遲伸手點點她眉心，感歎：「這般聰明。」

花顏微笑：「明日一早，我隨你去一趟安陽王府，女人與女人，最是好說話，興許我能勸得住王妃不跟去。」

雲遲看著她：「用什麼法子？」

花顏笑著說：「明日我想想，我與王妃接觸的不多，對她多數只聽傳言不甚瞭解，明日與王妃見了，興許就有法子了。」

雲遲點頭，看著她問：「你明日出府，勞累一趟，身子能否受得住？」

花顏輕笑：「受得住的，我如今雖沒多少力氣，但再歇上半夜，明日定會好多了。」

雲遲頷首，不再說話。

花顏又仰臉看了一會兒星辰，開口：「走吧，我們回屋吧！早些歇著。」

雲遲抱著花顏下了房頂，進了屋。

花顏累了，躺到床上不多久，便沉沉地睡了。

雲遲卻無睏意側臉看著花顏，他詢問了她癔症之事，她終究是沒告訴他，反而提到了悔婚。

她明明就知曉他的心意，非她不可，可是讓她又重提了悔婚，可見事關性命，怕是連她自己都感覺到了無望和無能為力。

她與皇宮禁地，到底有著什麼不解之結？

他想著，便又重新下了床，穿戴妥當，又出了房門。

小忠子聽到動靜，本來剛要睡下，迷迷糊糊地又趕緊爬起來，見雲遲出了房門，向外走去，立即匆匆追了出去，小聲地驚訝地問：「殿下，您要去哪裡？怎麼不喊奴才？」

雲遲頭也不回地說：「本宮去藏書閣，你不必跟著，回去歇著吧！」

小忠子納悶：「殿下，這麼晚了，您怎麼想起要去藏書閣？」

雲遲不說話。

小忠子縮了縮脖子，小聲說：「奴才不睏也不累，跟著您一起去吧，您看書，奴才也好給您端盞茶，您若是不想奴才打擾，奴才就在藏書閣歇著也一樣。」

雲遲「嗯」了一聲，算是同意了。

二人來到了藏書閣，小忠子前頭掌了燈，藏書閣內頓時燈火明亮。

雲遲有目的性地直奔前朝末代史與南楚建國史，最先拿的就是《太祖史記》。

小忠子給雲遲端了一盞茶，暗暗地想著太子殿下從小熟讀史書，怎麼如今大半夜不陪著太子妃好眠，跑來藏書閣又翻看史書呢？

他自然不敢問出來，偷偷地打著哈欠去了不遠處的角落蹲著小憩。

花顏睡得很熟，一個時辰後，她不知怎地突然就睜開了眼睛，發現雲遲不在身邊，她立即伸手摸了摸，身側的被褥是冰涼的，她連忙下了地，掌了燈，對外喊：「采青。」

采青知道雲遲出去，所以一直提著一份驚醒，聽花顏喊她，立即披衣快速地來到了門外：「太子妃，您喊奴婢？是不是口渴了要喝水？」

花顏搖搖頭，對采青問：「太子殿下呢？」

采青立即說：「在您睡下後，殿下似乎去藏書閣了。」

花顏一怔，脫口問：「發生了什麼事兒嗎？他為何大半夜不睡跑去了藏書閣？」

采青搖搖頭。

花顏仔細地想了想，恍然地想起，雲遲大約是去查史書了，他問她癔症之事，她卻沒說，以他的聰明，不想逼迫她，自然是去自己查了。

他本就朝事兒繁忙，又連帶操神她的事兒，這樣一夜不休息，怎麼受得住？

她在房中立了片刻，回身拿了衣服穿戴。

采青立即問：「您是要去藏書閣尋殿下嗎？」

花顏點頭。

采青連忙說：「夜裡涼寒，您還是別去了，藏書閣不太近，奴婢去喊殿下回來。」

花顏制止她：「還是我自己去吧！」

采青見花顏打定主意，趕緊找了一件披風，在花顏穿戴妥當後，為她披好，提了罩燈，陪著她一起出了鳳凰西苑。

與其讓他耽擱休息的時間去查，那麼不如就告訴他，當然，除了魂咒不能說。

一路靜寂，東宮有護衛巡邏，見到花顏和采青，齊齊見禮：「太子妃。」

花顏微笑頷首。

來到藏書閣，便見到燈火明亮，看守的護衛齊齊見禮：「太子妃！」

花顏來到的動靜自然驚動了雲遲，他向外瞅了一眼，連忙放下書卷，起身衝出了書房的門，看到花顏單薄的身影，立即蹙眉問：「你不是睡得好好的，怎麼找過來了？」

說著，便握住了她的手。

花顏即便披了披風，指尖依舊清涼，周身帶著幾分夜色的涼意。她微微仰著臉看著雲遲，輕聲說：「耗費你精力查的話，不如我告訴你。」

雲遲輕抿嘴角，看著她的眼睛：「你若是不想對我說，我……」

花顏伸手用兩根手指按住他的唇角，堵住他後面的話，搖頭：「我不是不願告訴你，是不知該怎麼與你說，思來想去，也不知如何開口，怕你聽了，更增添負重。」

雲遲看著花顏，伸手拿掉她的手，啞聲說：「花顏，我不是在逼你，好了，我不看書了，不查了，我們回房，你身體不好，我們回去休息。」

花顏站著不動：「就今日吧！我告訴你。」

雲遲搖頭，拉著她往回走。

花顏站著不動：「雲遲，我告訴你。」

雲遲看著她，見她輕咬貝齒，打定主意，目光堅定，他伸手摟住她，低聲說：「明日，明日好不好？我們先回去休息，深夜裡涼寒，你身子受不住。」

花顏點點頭，從善如流：「也好，那就明日。」

回到西苑，已是黎明前夕，雲遲擁著花顏躺在床上，伸手輕拍著她：「睡吧！」

花顏點頭，窩在他懷裡，閉上了眼睛，不多時，就睡了過去。

雲遲看著懷裡熟睡的人兒，想到他從《太祖史記》裡沒找到想要知道的事兒，卻是從一本收錄的野史裡看到了一句話。

「淑靜皇后飲毒酒後，太祖皇帝傷心欲絕，遍天下尋陰陽師，復生淑靜皇后，最終徒勞無功，冰鎮淑靜皇后於冰棺，空置六宮，一生無后無妃無嬪，連宮女侍婢也未臨幸一人，終生無子。死後，未入皇陵，化骨灰放於淑靜皇后冰棺內。」

他想到皇宮禁地，被太祖下了死令，後世子孫不能踏入之地，想必，是太祖爺不想人打擾他和淑靜皇后吧！

而花顏，聽到此事，嘔血暈厥。

他腦中隱隱的一個想法漸漸地清晰起來，本恢復了幾分的血色又褪了個乾淨。

懷中的人兒，她是如此輕，如此瘦，如此孱弱不堪一握。

若真如他猜想，那麼，她的心裡該是壓了何等負重？背負了多少東西？

他輕輕抬手，輕撫她的臉，指尖劃過，心中是一片又疼又軟。

花顏伸手按住他的手，低低唔噥：「雲遲，睡吧！」話落，微微將眼睛費力地睜開一條縫，「是不是睡不著？」

雲遲見擾醒了她，柔聲說：「睡得著，這就睡。」

花顏「嗯」了一聲，握著他的手不鬆開，又沉沉地睡去。

雲遲看了她片刻，反手包裹住她的手，摟緊她的身子，也跟著閉眼睡去。

第二日，雲遲免朝，所以，未如往常一般早早醒來去上朝。

花顏卻按時醒了，睜開眼睛，見雲遲雖醒了，但依舊抱著她躺著未起身，她看著他，睫毛動了動，剛要說話，雲遲反而先開了口，嗓音低啞，「醒了？再睡一會兒吧，時候還早，不必這麼早去安陽王府。」

花顏「嗯」了一聲，身子往他懷裡又靠了靠，閉上了眼睛。

雲遲輕輕地伸手拍著她，感受到懷裡的身子嬌軟溫暖，他心裡也跟著一片柔軟。

花顏閉著眼睛躺了一會兒，再無睡意，隨即又睜開眼睛，看著雲遲。

雲遲低頭瞅著她：「睡不著了？」

花顏點頭：「睡不著了。」

雲遲微笑：「那就起吧！」

花顏頷首，坐起身，較之昨日，身上恢復了些許力氣，不過一身汗，讓她頗有些不舒服，她擁著被子對雲遲說：「我要沐浴。」

雲遲點頭，對外吩咐：「小忠子，著人抬一桶水來，溫熱些的，太子妃要沐浴。」

小忠子立即應是，連忙去了。

不多時，有人抬了一桶水來，放去了屏風後，又悄悄地退了出去。

花顏起身，找了一件乾淨的衣裙，走進屏風後。

雲遲在她身後說：「要不要我幫你？」

花顏臉微紅，回頭嗔了他一眼，想說不要，話到嘴邊，驀地改口：「好啊！」

雲遲也不過是隨口一說，見花顏竟然答應了，頓時一怔，看著她。

花顏已經轉過頭，進了屏風後。

屏風後傳來花顏簌簌的脫衣聲，然後又傳來她進入了木桶的入水聲。

雲遲怔了一會兒，忽然站起身，進了屏風後。

花顏已經在木桶裡，溫熱的水到她的脖頸，她的脖頸雪白纖細，弧度優美，白皙的手臂搭在木桶的邊沿，膚如凝脂，光滑如錦緞。

雲遲來到木桶前，手伸出，按在她後頸的雙肩處，花顏身子一顫，雲遲的手也同樣的一縮。

二人雖然同床共枕數月，但僅有的親近次數屈指可數，像這般花顏沐浴，雲遲立在身側，也為數不多那麼一二次。最親密時，也不過是在臨安花家，花顏苑裡的溫泉池，她當日是抱定了主意將自己交付給他，可是顧念她的身體，他偏偏落荒而逃了。

但那一日的親密，讓雲遲每逢想起，便熱血沸騰，心神搖曳，蕩漾不已。

如今，雲遲更是心猿意馬，不可抑制地想要將她擁抱在懷，令彼此更親密。

花顏白皙的脖頸漸漸地染上粉紅色，露在外面的肌膚，也染上了一層粉紅，她微低下頭，小聲說：「你不是要幫我沐浴嗎？半晌不動，是在做什麼？」

雲遲以強大的意志力不去看水中的倒影，深吸一口氣，才低啞地開口說：「我從未學過如何幫人沐浴。」

花顏輕笑：「那你不妨現在就學上一學。」

雲遲點頭，拿了澡巾輕輕為花顏擦身，指尖儘量不再去碰觸花顏肌膚，片刻後，他依舊是受不住地將澡巾塞回她手裡，低啞地說：「你自己來吧！」話落，他轉身快步地出了屏風後。

花顏攥著澡巾好笑，論正人君子，她覺得是不是非雲遲莫屬了？一次兩次，他都這般落荒而逃，她笑罷，又暗暗地歎了口氣。

若非顧忌她這副身體，他又何必要忍？無非是不想傷了她罷了。

她想起悔婚一事，心又揪了起來，伸手捂住臉。

雲遲出了屏風後，端起桌子上的涼茶，喝了一口，涼茶入喉，心中那一團火似被澆滅了些，他放下涼茶，負手站在窗前，看著窗外。

怎樣才是對一個人最好？娶她，將她拴在身旁，日夜相伴在側，每日睜開眼睛就能看到她，待她無微不至？還是放了她，不再禁錮她，給她自由，讓她離開她不喜歡的京城，無憂無慮，灑脫自在，不再面對他犯癔症，不再有心理負擔？

他不想割捨，但是理智告訴他，後者是待她最好，至少，讓她不會有性命之憂。

他閉上眼睛，心裡似塌了一塊。

花顏從屏風後沐浴完出來，一身清爽，見雲遲站在窗前，周身彌漫著濃濃的低暗的氣息，她輕抿了一下嘴角，走到他身後，從後面環抱住他的腰，喊了一聲：「雲遲？」

雲遲忽然覺得自己空塌的那一塊地方倏地被這一抱給填滿了，他周身低暗的氣息散去，溫柔地「嗯」了一聲，「沐浴完了？」

花顏點頭，臉貼著他後背問：「你剛剛在想什麼呢？」

雲遲薄唇抿成一線，言不由衷地說：「在想若不是已然清晨，我方才便忍不住了。」

花顏低笑：「那我們約一下，今日晚上如何？」

雲遲臉色驀地爬上了霞色，回轉身，低頭看著她：「當真？」

花顏點頭，笑吟吟地看著他：「我每次都是當真的，只是你總是下不了手。」

雲遲將她的頭按在懷裡，感受到自己心跳一下下地不規律起來，他抱著她纖細的身子默了片刻，輕歎：「我的確是下不了手。」

花顏輕聲說：「我的身體雖確實不大好，但不至於如紙糊的一般碰不得。」

雲遲搖頭，低聲說：「不是因為這個。」

「嗯？」花顏仰臉看著他，「那是因為什麼啊太子殿下，你與我說說。」

雲遲見她一副求解的模樣，水眸盈盈，波光瀲灩，他將頭擱在她肩膀上，呼吸噴灑在他頸窩處，低聲說：「我想對你好，但不知如何才是真正的對你好，我不敢碰你，怕傷了你。」

花顏剔透，瞬間明白了，她也一時沉默下來，如今她與雲遲，還未真正密不可分的地步，也許這是好事兒，若如膠似漆到分不開，那麼，對他將來，也許更是痛苦萬分。

更惶論，如今他已經提到了退婚，那麼，她這般引他與她更親密，確實是不該。

她沉默許久，低聲說：「雲遲，你是對的，是我不好。」

雲遲搖頭，脫口要說什麼，花顏又伸手捂住了他的嘴，微笑著說：「我都明白的。」

雲遲住了口。

花顏從雲遲懷中出來，笑著對外吩咐：「小忠子，端早膳吧！然後備車，我與太子殿下稍後去安陽王府。」

「是。」小忠子立即應了一聲。

不多時，小忠子端來早膳，雲遲和花顏對坐，沉默地用了早膳。

早膳後，二人一起出了房門，小忠子與采青跟著，在垂花門外上了馬車，前往安陽王府。

上馬車時，雲遲不自覺地去握花顏的手，花顏笑著偏頭瞅了他一眼，雲遲的手撤了回去，在馬車上，雲遲又想去抱花顏，花顏笑著看了他一眼，他又慢慢地撤回了手。

一路無話，來到安陽王府。

府中門童見是雲遲和花顏登門，大驚，連忙見禮，之後趕緊撒腿去稟告。

安陽王妃昨日已經收拾好了東西，她的，安書離的，收拾了足足六大車，安陽王勸也勸不住，只能乾著急。安書離想了兩個法子，都沒奏效，也只能無奈地揉眉心。

清早，安陽王妃收拾妥當，催安書離啟程。

安書離只能說：「再等等，太子殿下有些事情要交代。」

安陽王妃總算是不催促了。

雲遲和花顏登門，安陽王聽聞，連忙與安陽王妃、安書離等一眾人迎了出去。

安陽王見到雲遲和花顏，連忙見禮，雲遲微笑頷首說：「王爺免禮。」，又看向安陽王妃，笑著說，「王妃昨夜未曾睡好？氣色似乎不大好。」

安陽王妃立即說：「可不是？我這一夜都在想著可別落下什麼得用的東西，畢竟出門在外，又是川河谷那種地方，荒涼得買不到，可就麻煩了。」話落，笑著伸手拉住花顏的手，慈愛地說，「多好的一個妙人兒，我上次見你，就喜歡的不行，想著真是可惜了，若是我兒媳婦兒，就好了。」

安書離無奈地開口：「娘，您說什麼呢。」

花顏笑著瞥了雲遲一眼，笑吟吟地對安陽王妃說：「我也對王妃您一見如故，覺得您甚好，今日就是趁太子殿下上門與書離公子談事兒，特意求了他帶我來，好好與王妃說說話的。」

安陽王妃一聽高興地說：「那好，讓他們兩個去說正事兒，我們兩個去說話好了。」

花顏笑著點頭，對雲遲和安書離說：「我與王妃去說話，太子殿下和書離公子自便吧！」

安書離仔細地打量花顏，發現她雖然面色含笑，但眉眼間隱著一絲羸弱，氣息似也隱約帶著虛弱之感，他心懷愧疚，想要說什麼，但見她揮手，只能作罷。

雲遲雖然不知道花顏想出了什麼法子勸說安陽王妃，但是相信花顏一定有辦法，便對安書離使了個顏色，二人一起去了書房。

安陽王看看安陽王妃和花顏，又看看雲遲和安書離，一時不知該陪著誰。

安陽王妃生氣安陽王昨日在她從趙府回府後，為趙宰輔說了兩句好話，一夜沒理他。如今自然也不理他，攜著花顏進了畫堂。

安陽王覺得聽女子說話不太好，猶豫了一下，還是去陪雲遲了。

進了畫堂，安陽王妃請花顏落坐，侍女上了茶後，她仔細打量花顏，納悶地說：「太子妃怎麼看起來比上次見虛弱不少？是不是身體不適？對京城水土不服？」

花顏笑著說：「大約是近來陰雨綿綿，染了一場風寒，故而身子骨弱了些。」

安陽王妃立即說：「女兒家的身子骨最是大意不得，不過太子妃有天不絕跟著，定不會有大礙的。」話落，她道謝，「多虧了天不絕，否則我的大兒子昨日性命休矣，多謝太子妃了。」

花顏笑著搖頭：「王妃客氣了。」

安陽王妃好奇地問：「據我所知，這十年來，無數人找天不絕的下落，都沒能找到。難道天不絕一直在花家？」

花顏點頭：「是一直在為我哥哥治病。」

安陽王妃又好奇地問：「據說天不絕脾氣古怪，很難以相處，尤其是曾立誓，再不回神醫谷，更是避京城權貴而不踏入京城。這一回，怎麼來京了？」

花顏笑著說：「我近來身體不太好，他是陪我來京小住。」
安陽王妃感慨：「有一個神醫在身邊，可真是大好之事，那日太醫院的那幫子庸醫，一個也想不出法子，而他到了，只一副方子，便救了我大兒子的命，不愧是神醫。」
花顏笑著點頭：「他的神醫之名，確實名不虛傳。」
安陽王妃瞧著花顏，笑著轉了話說：「太子妃今日來，是不是受了離兒和太子殿下所托，來勸我的？」
花顏淺笑：「王妃可真是聰明。」
安陽王妃氣笑說：「不是我聰明，是你早不來晚不來這個時候來，由不得我不想你是為了此事。」話落，她收了笑，「我先把話擱在這，今日你說什麼，我也不會同意不跟著去的。」
花顏輕笑，端起茶盞喝了一口茶說：「我明白王妃的心，是不放心書離公子。」
安陽王妃點頭：「燁兒雖然也是我生，但是自小不隨我，隨他父親，我只有離兒這麼一個疼入骨子裡的孩子，上一次聽聞他出事兒，我嚇破了魂兒，恨自己當時怎麼就沒跟著，要死也要母子倆死在一塊，這一回，他去川河谷，我說什麼也要跟著。」
花顏點頭：「王妃一片為母之心，我雖年輕，但也瞭解明白這份苦心。」
安陽王妃聽花顏這般說，頓時如覓到了知音：「太子妃真是個七竅玲瓏的人兒，我就知道你聰明剔透，能明白我的苦心，可惜王爺和離兒都不理解我，尤其是王爺，說我添亂。」
花顏微笑著說：「我曾經在川河谷待過許久，川河谷一帶民風樸實，雖然因連年受災，十室九空，但那裡若無水災的話，著實是一個山清水秀的好地方。」
安陽王妃訝異：「太子妃在川河谷待過許久？據聞那裡是蠻荒之地，怎麼從你口中說來，卻是不同？」

花顏搖頭：「不是蠻荒之地，百姓們十分淳樸，只不過因連年受災，災情使得人們吃不飽穿不暖，被迫無奈地做出了些事兒，但也不過是為了活著。這五年來，在太子殿下恩澤天下的政策下，川河谷一帶已經好了許多，不會再有易子而食，饑荒暴亂等事兒了。」

安陽王妃說：「無論如何，我也要跟著離兒親眼去看看，治水之事哪裡容易？沒個三年五載，他怕是回不來，我這個當娘的，哪裡放心得下他無人照料？」

花顏溫聲道：「我自小便往外跑，長輩們也如王妃一般，不放心我，但是您要知道，只有自己自立獨立，才能使人鍛鍊成長。更何況書離公子的才華本事，不必我說，您也知道，他沒有您的照料，也一樣會很好。」

安陽王妃搖頭：「話雖是這麼說，但我就是不放心，必須跟著。」

花顏一歎，笑著說：「王妃有沒有想過，您若是跟著，會讓很多人笑話書離公子，是那個離不開娘的孩子。」

安陽王妃頓時豎起眉頭：「我看誰敢！」

花顏微笑：「當面不敢，背後若是說嘴，您又能如何？況且……」她四下看了一眼，住了口。

安陽王妃見花顏有話不好說，雖然知道她是抱著來勸她的目的，但還是揮手說：「你們都退下去吧！」

侍候的人應是，魚貫退了出去。

花顏在安陽王妃屏退左右後，對安陽王妃低聲說：「王妃可知道，太子殿下重用書離公子，對書離公子是好事兒。川河谷一帶，雖誠如我所說，民風淳樸，但朝野上下，總有異心者，不想書離公子順利辦了這個差事兒。無論是太子殿下，還是書離公子，對川河谷一帶，都做了妥善的安排，您該相信書離公子，若是您這般前去，不是照料書離公子，是他還要分心照料您。川河谷一事本就事重，王妃該放手讓他施展，川河谷治水，一旦事成，便是載入史冊的千載之功，何必讓後人詬病書離公子是離不開娘的孩子呢？您這樣不是對他好，而是害了他。」

安陽王妃本來打定主意，無論花顏說什麼好聽的話勸說，她都誓死不答應，可是沒想到，她卻是說出這樣一番話來。

從她收拾打定主意跟隨安書離啟程時，無論是安陽王，還是安書離，亦或者別的人，都在勸她，奈何，她就是聽不進去。

不承想，如今花顏的話，偏偏是擊中了她的心坎，讓她聽進去了。

花顏說了這番話後便不再多言，等著安陽王妃表態，她清楚母愛會有多偉大，只要是對她的兒子好，她一定會不遺餘力地支持的，哪怕她不捨，哪怕她不放心，但也會聽勸，會做到。

花顏喝了一盞茶，安陽王妃沉默了一盞茶，一盞茶後，她終於歎了口氣：「太子妃說得是，我倒是不曾考量這一層，只想著，照料他生活起居，不讓他在那裡受苦。」

花顏微笑：「我十分能理解王妃的心思，但是您試想，他本就是去為朝廷辦差，為民治理水患去了，本就是艱苦之事，去的人不止他一人，還有工部的幾名官員，還有太子殿下調派的兵士，若人人都帶著家眷，那豈不是亂了？要想服眾，首先要身先士卒。書離公子不畏險阻，讓人敬佩，一旦事成，定會千載留名，萬人歌頌。太子殿下信任他，您也應該既捨得，又信任他。」

安陽王妃歎了口氣：「說得是啊！是我這個活了半輩子的人疼兒子疼的沒了方寸了。」

花顏笑著說：「您如今不跟著，待過一段時間，書離公子在川河谷治水一事前期安排妥當，進入了正軌後，您再去看他，比如今跟著他去要好得多，也免除了被人說添亂之嫌，更免除了人詬病書離公子離不開娘。」

安陽王妃一拍大腿：「好，那我就先不去了，誠如你所說，我實在想他了，待他步入正軌後，我再去看他。的確，男人是做大事兒的，若是被我拖累，委實害了他。」

花顏見說通了安陽王妃，笑著點頭。

安陽王妃又伸手拉住她的手，嘖嘖地說：「我是越看你越喜歡，聽聞你與陸之淩八拜結交了？認了敬國公和夫人做義父義母？不若，我有個不情之請，你也與書離八拜結交了吧！我也想有一個你這樣的女兒。」

花顏笑開，對安陽王妃說：「上一次，我未經過家裡的哥哥同意，哥哥氣壞了，大罵了我一通，與我生了許久的氣。如今我確實不敢再與誰八拜結交了。不過王妃放心，太子殿下與書離公子脾性相投，無異於知己之交，我即便不與書離公子結拜，但與王妃也可做母女相處。」

花顏又陪著安陽王妃說了些話，安陽王妃徹底地放下了要跟去的想法，越看花顏越喜歡，大為遺憾她怎麼就沒生了這樣的一個女兒，更是羡慕敬國公夫人命好，能白撿了這麼一個好女兒。

她為人爽快，行事爽利，她為了給安書離選妻，京中的大家閨秀，無論是高門貴女，還是名門之女，亦或者小家碧玉，見過的不知凡幾，選來選去，安書離沒一個中意的，她也沒見著一個真真正正切合脾性讓她喜歡極了的，就如花顏這樣的。

她拍著花顏的手說：「太子殿下眼光好，可真是好福氣！」

花顏淺笑，不點頭也不搖頭更沒法接這句話，有多少人覺得她好福氣，得雲遲看重傾慕非她不娶，有多少人覺得雲遲好福氣，娶了她。可是又有多少人知道她命不久矣，時日無多，她辛苦不說，惹得雲遲更是辛苦。

有些事情，不足為外人道也。

安陽王妃喊來一名婢女，對她吩咐：「去請太子殿下和離兒來這裡吧，就說我同意了，不跟著離兒去川河谷了。」

那名婢女應是，連忙去了。

不多時，雲遲、安書離、安陽王三人一起來了畫堂。

三人進了畫堂，見安陽王妃與花顏言笑晏晏地說著話，你一言我一語，分外投契的樣子，安陽王妃年輕時容色極好，如今風韻猶存，花顏年少絕色清麗，二人坐在一起，若不知道的，這般相融，還以為是母女。

安書離進來後沒問花顏是怎麼勸住安陽王妃的，安陽王忍不住，開口詢問：「太子妃與你說了什麼？」

安陽王妃瞪了他一眼，不客氣地說：「不告訴你。」

安陽王尷尬地咳嗽一聲，沒了話。

雲遲含笑對安陽王妃保證：「王妃放心，書離此番治水，本宮在京城，若有難處，一定相助於他，川河谷一帶的水患，一定要在此次徹底根除。」

安陽王妃笑著點頭：「本宮信你。」話落，笑著和藹地說，「也相信我兒子。」

安書離莞然微笑：「多謝娘，我每隔三日，必會給您來信一封，讓您放心。」

安陽王妃笑著頷首。

安書離不想耽擱當即啟程，雲遲和花顏與安陽王、王妃等一眾人一起，送安書離出府。

出了府門後，安書離對花顏說：「多謝太子妃了，大恩銘記。」

花顏知道他說的大恩指的是什麼，自然不是今日勸說安陽王妃之事，她微笑著說：「書離嚴重了，我願你此番治水順利，川河谷一事，水患若是得治，功在當代，利在千秋，你也會名垂青史。」

安書離微笑搖頭：「名垂青史不敢奢求，只願川河谷一帶百姓們因我根治了水患，自此安居樂業。」

花顏淺笑：「一定會的。」

安書離頷首，也微笑：「我也相信。」話落，對花顏拱手，「太子妃保重。」

花顏點頭。

安書離又轉向雲遲：「太子殿下，你與太子妃大婚之日，我定回京觀禮。」

雲遲淡笑，沒言聲。

安書離忽然覺得不對勁，仔細打量雲遲，卻沒從他面上看出什麼，他剛要再說什麼，安陽王妃笑著接過話：「那還用說嗎？你自然是要回京觀禮的。」

安書離只能住了口。

一行人將安書離送出了京城，幾位工部的官員已在等候，兩萬兵馬也已整隊等候。

安書離與安陽王和王妃又話別了一番，翻身上馬，與幾位官員和兩萬士兵一起離了京城。

安陽王妃目送著安書離離開，還是用帕子抹了抹眼睛，安陽王拍了拍她的肩膀。

安書離消失身影後，安陽王妃收了帕子，對雲遲和花顏說：「太子殿下和太子妃去府裡用午膳吧！我還未與太子妃敘夠話！」

雲遲微笑著說：「改日吧！王妃昨夜一夜未睡也累了，太子妃近來身子也不太爽利，待過幾日也一樣，太子妃在京城是要多住些時日的。」

安陽王妃想想也對，她的確有些累，便點頭作罷了。

雲遲與花顏回了東宮。

還未踏進宮門，便在宮門口遇到了武威侯府的馬車，柳芙香立在車前，看著雲遲和花顏的馬車回府，立即走上前，攔住了馬車。

小忠子悄聲對車內說：「殿下，太子妃，武威侯繼夫人等在宮門口，臉色不善。」

雲遲皺了一下眉：「知道了。」

花顏眸光動了動，隱約地猜到柳芙香等在宮門口所為何事，她定是聽聞她來京了，住在東宮，想必是對她詢問關於蘇子斬的下落。

「太子殿下！」柳芙香的聲音傳來，「太子妃可在？臣婦請見太子妃一面。」

雲遲看向花顏。

花顏對雲遲點頭，伸手挑開了簾幕，看向等在宮門口攔在車前的柳芙香，她與上次見並沒什麼不同，一身華服，滿頭珠翠，只不過眉目間似憔悴了極多，攏著濃濃的愁緒。

見到花顏，柳芙香先是愣了一下，似有那麼一刻不太認識她，不過很快，她就開口了：「太子妃，敢問子斬在哪裡？」不等花顏開口，她盯著她說，「我知道你一定知道他在哪裡。」

花顏看著柳芙香，淡淡含笑：「繼夫人是以什麼身分問子斬的下落？是繼母的身分？還是別的什麼身分？」

柳芙香臉色一白，咬牙說：「繼母的身分。」

除了這個身分，她再不能說出別的身分來，因為別的身分，對於蘇子斬，她已經什麼也不是了。

花顏微笑看著她：「我也不知道子斬在哪裡。」

柳芙香臉色一沉，聲音頗地有些尖銳：「你不可能不知道！少糊弄我。」

花顏淺笑：「你以繼母的身分問我子斬下落，我也只能這麼答你了。繼夫人若是不滿意這個答案，我也沒辦法。」

柳芙香死死地盯著花顏，花顏始終淺淺含笑，她轉向花顏身旁的雲遲，見他如往常每次見一樣，眉眼涼薄，神色寡淡，她咬牙問雲遲：「太子殿下，你就不在意嗎？你的太子妃與蘇子斬有不可言說之情。」

花顏「撲哧」一下子樂了，這話說的，她與蘇子斬有什麼不可言說之情是雲遲不知道的呢，她好笑地看著柳芙香，誇讚她說：「繼夫人這話說得倒是極妙。」

繼夫人見花顏竟然這般含笑說話，臉色瞬間頗有些精彩。

雲遲看著柳芙香，臉色淡漠：「繼夫人慎言，本宮太子妃一切，無需他人置喙。」

柳芙香頓時咬碎了一口銀牙，又轉向花顏：「若我不是以繼夫人的身分問太子妃的話，太子妃可能否告知他下落？」

花顏瞇了一下眼睛，笑看著柳芙香問：「那繼夫人以什麼身分呢？如今的你，以什麼身分，都不太合適吧？」

柳芙香臉又白了白，眼底湧現出一抹灰色，她似一下子就被拔了稜角，全身的尖刺縮了回去，低聲說：「他失蹤了數月了，我只想知道，他可安好？他的身體是否無恙。」話落，她看著花顏，「算我求太子妃了。」

花顏有時候心腸最是冷硬，但有時候心腸也最是柔軟，若有人對她以硬對硬，她自然硬邦邦地頂回去，但若有人求她，多數時候，她還是忍不住心軟的。

無論柳芙香以前如何對不住蘇子斬，但她這關心他之心，倒是自從她識得她之日起，倒是都沒變過。於是，她收了笑，也懶得再為難她，淡淡地說：「我只對繼夫人說一句話，他很好，你放心就是了。」

柳芙香眼底一瞬間迸發出光彩，看著花顏。

花顏揮手落下了簾幕，對外面吩咐：「進府吧！」

小忠子一揮馬鞭，東宮的護衛拉開了阻路的柳芙香，馬車進了東宮的府邸。

大門關上，柳芙香眼底的光彩依舊掩飾不住，她還想問，但知道花顏能告訴她這一句話，已經是莫大不易了，但她相信，花顏說的，一定是真的。

蘇子斬很好，沒出事兒，她這顆心總算能放下了些。

雲遲和花顏下了馬車，進了垂花門後，花顏停住腳步，看著雲遲。

雲遲今日已經幾次忍不住想去握花顏的手，但在花顏含笑看過去時，都生生地撤回忍住了，送安書離離京後，他一路上十分沉默，如今見花顏停住腳步，他以一雙溫潤的眸光看著花顏。

花顏含笑看著他，柔聲說：「天色還早，還不到用午膳的時辰，咱們去藏書閣吧！昨日你都看了什麼書卷，也拿給我看看可好？」

雲遲輕抿嘴角，沉默片刻，在花顏含笑的目光下，點了點頭。

花顏率先抬步，向藏書閣走去。

雲遲知道，花顏是依照昨日所說，要告訴他癔症之事了，他想知道，但忽然又害怕知道。走了兩步後，他對小忠子吩咐：「去請天不絕到藏書閣。」

小忠子立即應是，連忙去了。

花顏又停住腳步，回身看著她，在日色陽光裡，她的笑容淺淺溫柔：「雲遲，我今日，不會再嘔血暈厥嚇你的，不叫天不絕也無礙。」

雲遲伸手想揉揉她的頭，手指在掌心摳了一下，溫聲說：「有備無患。」

花顏笑了笑，想著她嚇他太多次了，他是真的怕了，尤其昨日在皇宮高閣那一次，大約是將他嚇出了病根，才讓他動了悔婚的心思。

悔婚……

花顏收了笑，默默地轉身，向前走去。

悔婚也是……好的。

她明白他的不捨，明白他是為了她好，但她也想為他好，所以，算起來，悔婚止步於此，對彼此都好。

花顏踩著青石磚，慢慢地走著，她忽然想起四百年前，她嫁給懷玉時，對未來充滿了希望，可是後來不知怎地，走著走著就沒了希望之路，似乎也是某一日，那條路就被她走絕了，如今似乎也一樣，她與雲遲，走著走著，就走沒了路，無路可走了。

四百年前，無路可走時，懷玉先一步飲了毒酒。如今，她不能讓雲遲陪著她無路可走。

雲遲的一生還長得很，沒了她，他還有江山帝業，盛世可創，造就千古一帝。若是因為她，毀了他，她也會如四百年前一樣，生生世世不安。

背負了一個不安，已經讓她筋疲力竭，這一個不安，她就不要再背負了……

女帝

千樺盡落——著

百年簪纓世家鎮國公府，一朝傾塌灰飛煙滅，
嫡長女白卿言重生一世，
絕不讓白家再步前世後塵……

- 年度閱文女頻、風雲榜第一名！
- 破億萬人點閱，二百萬人收藏推薦！
  2024 年十大必讀作品！

鎮國公功高震主，當今陛下聽信讒言視白家為臥側猛虎欲除之而後快！南疆一役，白卿言其祖父、父親叔叔與弟弟們為護邊疆生民，戰至最後一人誓死不退，白家二十三口英勇男兒悉數戰死沙場，百年簪纓世家鎮國公府，一朝傾塌灰飛煙滅。

上輩子白卿言相信那奸巧畜生梁王對她情義無雙，相信助他登上高位，甘願為他牛馬能為白家翻案，洗刷祖父「剛愎用軍」之汙名……臨死前才明瞭清醒，是他，聯合祖父軍中副將坑殺白家所有男兒；是他，利用白卿言贈予他的兵書上的祖父筆跡，偽造坐實白家通敵叛國的書信；是他，謀劃將白家一門遺孤逼上絕路，無一善終；

上天眷顧，讓嫡長女白卿言重生一世，回到二妹妹白錦繡出嫁前一日，世人總說白家滿門從不出廢物，各個是將才，女兒家也不例外！

白卿言憑一己女力，絕不讓白家再步上前世後塵……一步步力挽狂瀾，洗刷祖父冤屈、為白家戰死男兒復仇，即使只剩一門孤兒寡母，也要誓死遵循祖父所願，完成祖父遺志……「願還百姓以太平，建清平於人間，矢志不渝，至死不休！」

全十四卷完結

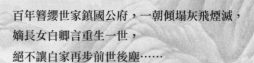

STORY 097

花顏策 卷五

作者 西子情
主編 汪婷婷
編輯協力 謝翠鈺
企劃 鄭家謙
美術設計 卷里工作室 季曉彤

董事長 趙政岷
出版者 時報文化出版企業股份有限公司
108019 台北市和平西路三段二四〇號七樓
發行專線——(〇二)二三〇六六八四二
讀者服務專線——〇八〇〇二三一七〇五
(〇二)二三〇四七一〇三
讀者服務傳真——(〇二)二三〇四六八五八
郵撥——一九三四四七二四時報文化出版公司
信箱——一〇八九九 台北華江橋郵局第九九信箱
時報悅讀網 http://www.readingtimes.com.tw
法律顧問 理律法律事務所 陳長文律師、李念祖律師
印刷 勁達印刷有限公司
一版一刷 二〇二四年十一月二十二日
定價 新台幣三八〇元
缺頁或破損的書，請寄回更換

時報文化出版公司成立於一九七五年，
並於一九九九年股票上櫃公開發行，於二〇〇八年脫離中時集團非屬旺中，
以「尊重智慧與創意的文化事業」為信念。

花顏策 / 西子情作 . -- 一版 . -- 臺北市 : 時報文化出版企業股份有限公司 , 2024.11-
冊 ; 14.8×21 公分 . -- (Story ; 97-)
ISBN 978-626-396-975-9 (卷 5 : 平裝). --

857.7 113016743

Printed in Taiwan